Jana Fallert

SCHWARZWÄLDER KIRSCHMORDE

Isabella und das tödliche Geheimnis

lübbe

Dieser Titel ist auch als E-Book erschienen

MIX
Papier aus verantwortungsvollen Quellen
FSC® C014496

Originalausgabe

Dieses Werk wurde vermittelt durch die Literarische Agentur Thomas Schlück GmbH, 30161 Hannover.

Textredaktion: Anne Pias
Umschlaggestaltung: Jeannine Schmelzer unter Verwendung von Illustrationen von © shutterstock: Jan-Kalle Jonath | imaginasty | Gyuszko-Photo | metwo | Irtsya | Guz Anna | DaLiu
Satz: 3w+p GmbH, Rimpar (www.3wplusp.de)
Gesetzt aus der Palatino
Druck und Verarbeitung: GGP Media GmbH, Pößneck
Printed in Germany
ISBN 978-3-404-18460-6

5 4 3 2 1

Sie finden uns im Internet unter luebbe.de
Bitte beachten Sie auch: lesejury.de

PROLOG

Damals

Über den abgeernteten Getreidefeldern flimmerte die Luft des heißen Spätsommers. Eine kleine Schar Heidelerchen ließ sich vom heißen Wind durch die Lüfte tragen. Mit flatternden Flügeln kreisten die Vögel über die Stoppelacker und sangen ein Lied, das nur sie verstanden.

Änni hingegen war nicht zum Singen zumute. Schnaufend verteufelte sie Gott und die Welt. Die drückende Hitze war schier unerträglich, und jede Bewegung wurde zur Qual.

Gut nur, dass sich am Himmel bereits tiefschwarze Wolken abzeichneten und die ersehnte Abkühlung bringen würden. Lange würde es nicht mehr dauern, bis das Gewitter Zapfbach erreichte und sich der prasselnde Regen auf die Terrasse des Zuckerherzschlössles ergoss.

Sie musste sich beeilen und fluchte ungehalten auf, verteufelte jede Kaffeetasse und jeden Kuchenteller. Nicht nur dass sie allein damit beschäftigt war, die Tische abzudecken und die sonnengelben Schirme einzuholen. Längst war sie mit den Vorbereitungen im Verzug und sollte seit einer Stunde in der Backstube stehen.

»Wo bleibt nur Martha – *Gopferdori!?*«

Sie mühte sich an einem schwerfälligen Schirm ab, dessen Stoff bereits eingerissen war. Obendrein waren drei Speichen verborgen. Schon einmal hatte sie ihre Nachlässigkeit mit einem Sturmschaden bezahlt. Dabei konnte sie sich neue Schirme beim besten Willen nicht leisten. Blieb nur zu hoffen, dass der Tannhöfer ihn wieder repariert bekam.

»Autsch!« Änni schrie vor Schmerz auf. Mit einem festen Ruck hatte sie sich am Schieber den Finger gequetscht. Sie wollte gerade lauthals losschimpfen, als sie aus dem Augenwinkel eine schmächtige Gestalt die Terrasse hinaufeilen sah.

»Warte, Änni!« Es war Martha, die ihr mit der Schürze in der Hand zuwinkte. »Ich helfe dir.«

Änni machte unbeirrt weiter. Kurz drehte sie den Kopf in Marthas Richtung und blinzelte sie wütend an. »Du bist zu spät«, sagte sie. »Mal wieder.«

»Entschuldige ich … mir ist etwas dazwischengekommen.«

Der aufziehende Wind fuhr ihr durch die dunklen Haare, die längst keine Frisur mehr darstellten. Martha band sich die Schürze um das Leinenkleid und wollte ins Café stürzen, als Änni sie mit einem harten Griff am Handgelenk aufhielt.

Änni seufzte ergeben auf. Sie war müde und wollte dieses Gespräch nicht führen. Nicht heute. Niemals. Doch ihr blieb keine andere Wahl. Warum es also hinauszögern? Sie atmete tief ein und langsam wieder aus, während ihr Blick unablässig auf Martha ruhte. »Ich weiß ganz genau, was dich aufgehalten hat«, sagte sie langsam. »Oder vielmehr, *wer* es war, der dich von der Arbeit ferngehalten hat.«

Marthas Züge entglitten ihr, doch Änni sah sie weiter fest an. »Du warst unten am Bach.«

Nun klappte Marthas Mund auf, erst verblüfft, dann erbost. Doch anscheinend erstarben ihr die Worte auf der Zunge. Aber es reichte ein Augenaufschlag, um Martha klarzumachen, dass es keine leeren Worte waren, die Änni ihr entgegengeschleudert hatte.

Die schmalen Schultern ihrer Freundin zuckten unbeholfen auf. »Und wenn schon«, sagte sie in unbekümmertem Tonfall. »Ich werde die Zeit nacharbeiten, versprochen.«

Änni prustete laut auf. »Darum geht es überhaupt nicht.« Sie sah Martha fest an. Warnend. »Ich habe Augen im Kopf. Und sei auf der Hut, nicht nur ich. Wenn ich weiß, was los ist, werden es auch andere erfahren. Und dann wird auch er …«

Trotzig verschränkte Martha die Arme vor der Brust. »Du kannst mir nichts vorschreiben.«

Änni hob abwehrend die Hände. »Nichts läge mir ferner. Du bist meine Freundin. Ich möchte nur das Beste für dich.«

Martha sah zu ihr auf. »Und wenn genau dies das Beste für mich ist?«

»Nein«, sagte Änni hart und bewegte den Kopf schnell von links nach rechts. Genau einmal. »Nicht auf diese Weise.« Sie erschrak selbst über den harten Klang in ihrer Stimme. Aber es ging einfach um zu viel. Dennoch bemühte sie sich um einen sanfteren Tonfall, als sie weitersprach: »Ich verurteile das nicht. Versteh mich nicht falsch, du hast ein Anrecht auf dein Glück, und es gibt nichts, was ich dir sehnlicher wünsche.« Sie lächelte ihre Freundin an, wurde aber sofort wieder ernst. »Aber nicht auf diese Art.«

Martha riss sich von ihr los und blickte ihr bockig entgegen. »Was verstehst du denn schon von der Liebe, Änni?«

Änni schwieg. Damit hatte Martha sie eiskalt erwischt. Nämlich dort, wo es wehtat. Doch sie schluckte den Groll hinunter. Hier ging es schließlich nicht um sie.

»Vielleicht nicht viel«, räumte sie ein. »Aber ich weiß um die Gefahr, in die du dich begibst.« Ihr Blick ruhte intensiv auf Martha.

Es tat ihr unendlich weh, zu sehen, wie glücklich sie war. Nicht, weil sie es ihr nicht gönnte, sondern, weil es ein fragiles Glück war, das jeden Moment zu einem großen Drama führen konnte. Und was die Welt in diesen schweren Zeiten am wenigsten brauchte, waren weitere Tragödien.

Martha spielte ein gefährliches Spiel. Sie umgab sich mit einem gestohlenen Glück. Es gehörte ihr nicht. Sie hatte kein Anrecht darauf. Nicht auf diesen Mann, der nicht der Ihre war. Und so etwas ging nie gut aus.

Änni umfasste die Hand ihrer Freundin, die so dünn und schlank war – wie die einer Schaufensterpuppe. Sie drückte zu. Zart und doch fest. »Sei vorsichtig«, sagte sie mahnend. »Er wird dich und das Kind umbringen, wenn er davon erfährt.«

Mit einem störrischen Blick strich Martha sich zärtlich über den Bauch. »Dann darf er es eben nicht erfahren.«

KAPITEL 1

»Würdest du es bitte auf dem Müllhaufen liegen lassen?« Isabella schmetterte Renate einen energischen Blick zu.

Doch die dachte nicht im Traum daran, der Bitte ihrer Tochter Folge zu leisten, und hielt ihr den Gegenstand vorwurfsvoll unter die Nase. »Bist du dir wirklich sicher, dass du die alte Waschtrommel nicht doch noch gebrauchen kannst?«

Isabella schenkte dem stumpf silbernen Gegenstand nur ein Naserümpfen. »Was soll ich bitte damit?«

»Du könntest sie in den Vorgarten stellen und Blumen reinpflanzen. Rote Geranien würden sich da wunderbar machen. Oder du benutzt sie als Feuerkorb.«

Isabella hob eine Braue an. »Für welches Feuer denn?«

Ihre Mutter zuckte mit den Schultern. »Nun ja, wenn du mal eine Grillparty machst. Oder so.«

Als ihr schließlich die Argumente ausgingen, stellte Renate die Trommel auf den Boden. Nicht zurück zum Müllhaufen, sondern genau in die Mitte des Kellerraums, der nun dreigeteilt war. Der Stapel, durch den sie sich gerade wühlte, der Müllhaufen mit fragwürdigen Antiquitäten wie einer saitenlosen Gitarre, einer Föhnhaube mit Standfuß und einem moosgrünen Staubsauger mit fehlender Saugdüse.

Und dann gab es die kleine Ecke des Kellerraums, in der die Dinge standen, die Isabella behalten wollte. Darunter war eine schmucke Stehleuchte mit einem Ständer aus dunklem Holz und einem Stoffschirm, der wunderbar zu den Gardinen in ihrem Schlafzimmer passte.

Isabella schüttelte den Kopf. Damit wäre wohl eindeutig geklärt, woher das Messi-Gen im Hause Lentner stammte. Nämlich von mütterlicher Seite. Felsenfest davon überzeugt, diese genetische Vorbelastung zu durchbrechen, hatte Isabella beschlossen, zu entrümpeln. Angefangen beim Keller über die Stockwerke bis hin zum Speicher. Sie hatte ja keine Ahnung gehabt, worauf sie sich da eingelassen hatte.

Isabella setzte sich auf die Wäschetrommel, stützte ihre Ellbogen auf den Knien ab und legte ihr Kinn in die Hände. Sie schnaufte. Vor Erschöpfung und Resignation. Wie sollte sie diesem Chaos bloß Herr werden? »Hat Oma denn nie was weggeschmissen?«

Renate schüttelte energisch den Kopf. »Nicht, wenn es nicht unbedingt sein musste.« Sie lehnte sich gegen das verstaubte Gestell eines alten Mofas, von dem die Räder fehlten und Isabella nicht die leiseste Ahnung hatte, wo diese waren. »Weggeworfen hat man immer viel zu schnell irgendwas. Und dann«, ihre Mutter schnippte mit den Fingern, »schwuppdiwupp, wenn man's braucht, ist es nicht mehr da, und man muss es neu kaufen.«

Die eben noch schnippenden Finger richteten sich mahnend auf sie. »Überlege dir deshalb gut, ob du dich wirklich von all dem hier trennen möchtest.« Ihre Belehrung wurde gestoppt, als ihre Mutter unter einem weißen Laken einen großen Spiegel entdeckte, der mit einem Goldrahmen eingefasst war. Er war bestimmt zwei Meter hoch.

Renate stand vor dem Spiegel, und kurz sah es aus, als würde sie sich intensiv darin mustern. Sie strich sich durch das lange dunkle Haar und bewegte ihre Hüften, als würde sie einen Jive tanzen. »Würde der nicht wunderbar in den Tanzsaal passen?«

Isabella schob meinungslos die Unterlippe nach vorn.

»Hättest du etwas dagegen, wenn ich ihn mir borgen würde?«

»Geschenkt«, erwiderte Isabella prompt. »Je weniger Gerümpel hier herumsteht, desto glücklicher bin ich.«

Ein Umstand, der auch das Wohnzimmer einbezog, das sie sich mit ihrer Mutter teilen musste. Sie hoffte bloß, dass ihr Tanzstudio von Beginn an genügend Schüler haben würde, damit ihre Mutter sich eine eigene Wohnung leisten konnte und Isabella wieder alleinige Herrin ihres Reiches war.

Nicht, dass sie ihre Mutter nicht mochte. Doch die Nähe, die sie seit Wochen zueinander pflegten, war eindeutig zu nah. Außerdem teilten sie alles andere als den gleichen Geschmack, was die Wohnungseinrichtung anging. Und da sie sich mit dem Motto »Was dein ist, ist auch mein« ins gemachte Nest gesetzt hatte, verkam Isabellas Wohlfühloase zu einem kunterbunten Hindu-Yoga-Ayurveda-Tempel – eben ganz nach Renates Geschmack.

Isabella vermochte es noch immer nicht so recht zu glauben, dass ihre Mutter ernst gemacht hatte und ein Leben in Zapfbach dem der Großstadt vorzog. Dabei hatte sie in Frankfurt alles, was es brauchte, um glücklich zu sein. Eine gut florierende Tanzschule … jede

Menge Freunde. Und doch hatte es sie nach Zapfbach gezogen. Zu ihrer Tochter. Zu Isabellas Leidwesen. Eigentlich hätte sie sich geschmeichelt fühlen sollen. Eigentlich …

»Ein wirklich wunderbarer Spiegel.« Begeistert huschte Renates Blick in Isabellas Richtung. »Und du bist dir wirklich, wirklich sicher, dass du ihn nicht selbst behalten möchtest?«

»Nimm ihn nur. Ich freue mich, wenn du dich darüber freust.« Schnell blickte sie sich im Keller um. »Möchtest du vielleicht auch das Spinnrad mitnehmen?«

Ihre Mutter lachte beherzt auf. »Das ist eine Tanzschule, Schätzchen. Kein Heimatmuseum.« Beim Betrachten des Rades hielt sie kurz inne. »Aber es würde doch hervorragend in die Ecke des Wohnzimmers passen, wenn -«

»Nein«, fuhr Isabella ihr hart über den Mund. Zu ihrer Überraschung brachte sie Renate damit tatsächlich zum Schweigen.

Sie sah dabei zu, wie sich ihre Mutter abrackerte und mit Leibeskräften bemüht war, den großen Spiegel in die Ecke zu stellen, die nicht für den Sperrmüll vorgesehen war. Dabei entdeckte sie eine verbeulte Milchkanne mit Bauernmalerei, deren Henkel halb abgerissen war. »Aber die kommt mit nach oben. Die ist ja traumhaft!«

Isabella wollte aufbegehren, doch sie war zu erschöpft. Nach drei Stunden im Kellerraum, gemeinsam mit ihrer Mutter, fühlte sie sich kraftlos und unmotiviert, über jeden noch so kleinen Gegenstand diskutieren zu müssen, ob er nun wirklich schrottreif war oder noch für ein zweites Dekoleben herhalten konnte.

Der Standaschenbecher mit defektem Klappmechanismus. Die modrigen Sonnenschirme mit dem Aufdruck eines Eisherstellers, den es seit Jahrzehnten nicht mehr gab. Das gerahmte Porträt von Altkanzler Helmut Kohl mit original Unterschrift, weil er einst im Zuckerherzschlössle zu Gast war.

Bestellt hatte er einen Apfel-Mohn-Streusel-Kuchen und ein Kännchen Kaffee mit Milch, aber ohne Zucker, und dazu eine eisgekühlte Coca-Cola. Daran konnte Isabella sich nur zu gut erinnern, weil Oma Änni nie müde wurde, es jedem unter die Nase zu reiben, der das Bild länger als einen Augenaufschlag lang musterte. Nun stand es da, angelehnt an einem beigefarbenen Gefrierschrank und staubte vor sich hin.

»Also, ich finde, hier wimmelt es nur so von Schätzen, die noch von uns entdeckt werden wollen.« Renates Kopf drehte sich andächtig zur Wand. »Schau doch nur die Schrankvitrine. Das scheint Nussbaum zu sein. Ist sie nicht hübsch?«

Isabella schenkte der Vitrine nur ein müdes Aufzucken ihrer Mundwinkel. »Das wäre sie. Wenn nicht eine Tür fehlen würde.«

Renate winkte ab. »Ach, da kann man doch bestimmt irgendwie improvisieren.« Sie schien über einen Gedanken gestolpert zu sein. »Du kennst doch bereits so viele Männer hier. Einer von ihnen wird bestimmt in der Lage sein, das zu reparieren.«

»Ich kenne nicht *viele* Männer, sondern zwei.« Isabella blinzelte ihre Mutter wütend an. Doch die nackte Glühbirne über ihnen war nicht hell genug, als dass Renate den funkelnden Zorn in ihrem Blick hätte erkennen können. »Florian ist Bäcker und André Polizist. Ich glaube nicht, dass einer von den beiden uns eine neue Seitentür für einen vielleicht hundert Jahre alten Schrank zimmern kann.«

Renate grinste. »Nein, das traue ich den beiden auch

nicht zu.« Dann zwinkerte sie anzüglich. »Die beiden haben ihre Qualitäten bestimmt anderswo.«

Um sich zum Schweigen zu ermahnen, biss sich Isabella so fest auf die Unterlippe, bis ein scharfer Schmerz aufzuckte. Ihre Mutter war wirklich der letzte Mensch auf dieser Welt, mit dem sie über ihr Liebesleben sprechen wollte. Zumal es ein solches nicht einmal gab.

Florian war nichts weiter als ein sehr guter Freund. Und André war ... sie wusste selbst nicht, was der Polizei für eine Rolle in ihrem Leben spielte. Zumindest hatte er ihres gerettet – vor einer rachsüchtigen Giftmischerin, die hoffentlich viele, viele Jahre hinter Gittern verbringen würde.

Isabella hatte nur Abscheu für die Frau des ehemaligen Bürgermeisters übrig, die aus purer Eifersucht nicht davor zurückgeschreckt hatte, all ihre Nebenbuhlerinnen über Jahrzehnte hinweg zu vergiften. Beinahe wäre auch Isabella ihr zum Opfer gefallen, wenn André ihr nicht in letzter Sekunde zu Hilfe geeilt wäre.

Und dann gab es da noch diesen einen Kuss, den sie mit ihm ausgetauscht hatte. Es war ein wunderbarer Kuss. Einen, für den sie zweifelsohne Applaus bekommen hätten, wären Zuschauer anwesend gewesen. Doch nach dem Kuss folgte nichts mehr – von dem Blumenstrauß einmal abgesehen, den André ihr ans Krankenbett gebracht hatte. Seitdem waren Wochen vergangen, und nichts deutete mehr darauf hin, dass dieser Kuss auch nur irgendeine Rolle gespielt hatte. Isabella wusste nicht, ob sie darüber glücklich oder verzweifelt sein sollte.

»Du und deine Männergeschichten«, befand Renate zusammenhanglos.

»Ich habe überhaupt keine Zeit für Männergeschichten«, echauffierte Isabella sich. »Schließlich habe ich ein

Café zu führen.« In ihrer Verzweiflung blies sie sich eine Strähne aus der Stirn.

Sie sollte weitaus Sinnvolleres mit ihrer knapp bemessenen Zeit anstellen, als sich im Keller mit ihrer Mutter herumzutreiben. Kuchen backen zum Beispiel, sofern sie ihren Gästen morgen etwas präsentieren wollte.

Sie schloss für eine Sekunde die Augen. Es wurde eine lange Sekunde. In dieser sah sie sich bis in die Nacht hinein in der kleinen Backstube Teige kneten, Backformen einpinseln und Eischnee schlagen.

Obendrein machte ihr der Ofen Sorgen. Sie hatte das Gefühl, dass er die Hitze nicht mehr gleichmäßig verteilte. Zweifellos hatte er die besten Jahre schon lange hinter sich. Aber momentan konnte sich Isabella keinen neuen Ofen leisten. Der Hauskauf und die Renovierung des Cafés hatten ihre Reserven beinahe komplett aufgefressen.

Als sie die Augen wieder öffnete, stand Renate unmittelbar neben ihr. Das Kinn ihrer Mutter hatte sich gesenkt, und sie nahm mit zusammengekniffenen Augen den Boden vor ihren Füßen in Augenschein.

»Aber wirklich jetzt«, sagte sie. »Der Teppich hier würde sich geradezu perfekt unter dem Wohnzimmertisch machen.«

Isabella lachte ungläubig auf. »Das alte mottenzerfressene Ding würdest du mit nach oben nehmen?« Mit Unbehagen betrachtete sie den großen Perserteppich, der aufgrund des Staubs der Jahrzehnte sämtliche Farbe verloren hatte. Vermutlich war er einmal rot gewesen.

Renate winkte ab. »Einmal über den Zaun gehängt und ordentlich mit dem Teppichklopfer drüber, und das Teil ist wieder wie neu.«

Isabellas Blick wechselte zum Teppich und zurück zu Renate. Worte fand sie keine mehr.

»Zugegeben«, räumte Renate schließlich ein. »An manchen Stellen ist er ein wenig abgewetzt.« Sie ging in die Hocke, zupfte am Fransenende, offenbar in dem Versuch, eine Falte aus dem Teppich zu ziehen.

Isabella sah ihr nur halbherzig dabei zu und überlegte, womit sie nun beginnen sollte. Noch immer kraftlos nahm sie die Kaffeemühle zur Hand. Sie verspürte nicht die geringste Lust, den ganzen Tag im Keller zu verbringen. Sie konnte sich wahrlich Schöneres an ihrem freien Tag vorstellen.

Obendrein hatte sie noch einen Haufen Kuchen und Torten zu backen. Doch dazu brauchte es erst einmal Florians Lieferung, die bereits einen Tag auf sich warten ließ. Seit sein Großvater im Krankenhaus war, ging es bei den Tannhöfers drunter und drüber, und sie bekam Florian kaum noch zu Gesicht.

»Ich bekomme die Falte nicht glatt gezogen«, beschwerte sich Renate. »Hilfst du mal?«

»Wozu? Ich will den Teppich nicht im Wohnzimmer haben.«

»Sei doch nicht immer so voreilig. Lass uns erst einmal das Muster in seiner Gesamtheit betrachten, wenn die Falten draußen sind. Ich bin sicher, dass es wunderhübsch aussieht. Außerdem passen die Farben hervorragend in unser Feng-Shui-Konzept.«

Mit einem Fluch auf den Lippen erhob Isabella sich von der Waschtrommel und stellte die Kaffeemühle wieder dort ab, wo sie die letzten Jahrzehnte verbracht hatte. Dann klopfte sie sich den Staub unter ihren Fingerkuppen an der Jeans ab und tat es ihrer Mutter gleich. Sie zog am anderen Ende der Fransen und wirbelte damit nur noch mehr Staub auf.

Hustend hielt sie sich die Hand vor den Mund. Dabei

hatte sie den Teppich so jäh losgelassen, dass ihre Mutter mitsamt den Fransen in der Hand nach hinten kippte.

Aus dem Husten wurde ein Lachen, das erst dann erstarb, als Renate, auf dem Hosenboden sitzend, sie mit einem bösen Blick bedachte. Sie hielt den verrutschten Teppich noch immer in der Hand.

»Entschuldigung.« Isabella trat auf ihre Mutter zu, um ihr aufzuhelfen, doch sie stolperte.

»Was zum …?«

Irritiert fiel ihr Blick auf den Betonboden des Kellerraums, und sie wunderte sich. Doch dort lag nichts, das ihr Stolpern erklärte.

»Alles in Ordnung, Liebes?«, fragte ihre Mutter mit besorgter Stimme.

»Ja, es ist nichts.« Isabella lachte leise und unbekümmert. »Ich bin über irgendetwas gestolpert.

Ihre Mutter richtete sich auf und betrachtete gemeinsam mit Isabella den blanken Boden, den der Teppich freigegeben hatte. »Nanu«, sagte sie. »Schau doch mal, die Falten waren gar nicht im Teppich, sondern im Boden.«

Isabella verstand sofort, was ihre Mutter meinte. Auch sie sah es nun eindeutig.

Renate runzelte die Stirn. »Das nenne ich mal schlampige Handwerksarbeit. Da hat man wohl den Beton nicht glatt gezogen.«

»Nein«, erwiderte Isabella sogleich. »Das ist nicht der Grund. Vielmehr sieht es so aus, als sei der Boden an manchen Stellen … eingesackt.«

Sie konnte es sich nicht näher erklären, aber irgendwie wirkte es, als hätte man aus dem Boden die Luft rausgelassen. Hier und dort gab es Vertiefungen, wohingegen sich an einer anderen Stelle eine Erhebung abzeichnete. Auf Isabella wirkte es, als hätte sich etwas durch den Beton drücken wollen. Irgendetwas daran kam ihr äußerst suspekt vor.

»Wir brauchen mehr Licht.«

Ohne die Erwiderung ihrer Mutter abzuwarten, eilte sie aus dem Kellerraum und kam wenig später mit einer Baulampe in der Hand wieder, die sie in der Waschküche gefunden hatte.

Sie hatte keinen Schimmer, warum Änni im Besitz einer solchen Lampe war, und es interessierte sie auch nicht. Wichtiger war, dass sie funktionierte. Und das tat sie, wie sie schmerzhaft feststellte, als sie den Stecker in die Buchse steckte. Ein gleißend heller Lichtschein stach ihr in die Augen. Natürlich hatte sie direkt in die Lampe geschaut.

Es brauchte eine Weile, bis die Lichtblitze und grellen Sterne vor ihren Augen verschwanden. Die Zeit hatte ihre Mutter genutzt, um die Baulampe direkt auf den Boden auszurichten. Sie war bereits auf den Knien und fuhr mit den Händen die Konturen entlang, die im Beton zu erkennen waren.

Langsam erhob sie sich, sah sich suchend um, und stellte sich schließlich auf die Waschtrommel. Wieder blickte sie auf den Boden. Ehe Isabella fragen konnte, was das sollte, glitt ein stummer Schrei aus dem Mund ihrer Mutter, und sie schlug sich in der nächsten Sekunde hart auf den Mund. Erst mit der einen Hand, dann mit der anderen.

»Was hast du?« Eifrig gegen die Helligkeit anblinzelnd, sah Isabella zu ihrer Mutter auf.

Doch die antwortete ihr nicht, richtete nur den ausgestreckten Zeigefinger zum Boden. Isabellas Blick senkte sich ebenfalls. Sie versuchte, aus der Reaktion ihrer Mutter schlau zu werden. Und da erkannte sie etwas. Im harten Licht der Baulampe fügten sich die Vertiefungen und Erhebungen zu einer Kontur zusammen. Einer großen Kontur – mit den Umrissen eines …

»Das ist ein Mensch!« Isabella klappte der Mund vor Entsetzen auf.

Ihre Mutter nickte. Das blanke Grauen stand auch ihr ins Gesicht geschrieben.

Und nun erkannte Isabella auch, über was sie da gestolpert war. Es war die Spitze eines Schuhs, der mit Beton überzogen war. Weiter oben drückte sich durch das Grau eindeutig eine Schulter, und mit gutem Willen war die Silhouette eines Schädels erkennbar, der sich direkt neben der Waschtrommel durch den Beton presste.

Isabella war von diesem Anblick fasziniert und entsetzt zugleich. Ihre Augen sahen das Eindeutige, doch ihr Verstand war noch nicht dazu in der Lage, das Gesehene wirklich zu erfassen. »Da-da-das kann nicht sein«, stammelte sie vor sich hin.

Ihre Mutter sagte gar nichts mehr, was äußerst ungewöhnlich war und die Dramatik dieser Situation nur verstärkte.

Sie wusste nicht, wie lange sie da stand. Das Kinn gesenkt, die Augen auf die Silhouette gerichtet. Sekunden? Minuten? Jahre?

Als sie sich endlich aus ihrer Schockstarre gelöst bekam, eilte sie aus dem Kellerraum und rannte noch einmal zur Waschküche, wo sie erst gestern den Werkzeugkasten abgestellt hatte, um den Wasserhahn zu reparieren.

Wobei das Wort Reparieren nicht wirklich zutraf, da er lediglich vor sich hin getropft hatte und die Ventilschraube fester angezogen werden musste. Trotzdem war sie nicht wenig stolz auf sich, das Problem allein gelöst bekommen zu haben.

»Isabella!«, hörte sie ihre Mutter aus dem Nebenraum

rufen. Der Tonfall klang leicht hysterisch. »Du kannst mich doch hier nicht allein lassen!«

Ehe ihre Mutter einen Nervenzusammenbruch bekam, war Isabella auch wieder zurück, hielt kurz inne, indem sie einmal schnaufte und sich davon überzeugte, dass ihr die Augen keinen Streich gespielt hatten. Schwerfällig ließ sie sich auf die Knie fallen, öffnete den Werkzeugkasten und wühlte durch das Werkzeug.

Renate stand noch immer auf der Waschtrommel und sah sie eine ganze Weile ausdruckslos an. Auf Isabella wirkte sie wie ein Elefant, der sich vor einer Maus in Acht nahm. Endlich fand sie, wonach sie gesucht hatte.

»Himmel, was hast du vor?«, fragte ihre Mutter schließlich.

Isabella nahm den Meißel in die linke und den Hammer in die rechte Hand. »Was wohl? Ich will uns Gewissheit verschaffen.«

Ohne Renates Antwort abzuwarten, setzte sie den Meißel an und begann zu hämmern.

»Auf jeden Fall können wir ihn nicht hier unten liegen lassen.« Isabella schüttelte es eisig durch. »Allein der Gedanke, dass eine Leiche hier unten liegt, wird mich nie wieder ruhig schlafen lassen.«

KAPITEL 2

Übelkeit oder Faszination. Isabella wusste nicht, welche Empfindung sich stärker an die Oberfläche drängte.

Bewaffnet mit Hammer und Meißel hatte sie vorsichtig den unter dem Zement erkennbaren Schuh freigelegt. Ihre Mutter kniete neben ihr und war ausnahmsweise mucksmäuschenstill, während sie mit großen Augen und schwerem Atem dabei zusah, wie Isabella behutsam zu Werke ging.

Dem Schuh folgte ein Hosenbein, von dem sie nicht sagen konnte, ob es zu einer Stoffhose oder einer Jeans gehörte. Tatsache aber war, dass das Hosenbein nicht leer war. Ebenso wenig wie der Schuh.

Als sie die Höhe des Knies erreicht hatte, hielt sie inne und wischte sich die schweißnassen Haare aus der Stirn. Durch das kleine Kellerfenster drückte sich ein dicker Sonnenstrahl, in dem die aufgewirbelten Staubpartikel des gelösten Zements munter vor sich hin tanzten. Der Geruch des alten Betons erfüllte die Luft, vermischt mit etwas anderem, über das Isabella gar nicht erst nachdenken wollte.

»Wir haben tatsächlich eine Leiche im Keller.« Ihre

Mutter starrte sie mit einem entgeisterten Ausdruck im Gesicht an, der nicht entgeisterter hätte sein können, wenn ein Ufo im Vorgarten gelandet wäre und drei kleine grüne Marsmenschen unter den Klängen einer Mariachi-Band eine Piñata an den Kirschbaum gehängt und mit einem bunten Stock munter drauflosgeschlagen hätten. »Was machen wir denn jetzt?«

Isabella kniff die Lider zusammen, weil ihr Zementstaub in die Augen geflogen war. Es war eine berechtigte Frage, auf die sie jedoch keine Antwort wusste. Insgeheim hatte sie die Hoffnung gehegt, dass die eindeutigen Konturen im Fußboden einer in Zement gegossenen Schaufensterpuppe gehörten. Doch wer sollte so etwas tun? *Wer versenkt eine Puppe im Kellerboden?*

Doch es war keine Puppe. Und damit wurde die sorgfältig nach hinten geschobene Frage wieder nach vorn gerückt und verlangte noch drängender nach einer Antwort. Wer verscharrte eine Leiche im Kellerboden und goss Zement darüber?

»Es sieht auf jeden Fall nach einem Männerbein aus«, befand Renate mit fachmännischem Blick.

Isabella wollte gar nicht so genau hinschauen, zwang sich aber dennoch zu einer ausführlichen Inspektion. »Das ist ganz klar ein Herrenschuh«, stellte sie pragmatisch fest. Dabei erschrak sie selbst ein wenig über den sachlichen und emotionslosen Klang ihrer Stimme. Zwei Attribute, die in keiner Weise ihr Innerstes widerspiegelten.

Sie betrachtete das Hosenbein, um ganz, ganz sicher zu gehen, dass all dies nicht doch einfach nur ein schrecklicher Irrtum war. Zum Vorschein kam eine irgendwie ausgemergelt aussehende Wade, die ganz und gar nicht von einer Modepuppe stammte.

Und als ihr Hirn von irgendwo ganz weit hinten die

Assoziation mit Schwarzwälder Schinken hervorkramte, wusste sie, welche Empfindung stärker an die Oberfläche drängte. In diesem Augenblick beschleunigte die Übelkeit mit Schallgeschwindigkeit.

Es war dem gänzlich überraschenden Geräusch der aufschrillenden Haustürklingel zu verdanken, dass Isabella es noch gerade rechtzeitig geschafft hatte, den Würgereiz zu unterdrücken. Sie warf ihrer Mutter einen besorgt-fassungslosen Blick zu.

Renate stellte die Frage aller Fragen: »Wer kann das sein?«

Es klingelte wieder.

Und wieder.

Und dann wurde aus dem einzelnen Klingeln ein penetranter Dauerton.

»Da ist jemand wirklich hartnäckig«, befand Renate.

Isabella war noch immer nicht zu einer Regung in der Lage. Zu sehr war sie damit beschäftigt, das Unwohlsein im Zaum zu halten. Es kam ihr vor, als tose ein Unwetter in ihrem Magen – wie in einem wütenden Meer. Und ihre Magenwand war die Kaimauer, über der die Wellen brachen.

»Brechen«, raunte Isabella. »Ich glaube, ich muss mich übergeben.«

Renate fuchtelte ihr mit den Armen entgegen. »Nicht auf den Teppich!« Ihre Stimme überschlug sich panisch.

Isabella wedelte ihrerseits die Hände ihrer Mutter fort. Dann sprang sie geradezu auf und stürmte aus dem Kellerraum.

»Du kannst mich doch hier nicht allein lassen!«, hörte sie ihre Mutter überreizt rufen. »Mit dem … Ding im Boden.«

Isabella antwortete nicht. Doch mit der Bewegung wurde die Übelkeit nach unten gedrückt. Während sie über ihre letzte Mahlzeit nachdachte, fiel ihr ein, wer da an der Tür Sturm klingelte.

»Es ist Florian«, rief sie über ihren Rücken hinweg. »Ich wimmele ihn ab. Hämmer du weiter!«

»Waaaaas?«, drang es scharf aus dem Kellerraum, gefolgt von einem nicht minder schrillen »Iiiiiich?«.

Isabella eilte die Treppen hoch. Aus dem spitzen Dauerton der Klingel wurde nun ein rhythmisches Schrillen – als würde Florian das Morsealphabet rauf und runter klingeln.

Mit Schwung riss sie die Tür auf und schnappte nach Luft.

»Hi!« Florian reckte sein Kinn und nickte ihr zu. »Ich bringe das Mehl und die Hefe.« Während er sprach, hielt er ihr eine orangefarbene Brotkiste entgegen.

Im Reflex wollte Isabella nach ihr greifen, doch Florian wich zurück. »Lass nur, die ist irre schwer. Ich trage sie dir rein. Ich hab dir noch ein paar Liter Milch draufgepackt.« Florian grinste gut gelaunt. »Ich war nämlich gerade beim Bauer Adams.«

Sein Gesicht kam ein Stück weiter auf sie zu. »Außerdem gibt es da noch etwas, was ich dir unbedingt mitteilen muss.« Er legte bei seinem Grinsen noch eine Schippe drauf, was Isabella umso unsicherer machte. »Es wird dich aus den Socken hauen.«

Hinter ihr ertönte ein Klopfen. Als ihr bewusst wurde, was das für ein Geräusch war, fuhr ein Schauer über ihren Rücken. »Du kannst nicht rein!« Sie schrie ihm die Worte förmlich entgegen.

Das Grinsen bröckelte aus Florians Gesicht, als würde es ihm eine unsichtbare Kraft im Rhythmus der Schläge, die aus dem Keller ertönten, aus den Zügen meißeln.

»Himmel, Isabella, was ist los? Du siehst aus, als hättest du einen Geist gesehen!« Er riss die Augen auf. »Ist jemand im Haus, der dich bedroht?« Den Augen folgte der Mund. »Ist die Baldegg zurück?!«

»Geh, Florian. Bitte!«

»Den Teufel werd ich! Ich sehe dir doch an, dass etwas nicht stimmt! Und außerdem: Was ist das für ein Gehämmer?«

In ihrer Verzweiflung fiel Isabella nichts Gescheiteres ein, als ihm die Tür vor der Nase zuzuschlagen. Wie im Reflex ging ihre Hand nach vorn, doch Florian kam ihr zuvor und stellte seinen Fuß dagegen – als unüberwindbaren Widerstand.

»Sag mir, was los ist!«, forderte Florian energisch. Seine rehbraunen Augen funkelten zornig auf. Seine eben noch freundliche Stimme klang nun beinahe wütend.

Mit einem Mal fühlte Isabella sich daran erinnert, dass sie ihn im Kindesalter stets um eine halbe Kopflänge überragt hatte. Noch immer war es ungewohnt für sie, ihren Kindheitsfreund als erwachsenen Mann vor sich zu haben. Sie schüttelte den Kopf, versuchte sich an einem Lächeln, doch es ging auf dem Weg zu ihrem Gesicht verloren.

»Steckst du in der Klemme?« Irgendwie schaffte er es, sich die große Kiste unter den linken Arm zu klemmen und mit dem rechten die Tür ein Stück weiter aufzudrücken.

»Nein«, erwiderte Isabella. »Es ist nicht so, wie du denkst. Ich …«

»Isilein?« Die Stimme ihrer Mutter schallte dumpf durch den Flur. »Alles in Ordnung da oben?«

»Renate!«, rief Florian über Isabellas Schulter hinweg – so laut, dass es in ihren Ohren dröhnte. »Geht es euch gut?«

»Natürlich geht es uns gut«, erwiderte Isabella erbost. »Was denkst du denn?« Allmählich packte sie eine leichte Wut.

Was bildete der Mann sich ein? Dass sie und ihre Mutter nicht allein in einem Haus klarkamen und einen Samariter brauchten, der sie vor was auch immer beschützte?

Das grelle Organ ihrer Mutter ertönte wieder: »Komm runter, Florian! Das musst du dir anschauen!«

»Nein«, schrie Isabella zurück und stellte sich mitten in den Türrahmen. »Muss er nicht.«

»Was muss er nicht?« Florians Brauen schossen so weit nach oben, dass sie beinahe unter den fransigen Haaren verschwanden, die ihm in die Stirn fielen. Ehe sie sich versah, drückte er ihr die Kiste gegen die Brust.

Isabella war so verdutzt, dass sie sie entgegennahm und sich mit offenem Mund von ihm zur Seite schieben ließ.

»Wo bist du denn, Renate?«

Mit der Kiste in der Hand starrte sie ihm hinterher. Sie war wirklich schwer.

»Im Keller.«

Isabella schloss kurz die Augen, dann die Haustür und folgte Florian die Stufen hinab. Die Kiste stellte sie achtlos im Treppenhaus ab. Nichts war weiter in die Ferne gerückt als das Backen irgendwelcher Kuchen, Gebäckstücke und Torten. Im Flur kam es ihr vor, als hätte sich der Geruch des staubigen Zements bereits überall ausgebreitet. Darüber legte sich der würzig-zitronige Duft von Florian, der wie eine Wolke hinter ihm herzog.

»Tut mir leid, dass ich gerade an der Tür so besorgt war.« Er warf den Kopf zurück und schenkte ihr ein entschuldigendes Lächeln. Zumindest glaubte Isabella das. Im schummrigen Flurlicht ließen sich seine Züge gerade mal erahnen. »Aber seit damals bin ich einfach übervorsichtig, was deine körperliche Unversehrtheit angeht.«

»Die Baldegg ist hinter Gittern«, stellte Isabella klar. »Sie wird mir nichts mehr anhaben können.« Mit dem Aussprechen des Namens legte sich Schwermut auf ihr Herz.

Nach all den Wochen fühlte es sich nur noch wie ein schlechter Traum an, dass sie vergiftet worden war und kurz davorgestanden hatte, sich für immer die Radieschen von unten anzuschauen.

Bei Florian hatte dieser Umstand jedoch das reinste Trauma ausgelöst. Er hatte es sich noch immer nicht verzeihen können, dass ausgerechnet er es war, der Isabella an der Villa der Baldeggs abgesetzt hatte. Isabella vermutete zudem, dass er es noch weniger verkraften konnte, dass nicht er, sondern André sie gerettet hatte. Ausgerechnet der Mann, den Florian so gar nicht mochte.

»Du machst dich absolut lächerlich!« Um ihren Worten mehr Ausdruck zu verleihen, stampfte sie bei jeder Treppenstufe laut auf. »Es ist ja nicht so, dass Zapfbach ein Moloch wäre, in dem sich nur Mörder und Sittenstrolche tummeln.«

Sie hörte Florian auflachen.

Er wollte zu einer Erwiderung ansetzen, doch da erschien Renate auf der untersten Stufe. »Gut, dass du da bist, Florian. Wir können wirklich Hilfe gebrauchen. Der Meißel liegt doch schwerer in der Hand, als ich dachte.« Sie hielt ihm den Hammer und das Stahlwerkzeug hin.

Florian blieb stehen und warf Isabella einen fragenden Blick zu. »Was habt ihr vor?«, fragte er. »Wollt ihr eine Wand hier unten einreißen?« Er lächelte unsicher.

Isabella trat seufzend an ihm vorbei. »Nicht ganz. Am besten, du siehst selbst.«

Mit kleinen Schritten näherte sie sich dem grellen

Licht der Baulampe, das aus dem Kellerraum kam, und machte sich auf den Anblick gefasst, der sie dort erwartete.

Renate hatte tatsächlich die letzten Minuten genutzt, um weiter auf den Boden einzuhämmern. Ihr war es gelungen, den gesamten Schuh freizumeißeln. Ein Luftzug blies ihr in den Nacken und bescherte ihr eine Gänsehaut.

»Was macht ihr denn mit dem Boden?« Florian trat mit Schwung an Isabella vorbei. Er hielt jedoch in der Bewegung inne, als hätte sich unmittelbar vor ihm ein unüberwindbarer Abgrund aufgetan. »W-was ... ist das?« Er ruderte mit den Armen, als versuche er, das Gleichgewicht wiederzuerlangen.

»Ein Toter«, sagte Renate trocken und fügte mit einem Hauch Vorwurf hinzu: »Das ist doch ziemlich eindeutig. Aber keine Sorge, Florian, der war schon vor uns hier.«

Über die Kaltschnäuzigkeit ihrer Mutter konnte Isabella sich nur wundern. »Renate meint damit, dass wir ihn gerade erst gefunden haben. Also ... die Leiche, meine ich.«

Florian schwieg. Sein Blick saugte sich geradezu am Kellerboden fest.

Renate hielt ihm wieder Hammer und Meißel entgegen. »Wir versuchen, ihn freizulegen, um ...« Sie sprach nicht weiter, vermutlich weil sie selbst nicht wusste, was weiter geschehen sollte. Isabella wusste es ebenso wenig.

»Wisst ihr denn, wer es ist?«, fragte Florian nach einer ganzen Weile eisernen Schweigens.

Sowohl Isabella als auch Renate schüttelten den Kopf.

»Oder wie lang er schon hier unten liegt?«

Wieder ein synchrones Kopfschütteln.

»Wir wissen überhaupt nichts«, gab Isabella zu, »wir

sind gerade erst beim Aufräumen … darauf gestoßen.« Sie wollte das Wort Leiche nicht in den Mund nehmen. Als würde der Schrecken des Unumstößlichen damit abgemildert.

Aber man konnte nichts abmildern. In ihrem Keller lag eine Leiche. Einzementiert. Allem Anschein nach war sie nicht die Einzige, die diesen Schock zu verdauen hatte. Eine sprichwörtliche Totenstille herrschte im Keller.

Dann kam ihr ein Gedanke. Sie hob den Kopf und sah Florian mit zusammengezogener Stirn an. »Du hast gesagt, du musst mir etwas Dringendes sagen?«

Er drehte den Kopf in ihre Richtung und sah sie derart befremdet an, als würde sie Swahili sprechen.

»Oben, vor der Tür.«

Noch immer war die Verwirrung in Florians weiche Züge gemalt, aber dann erhellte sich sein Blick. »Ach ja.« Er lächelte, anscheinend über sich selbst. Noch einmal senkte sich sein Kinn, und er nahm die einzementierte Leiche in den Fokus, schüttelte voller Unglauben den Kopf, und nun hatte Isabella seine ungeteilte Aufmerksamkeit.

»Es ist der Wahnsinn!« Seine Stimme klang eine Oktave höher als sonst, was Isabella in Alarmbereitschaft versetzte. Begeisterter Wahnsinn war nichts, was ihr gefiel. »Du wirst es nicht glauben!«

Sie hob eine Braue. Die Rechte. So hoch, dass ihr eine Haarspitze ihres Ponys ins Auge fiel. »Was werde ich nicht glauben?«

Florian schmunzelte. Er nahm den Blick nicht von ihr. Ohne Vorwarnung schossen seine Arme nach vorn, und er packte sie an den Schultern. »Ich hab mich heimlich in deinem Namen bei *Süß & Lecker* beworben.« Seine Augen waren mit einem Mal weit aufgerissen, doch Isabella verstand nicht.

Sollte ihr das irgendwas sagen? Sie horchte tief in sich hinein, fand aber keine Verbindung.

»Die Backsendung?«, fragte Renate voller Erstaunen. »Die vom Regionalsender? Schwarzwald TV?«

»Genau die!« Florian grinste. Mit einem Mal schien der Tote zu seinen Füßen vergessen zu sein. »Aber so regional ist der Sender gar nicht mehr. Mittlerweile wird er in ganz Baden-Württemberg empfangen.«

Isabella verstand es noch immer nicht.

Dafür geriet Renate ins Schmunzeln und setzte ein versonnenes Lächeln auf. »Ich mag die Moderatorin sehr.«

Florian nickte voller Zustimmung. »Simone Sommerwind. Ja, die ist wirklich spitze.« Ruckartig wandte er sich Isabella zu. »Und *du* wirst sie kennenlernen.«

Isabella fuhr zusammen. »Wer? Ich?? Wen???«

»Simone Sommerwind und das ganze Team von *Süß & Lecker*«, erklärte er ihr noch einmal voller Euphorie. »Mann, wie ich dich beneide. Ich liebe diese Backsendung.«

»Schön und gut.« Allmählich verlor Isabella die Geduld. »Aber was habe ich damit zu tun?«

»Hab ich doch bereits gesagt«, sagte Florian.

Renate nickte zustimmend. »Hat er.«

Diese Verräterin!, dachte Isabella und versuchte sich an einem verkrampften Lächeln. Worüber sprachen sie hier überhaupt? Zu ihren Füßen lag ein Toter. Nichts konnte wichtiger sein, als sich dieses dringlichen Problems anzunehmen.

Über ihre Gedanken hinweg holte Florian zu einer ausführlichen Erklärung aus: »*Süß & Lecker* veranstaltet in jedem Quartal einen Backwettbewerb, in dem sich die besten Bäcker und Konditoren des Schwarzwalds miteinander messen.«

»So?«

Isabella unterdrückte ein Gähnen, was Florian nicht davon abhielt, weiter und überschwänglich zu skandieren: »So! Jeder versierte Hobbybäcker, jede Backstube, jedes Café und jede Konditorei, die was auf sich hält, nimmt an diesem Wettbewerb teil. Ich selbst habe vor Jahren daran teilgenommen und den zweiten Platz belegt.«

Seine Brust schwoll vor Stolz an. »Und jetzt, dachte ich mir, ist es an der Zeit, dass wir herausfinden, wer von uns beiden der beste Kuchenbäcker in Zapfbach ist.« Er sah sie fest an. Eine leichte Röte verbreitete sich auf seinen Wangen. »Deshalb, Isabella, habe ich dich bei der Sendung angemeldet.«

»Nein, das hast du nicht ...« Sie stockte und funkelte ihn warnend an.

»Himmel, er hat doch gerade gesagt, dass er es getan hat.« Ihre Mutter rollte genervt die Augen.

»Misch dich da nicht ein, Renate«, giftete Isabella zurück. Wie sie es hasste, wenn sich ihre Mutter in ihre Gespräche einklinkte.

»Mein ja bloß.« Sie verschränkte trotzig die Arme vor der Brust. Dabei hielt sie Hammer und Meißel noch immer umklammert, was ihr ein wenig das Aussehen einer sozialistischen Statue verlieh.

»Aus eigenen Stücken hättest du das doch niemals getan«, rechtfertigte Florian sich.

»Stimmt genau«, sagte Isabella.

Er nickte ihr hart zu. »Aber ich finde, dass es an der Zeit ist, dass jeder hier im Schwarzwald weiß, wer die zweitbesten Kuchen und Torten backt.«

Wieder schoss ihre Braue hoch, was Florian zum Schmunzeln brachte. »Nimm an dem Wettbewerb teil, und belege einen besseren Platz als ich, und vielleicht werde ich dann anerkennen, dass du die Bessere von uns beiden bist.«

Isabella schüttelte den Kopf. »Das … das ist so kindisch, Florian!« Ihr stand gerade überhaupt nicht der Sinn nach einem derart infantilen Gehabe.

»Ich finde, das klingt fair«, äußerte sich ihre Mutter.

Isabella schnaufte. *War ja klar.*

»Ich will an keiner Backsendung teilnehmen«, entgegnete Isabella vehement und verschränkte zur Bestätigung ihrer Worte die Arme, ließ sie aber sogleich wieder sinken, als ihr klar wurde, wie ähnlich sie ihrer Mutter dabei sehen musste.

»Möchte«, korrigierte Renate sie. »Es heißt ›möchte‹.«

»Tja.« Florians Hand wanderte zu seinem Nacken, den er sich so heftig rieb, als wolle er das Jucken eines Mückenstichs vertreiben. »Dafür ist es wohl nun zu spät. Denn sie haben deine Teilnahme bestätigt.« Er bedachte Isabella mit einem verschmitzten Grinsen, das sie ihm am liebsten aus dem Gesicht gekratzt hätte.

»Wie konntest du es wagen?«

Seine Miene verfinsterte sich. »Ich dachte, du freust dich.«

Wieder verschränkten sich ihre Arme wie von selbst vor der Brust. »Du musst das absagen.«

»Das geht nicht.«

»Warum nicht?«

»Weil das Kamerateam bereits morgen im Zuckerherzschlössle auflaufen wird, um einen Einspieler über dich zu drehen.«

»Einspieler?«, hakte Isabella misstrauisch nach, woraufhin ihre Mutter freudig jauchzte.

»Mein Gott, wie aufregend! Vielleicht kann ich im Fernsehen dann was von meiner Tanzschule erzählen.

Etwas Werbung zur Eröffnung kann schließlich nicht schaden.«

»Das ist eine wunderbare Idee.« Isabella wandte sich ihrer Mutter mit einem zuckersüßen Lächeln zu. »Und wenn das Kamerateam schon mal da ist, kann es auch gleich unsere einbetonierte Leiche filmen. Das macht sich doch bestimmt ganz wunderbar im Regionalfernsehen.«

»Isabella«, ermahnte ihre Mutter sie mit missfallendem Blick.

»Ist doch wahr«, motzte Isabella zurück.

»Gut«, warf Florian ein, während er sich wieder über den Nacken fuhr. »Die Leiche hier ist in der Tat ein Problem.« Sein Blick senkte sich zu Boden, wo er noch einmal die sich durch den Beton drückenden Konturen betrachtete. »Haben wir denn eine Idee, um wen es sich hier handeln könnte?«

»Nein«, erwiderte Renate sofort. »Aber es gibt wohl nur eine einzige Möglichkeit, wie sich das herausfinden lässt.« Sie drückte dem verdutzt dreinblickenden Florian Hammer und Meißel in die Hand.

»Du meinst, ich soll …?«, fragte er unsicher.

Renate nickte entschlossen.

Doch Florian schüttelte den Kopf. »Auf keinen Fall«, entschied er mit fester Stimme. »Wir müssen die Polizei verständigen. Immerhin könnte es sich hier um einen Tatort handeln. Den dürfen wir doch nicht einfach so mutwillig zerstören.«

Isabella schnaufte laut auf. Vor Erregung und Anspannung. Aber Florian hatte recht, die Polizei musste her. Ihre Anspannung wurde größer, als sie ihr Smartphone aus der Jeanstasche fischte und sich durch ihre Kontakte scrollte. Allein den Namen zu lesen, ließ ihren Herzschlag beschleunigen.

KAPITEL 3

»Ich bin so schnell gekommen, wie ich konnte. Was gibt es denn?«

Obwohl sie auf seine Ankunft vorbereitet war, raubte es ihr kurz den Atem, als er vor ihrer Tür stand.

André sah gut aus. Unverschämt gut sogar. Er hatte ein weißes Hemd am Leib, dass er zu einer aus der Zeit gefallenen stone-washed Jeans trug und dessen oberste Knöpfe offen standen. Darüber trug er eine lässige Lederjacke, deren Ärmel ein wenig hochgekrempelt waren und sehnige braun gebrannte Unterarme erkennen ließen. Er grinste sie über den Rand einer Sonnenbrille hinweg an, die er sich lässig von der Nase zog, und seine leuchtend-blauen Augen strahlten.

Isabella wich seinem Blick aus. Sie sah an ihm vorbei und erblickte den schwarzen SUV, der auf dem Parkplatz vor dem Café stand. Sie atmete erleichtert auf. Wie gefordert, war er nicht mit einem Streifenwagen zu ihr gefahren, sondern hatte seinen Privatwagen genommen.

Nach den zurückliegenden Ereignissen wollte sie es unbedingt verhindern, allzu schnell wieder einen Polizeiwagen vor ihrem Café zu sehen. Dafür war die Erinnerung an die tote Frau, die beim vermeintlichen Genuss eines Stücks Schwarzwälder Kirschtorte ums Leben gekommen war, noch zu frisch. Es reichte ihr, dass ihr geliebtes Zuckerherzschlössle als Sightseeing-Tipp in einem Gruselreiseführer aufgeführt wurde. Da musste sie den Gerüchten irgendwelcher Flüche, die auf dem Haus lägen, nicht noch mehr Nahrung bieten.

Der nächste Blick galt dem großen Mann, der vor der Tür stand und sie unverschämt strahlend anlächelte. Es war ein Lächeln, das die Kraft hatte, alles um sich herum einzunehmen. »Ist dir ein Tortenboden angebrannt, und du hast anstelle der 112 die 110 gewählt?« Er grinste, doch Isabella stieg nicht darauf ein.

»Es ist ernst«, sagte sie nur. »Im Keller.«

André hob die Brauen. »Ich soll mit dir in den Keller?« In seine Stimme hatte sich es etwas Anzügliches geschlichen. »Was erwartet mich denn dort? Ein geheimer dunkler Raum? Bist du endlich dazu bereit, deine wildesten Fantasien mit mir auszuleben und mir deine schmutzige, dominante Seite zu zeigen?«

Er hob den Saum seiner Lederjacke an und entblößte ein paar Handschellen, die an seinem Gürtel festgeschnallt waren. Dann hielt er ihr die Hände hin und drückte die Ballen aufeinander. »Ich bin für jede Schandtat bereit, Isabella. Also …« Er trat einen Schritt näher auf sie zu und sah ihr tief in die Augen. »Was wird mich dort unten … erwarten?«

»Meine Mutter«, erwiderte Isabella trocken. »Und Florian.«

Und ein Toter, fügte sie ihren Gedanken hinzu. Ohne ein weiteres Wort der Erklärung machte sie auf dem Absatz kehrt und eilte zurück in den Keller. Hinter sich hörte sie Andrés schwere Schritte, doch sie drehte sich nicht nach ihm um.

Sollte er ruhig darüber nachdenken, wie deplatziert seine anzüglichen Bemerkungen waren. Überhaupt grenzte es an eine Unverschämtheit, derart mit ihr zu sprechen.

Natürlich wusste sie, dass es seine Art war, die merkwürdige Spannung, die seit diesem einen Kuss zwischen ihnen herrschte, zu überspielen. Im Grunde mochte sie sogar seinen leicht anzüglichen Humor, der eher unbeholfen als wirklich anzüglich wirkte.

Himmel, sie wurde einfach nicht schlau aus diesem Kerl. Nach diesem Kuss hatte er ihr das Leben gerettet, und dann? Nichts! Gar nichts mehr war zwischen ihnen passiert. Erst hatte Isabella das Gefühl, er wolle ihr aus dem Weg gehen. Doch seitdem er dann mit all seinen Habseligkeiten nach Zapfbach gezogen war und eine kleine Dachgeschosswohnung in direkter Nähe zum Marktplatz bewohnte, hatte sie das Gefühl, von ihm geradezu erdrückt zu werden.

Immer wieder liefen sie sich über den Weg. Meist natürlich ausgerechnet dann, wenn Isabella überhaupt nicht in optischer Verfassung dazu war. Sie gab sich nicht der Illusion hin, dass er ihretwegen nach Zapfbach gezogen war. Nein, dieser Umstand war schlicht und ergreifend seinem Job geschuldet, da die Polizeistelle, in der er nun seinen Dienst verrichtete, zu weit weg von Karlsruhe lag.

Außerdem, so wusste Isabella mittlerweile, lebte sein kleiner Sohn in Bühlertal, und das war tatsächlich der Hauptgrund, warum ein erfolgreicher Polizist, wie André es zweifellos war, sich in den Schwarzwald hatte versetzen lassen.

Isabella war auf eine unbestimmte Art erleichtert, als André ihr von Max erzählt hatte, dem fünfjährigen kleinen Racker, dem auch der Kindersitz in seinem SUV gehörte, den sie nach dem Kuss auf der Brücke entdeckt hatte. Sie hatte schon befürchtet, sich von einem liierten Mann geküsst haben zu lassen. Doch Max war das Produkt einer gescheiterten Beziehung, die ihr Ende fand, bevor sie es zum Traualtar geschafft hatten.

Nun lebte seine ehemalige Freundin mit seinem Sohn im Elternhaus am Rande der Schwarzwaldhochstraße, und dank des Umzugs war er nun dazu in der Lage, seinen Sohn so oft wie nur möglich zu sehen.

Was sie selbst von André halten sollte, wusste Isabella noch immer nicht. Eigentlich war er so gar nicht ihr Typ. Er sah viel zu gut aus und hatte dazu Ecken und Kanten in seinem verschrobenen Charakter, die sie in den Wahnsinn trieben. Und dann reichte wieder doch nur ein Augenaufschlag, um sie wie Spaghetti-Eis im Hochsommer dahinschmelzen zu lassen.

Eindeutig hegten sie Sympathien füreinander, fanden sich auf eine prickelnde Art anziehend. Mehr noch: In Andrés Gegenwart wurde Isabella nervös wie ein kleines Schulmädchen, aber irgendwie schien es eine unsichtbare Barriere zu geben, die sich einfach nicht durchdringen ließ.

Immer dann, wenn sie das Gefühl hatte, sie wären sich einen Schritt nähergekommen, war die nächste Begegnung kühl und unbeholfen oder fand erst viele Tage später statt, sodass sich an das Vorangegangene nicht anknüpfen ließ.

Außerdem war da noch Florian, mit dem sie ebenfalls eine Beziehung führte, die das Zeug hatte, weit über das Freundschaftliche hinauszugehen. Umso skurriler war es, mit beiden Männern nun in diesem Kellerraum zu stehen, dessen Boden sein düsteres Geheimnis offenbarte.

André staunte nicht schlecht, dass er im Keller tatsächlich auf Renate und Florian traf. Ihre Mutter fiel ihm sogleich in die Arme, die Begrüßung zu Florian hingegen fiel verhaltener aus.

»Als ich meinte, wir sollten die Polizei rufen, dachte ich an einen richtigen Polizisten«, gab Florian in einem Tonfall von sich, aus dem nicht klar wurde, wie ernst es ihm damit war. Sein Blick ruhte lange auf André, der ihm nur ein kurzes Aufnicken zur Begrüßung geschenkt hatte.

Isabella verstand das Verhalten der beiden nicht. Eigentlich waren sie sich recht ähnlich, und doch schafften sie es nicht, ein normales Gespräch miteinander zu führen.

»Bloß weil ich keine Uniform trage, bin ich deshalb weniger Polizist?«, sagte André nur und drehte sich mit einem fragenden Blick zu Isabella. »Also? Warum hast du mich angerufen?«

Isabella streckte zur Antwort ihre Hand aus und zeigte auf den freigelegten Fuß im Betonboden. Es dauerte zwei geschlagene Sekunden, bis André verstand.

Dabei hatte Isabella sein Gesicht nicht aus den Augen gelassen. In seinen Zügen zeichneten sich nacheinander förmlich drei Akte eines Kammerspiels ab – von Verständnislosigkeit über Verwirrung bis hin zum Schrecken der Erkenntnis. »Ist es das, was ich denke, dass es ist?«

»Wenn du denkst, dass es eine Leiche ist, die dort einbetoniert wurde, dann ja«, sagte Renate nüchtern.

André blickte der Reihe nach alle an. Renate nickte langsam, Florian blieb regungslos, und Isabella kaute angespannt auf ihrer Unterlippe herum. Dann ging er langsam in die Hocke und tippte gegen den herausragenden Schuh. »Aber warum und wann und … wer ist das überhaupt?«

Florian schüttelte den Kopf. »Was glaubst du, warum wir die Polizei verständigt haben? Um genau diese Antworten zu bekommen.«

»Wir sind beim Entrümpeln darauf gestoßen«, sagte Isabella. »Wir glauben, dass es ein Mann ist – wegen des Herrenschuhs.«

Renate zeigte auf das Werkzeug. »Wir haben angefangen, ihn aus seinem Zementgrab zu befreien, doch dann dachten wir, dass wir womöglich Spuren vernichten könnten.«

»Ihr habt genau richtig gehandelt.« André nickte ihr anerkennend zu. »Wir dürfen hier auf keinen Fall etwas verändern, bevor die Spusi nicht -«

Isabella riss die Augen auf. »Was meinst du damit? Er muss hier raus. Ich schlafe keine Nacht länger unter diesem Dach – mit einer Leiche im Keller. Deswegen hab ich dich doch angerufen. Du musst ihn da rausholen und mitnehmen. Und zwar so, dass die Nachbarn nichts mitbekommen. Was glaubst du, wie die sich das Maul zerreißen, wenn schon wieder der Leichenwagen vor dem Café steht!«

»Isabella.« André blickte zu ihr auf und fuhr sich angestrengt über das Gesicht. Sie fand, dass er müde aussah. Als hätte er sich die Nacht um die Ohren geschlagen. Der Gedanke reichte aus, um ihr einen Stich in die Magengrube zu versetzen. »Das hier übersteigt meine Kompetenzen als Polizist. Ich kann da unmöglich allein – ich meine, ich muss die Jungs von der Spurensicherung hinzuziehen.«

Isabella spürte, wie sich die Verzweiflung in ihr breitmachte. »Gibt es keine andere Möglichkeit? Ich meine, er wird ja schon eine ganze Weile hier unten liegen.«

André schüttelte den Kopf. »Ich befürchte nicht.« Er lachte leise auf. »Denn für mich ist es ziemlich eindeutig, dass wir einen Tod durch Unfall ausschließen können.« Er senkte den Kopf und betrachtete die Silhouette im Boden. »Eine versteckte Leiche ist nie ein gutes Zeichen.«

»Also die Spurensicherung«, sagte Isabella zögernd. »Schon wieder.«

Renate streckte ihr Kreuz durch und setzte sich in Bewegung. »Gut, dann gehe ich mal Kaffee aufsetzen. Für deine Kollegen.«

André rieb sich die Hände. »Das ist eine hervorragende Idee.« In einer schwungvollen Bewegung drehte er seinen Kopf in Isabellas Richtung. »Und ihr habt nicht zufällig noch etwas Kuchen übrig? Ich würde töten für ein Stück Schwarzwälder Kirschtorte.«

KAPITEL 4

Mit geübten Fingern schnitt Isabella die Eierlikörtorte an, um das erste Stück zu servieren. Sie war ihr hervorragend gelungen. Nicht zu fest und nicht zu mächtig, und schon gar nicht zu trocken. Vielleicht hatte sie es ein wenig mit der Portionierung des Eierlikörs übertrieben, den sie natürlich selbst gemacht hatte.

Neben ihr zischte die Siebträgermaschine auf, deren Milchdüse sich gerade von selbst reinigte. Der wohlig-intensive Geruch von frisch gemahlenen Bohnen stieg ihr in die Nase. Trotz der Müdigkeit, die sie umfing, fühlte Isabella sich gut. Gut und glücklich.

Hinter der Theke ihres eigenen Cafés war sie in ihrem Element. Es war ihr Refugium, der Ort, an dem niemand anderes etwas zu suchen hatte. Für sie gab es keinen schöneren Arbeitsplatz. Sie band sich ihre Schürze etwas enger und stellte ein doppelwandiges Glas unter die Kaffeedüse.

Sie widmete sich voll und ganz ihrer Aufgabe. Dennoch wollte die Anspannung des zurückliegenden Tages noch immer nicht komplett von ihr abfallen. Ebenso steckte ihr die Nacht in den Gliedern. Zwar gab es nun keinen Toten mehr in ihrem Keller, doch in der Einsamkeit der Dunkelheit, in der Stille der Nacht, spielt einem das Hirn gern einen Streich.

Der Körper mochte von Andrés Kollegen von der Spurensicherung – Spusi, wie er sie nannte – abtransportiert worden sein. Doch was war mit der Seele dieses Mannes?

Dass es ein Mann war, daran hatte es keinen Zweifel mehr gegeben, als der Körper aus dem Zementsarg befreit worden war. Es war ein ungewöhnlicher Anblick, aber kein scheußlicher. Alles in allem wirkte die Gestalt ein wenig ausgetrocknet, am ehesten stellte Isabella sich so Mumien vor. Aber allzu genau hatte sie auch gar nicht hinschauen wollen. Sie war bloß froh, dass ihr Keller nun wieder leichenfrei war.

Bei dem Gedanken hielt sie in der Bewegung inne. *Ist er doch … oder?* Nicht, dass ihre geliebte Änni noch mehr Leichen im Keller gehortet hatte.

Mit einem harten Auflachen verbat sie sich diesen Gedanken. Ihre Oma war eine von Grund auf anständige Person gewesen. Wenn sie etwas mit dem Toten am Hut gehabt hatte, dann hatte dies auch einen triftigen Grund. *Bloß welchen?*

Darauf wussten weder Renate noch Florian noch die Polizeibeamten eine Antwort. Womöglich würde die Untersuchung der forensischen Abteilung Hinweise liefern. Vielleicht. Aber zunächst galt es, ihre Gäste zufriedenzustellen.

Und da die alte Marianne nicht nur einer ihren liebsten, sondern auch treuesten Gäste war, legte sie ihr ein extra großes Stück der cremigen Eierlikörtorte auf den Teller.

Marianne kam an jedem Tag um Punkt zehn Uhr und bestand auf ihren Milchkaffee. Nur in der Wahl der Kuchen war sie offen und freute sich immer wieder, wenn Isabella ihr eine neue Tortenkreation kredenzte.

Für Isabella war die alte Frau mit der großen Brille und der lilastichigen Dauerwelle der perfekte Maßstab, was den Geschmacksnerv der Zapfbacher Best Ager betraf. Bestand eine Kreation unter ihrem Gaumen, konnte sie die neue Torte bedenkenlos in das Sortiment aufnehmen.

So auch die sahnige Eierlikörtorte mit saftigem Schoko-Nuss-Boden, die nicht mehr von der Speisekarte wegzudenken war. Neben der Schwarzwälder Kirsch und der Haselnusstorte war sie der heimliche Bestseller des Zuckerherzschlössles.

Isabella war rundum zufrieden. Sowohl mit dem wechselnden Angebot ihrer Speisekarte als auch mit dem wachsenden Zulauf, den ihr Café erfahren durfte. Nach anfänglichen Rückschlägen hatte sich das Café über die Dorfgrenze von Zapfbach hinweg etabliert, und immer öfter standen Wagen mit fremden Nummernschildern auf dem Parkplatz. Wie auch heute.

Isabella sah von der Theke auf, als ein Van auf den Hof einbog und direkt vor dem Ladenfenster zum Stehen kam. Er hatte ein Stuttgarter Kennzeichen. Überrascht beobachtete sie, wie Türen aufgerissen wurden und sich die seitliche Schiebetür, nun ja, zur Seite schob. Drei junge Männer stiegen aus, traten aber nicht in das Café, sondern machten sich an der Heckklappe des funkelnd rot lackierten Vans zu schaffen.

»Isilein, denkst du noch an mein Stück Torte?« Mariannes leicht heisere Stimme erreichte Isabella hinter der Theke.

Mit einem kurzen Kopfschütteln brachte sie sich zurück ins Hier und Jetzt und nickte eifrig. »Ich komme sofort«, erwiderte sie in entschuldigendem Tonfall.

Mit dem Kuchenteller und dem Milchkaffee in den Händen trat sie hinter der Theke hervor, ließ den Van aber nicht aus den Augen. Oberkörper verschwanden im Wageninneren, Taschen und klobige Koffer wurden hervorgezogen, aufgeklappt und wieder zugeklappt.

Einer der Männer hängte sich etwas um und fuhr eine Teleskopstange aus, die auf Isabella für einen kurzen Moment den Eindruck einer Angel erweckte. »Was zum …«, flüsterte sie vor sich hin und stellte das Glas und den Kuchenteller auf Mariannes Tisch ab. Dabei stellte sie sich so ungeschickt an, dass sie gegen das Glas mit dem Milchkaffee stieß und etwas davon verschüttete. »Oh, entschuldige. Ich bringe dir sofort einen Neuen.«

Mariannes knochige Hand legte sich auf Isabellas Unterarm. »Das macht doch nichts. Alles gut. In meiner Tasche habe ich ein Stofftuch. Das kleine Malheur haben wir doch sofort wieder beseitigt.« Ein Lächeln huschte über das faltige Gesicht der alten Frau.

Isabella runzelte kurz die Stirn, als sie Marianne näher betrachte. »Hast du einen neuen Lippenstift?«

»Dass dir das aufgefallen ist!« Marianne sah zu ihr auf und nickte breit grinsend. »Euphoric Pink. Gefällt er dir?«

Isabella lächelte angespannt zurück, schaffte es kaum, sich von dem Anblick der überschminkten Lippen loszureißen. »Nun ja«, erwiderte sie vorsichtig. »Er ist … pink.«

Die Hand auf ihrem Unterarm begann zu tätscheln. »Und damit passt er doch hervorragend zu meiner neuen Dauerwelle. Findest du nicht?«

Isabella war irritierter denn je. Und nun fiel ihr auf, dass Marianne anstelle ihres üblichen Rollkragenpullis eine Bluse mit einem feinen Jäckchen mitsamt schwerer

Brosche trug. Himmel, die Frau war regelrecht … aufgedonnert.

Die Hand an ihrem Arm schloss sich und drückte fest zu. »Florian hat es mir erzählt.« Marianne zwinkerte, und auf Isabella wirkte es verschwörerisch.

»Was hat Flo dir erzählt?«

Ihr pinklippiger Stammgast neigte den Kopf in Richtung Eingangstür. Dabei sprang Isabella der Duft eines stark blumigen Parfüms entgegen. »Na, dass das Fernsehen heute ins Zuckerherzschlössle kommt.« Sie hob das Kinn und sah Isabella erwartungsfroh an. »Und ich glaube, da sind sie schon.« Fröhlich schlug sie die Hände zusammen. »Hach, ist das aufregend.«

Das letzte Wort ging beinahe im Aufklingen des Windspiels unter, als die Eingangstür aufgedrückt wurde und die drei Männer aus dem Van ins Café eintraten. Der erste sah sich vorsichtig um und zog den Kopf ein, als hätte er Angst, die Decke würde über ihm einstürzen.

Der zweite Mann trat an ihm vorbei, und Isabella glaubte ein Naserümpfen zu erkennen. »Ganz schön … plüschig hier«, hörte sie ihn sagen. Aus seinem Mund klang es nicht wie ein Kompliment.

Der dritte Mann gab sich einem ausgiebigen Gähnen hin und rieb sich das rechte Ohr, das unter einem riesigen Kopfhörer verborgen lag.

Kopfhörer?

In der anderen Hand hielt er die Angel. Isabella folgte der Rute bis zu ihrem Ende. Anscheinend hatte er bereits etwas geangelt. Ein felliges Wiesel.

Die Erkenntnis setzte mit Mariannes Aufjauchzen ein. »Dass ich in meinem Alter auch endlich mal ins Fernsehen kommen darf.«

Fernsehen?!

»Hallo?«, rief der Mann mit dem über sich schwebenden Felltier. »Bist du die Besitzerin?« Mit der freien Hand ging er sich durch das lange gelockte Haar und versuchte, eine rötliche Strähne zu bändigen. Kaum hatte er die Hand wieder weggezogen, fiel sie erneut in sein Gesicht.

Isabella wischte sich den Milchschaum an ihrer Schürze ab und trat auf den Mann mit ausgestreckter Hand zu. »Das bin ich. Ich bin Isabella Lentner.«

Dieser ergriff die Hand umständlich und schüttelte sie fest. »Schwarzwald TV«, stellt er sich und seine Crew in zwei Wörtern vor. »Ich bin Toni. Wir sind hier wegen des Teasers.«

»Teaser?«, echote Isabella mit gerunzelter Stirn.

»Wegen des Einspielers«, erklärte Marianne unaufgefordert von ihrem Platz aus. »So nennt man diese kurzen Werbeelemente, die die Neugier auf eine Sendung wecken sollen.«

»Ich weiß, was ein Teaser ist«, stellte Isabella klar und klang dabei eine Spur ruppiger als beabsichtigt.

»Hat man Ihnen ja mitgeteilt«, sagte der Wieselträger. »In der E-Mail. Wir brauchen auch nicht lange. Eben Material für rund eineinhalb Minuten. In einem halben Tag sollten wir alle Aufnahmen im Kasten haben.« Mit Zuversicht in den Zügen nickte er seinen Kollegen zu, die ebenso nickend in seine Einschätzung einstimmten.

Ehe Isabella entsetzt aufschreien oder Zwischenfragen stellen konnte, schob der Mann sich kurzerhand an ihr vorbei und ging auf die Theke zu. »Wo können wir unser Equipment aufbauen? Gleich hier vorne?«

Seine Frage verstand sein Team als Aufforderung, sämtliche Taschen und Koffer direkt vor der Theke abzuladen.

»Nein, ähm, das ist wirklich …« Isabella räusperte sich. »Kein guter Platz für …«

»Die Möbel«, fiel der Mann ihr ins Wort. »Die können so nicht stehen bleiben.« Seine Finger formten ein Viereck, durch das er blinzelnd blickte. »Für den goldenen Schnitt brauchen wir eine andere Anordnung.«

»Oh, die Kuchen sehen ja fantastisch aus«, rief einer der Männer begeistert aus. Mit reibenden Händen bewegte er sich auf die Theke zu. »Besteht vielleicht die Möglichkeit, dass ich ein Stück -«

»Ja!« Toni nickte entschieden.

»Das wäre uns allen wohl recht, wenn wir erst einmal was zur Stärkung bekommen könnten.« Er grinste. »Wird echt Zeit für ein zweites Frühstück.« Er blickte der Reihe nach in die zustimmenden Gesichter seiner Crew. »Einfach von allem etwas. Und Kaffee für jeden.«

»Für mich einen Latte macchiato«, sagte der Mann mit den reibenden Händen.

»Ich nehme einen Café au Lait – mit extra viel Milch«, hörte Isabella den Mann in Tonis Rücken.

Dieser grinste Isabella an. »Für mich bitte keine Umstände. Ein einfacher Cappuccino tut es vollkommen.« Er wollte sich abwenden, als er in der Bewegung innehielt und Isabella skeptisch von oben bis unten musterte. »Ach, wir bedienen uns einfach selbst. In der Zeit können Sie sich ja dann schon mal zurechtmachen.«

Isabella wusste überhaupt nicht, wie ihr geschah. Sie stand inmitten ihres Cafés mit hängenden Schultern und sah dabei zu, wie die drei Filmmänner sich wie Heuschrecken über ihren Thekeninhalt hermachten und mit erschreckender Geschicklichkeit unterschiedliche Café-Varianten aus dem Siebträger herauspressten.

»Ich soll mich zurechtmachen?«, murmelte sie leise vor sich hin. Mit gesenktem Kinn sah sie an sich herab. Sie trug Jeans, eine schwarze Bluse und darauf ihre mittellange dunkelrote Schürze. Plötzlich spürte sie Mariannes Hand an ihrem Arm. »Ich kann dir gerne meinen neuen Lippenstift borgen, Schätzchen.«

Isabella lächelte verkrampft und wollte etwas Nettes erwidern, doch die Worte blieben ihr im Halse stecken, als einer der jungen Männer damit begann, die Einrichtung des Cafés abzubauen. Er zog Tische und Stühle auseinander, schob die Registerkasse auf die andere Seite und hängte Bilder von den Wänden.

Toni kam mit vollem Mund, einem gefalteten Blatt Papier in der einen und einem Stück Zebrakuchen in der anderen Hand auf sie zu. »Das müssen Sie noch unterschreiben«, brummte er. »Für den Datenschutz. Und dann schlage ich vor, dass wir am besten damit beginnen, wie sie einen Kuchen backen.« Er grinste breit über beide Ohren. »Guter Plan?«

»Äh …« Das aufklimpernde Windspiel ließ Isabella herumfahren.

»Oh, hier steppt ja der Bär.« Andrés Blick verfing sich mit gerunzelter Stirn an der Theke, die gerade von den Heuschrecken geplündert wurde. »Lasst mir bloß noch ein Stück Kuchen übrig«, rief er den Männern zu und schlenderte lässig auf Isabella zu. Ganz dicht vor ihr machte er Anstalten, sie zu umarmen, beließ es dann aber doch dabei, ihr freundschaftlich über die Schulter zu reiben. »Guten Morgen, Isabella. Ich hoffe, ich komme nicht ungelegen?«

Sie blies die Backen auf und deutete in den Raum. »Das Fernsehen«, erwiderte sie dürftig. »Sie wollen einen Teaser über mich drehen … für eine Backshow.«

»Einen Einspieler«, gab Marianne unaufgefordert zwischen zwei Kaffeeschlucken von sich.

André hob interessiert die Brauen, und so erzählte Isabella ihm kurz und knapp von ihrer Teilnahme an dem Wettbewerb. Dass es Florian war, der sie heimlich dazu angemeldet hatte, behielt sie für sich.

»Sagt mir nichts«, meinte er bloß und unterdrückte ein Gähnen. »Ich mache mir aber auch nicht so viel aus Fernsehen im Allgemeinem und Regionalfernsehen im Besonderen. Bin eher so der Streaming-Konsument.«

»Warum bist du überhaupt hier?« Isabella sah ihn fragend an.

»Na, wegen der Leiche«, erwiderte André und machte nicht einmal die Anstalten die Stimme zu senken.

Sogleich richteten sich die Blicke der Kameraleute und einiger Gäste auf Isabella, die spürte, wie ihr die Hitze in die Wangen schoss. Sie lächelte verkrampft.

»Leiche?«, fragte Toni zwischen zwei Kuchenhappen.

»Schon wieder?«, fragte Marianne von ihrem Tisch aus.

»Die Kellerleiche.« André biss sich sogleich auf die Lippen, als er Isabellas entgleiste Züge zu erkennen schien. »Sorry«, sagte er leise. »Berufskrankheit. Für uns ist das ja absolut nichts mehr Außergewöhnliches, da gehört der Tod quasi -«

Isabella ließ ihn einfach stehen und eroberte sich die Theke zurück, indem sie wild fuchtelnd die Heuschrecken fortscheuchte. Mit einem feuchten Tuch wischte sie die Krümel aus der Kuchenauslade.

André folgte ihr in sicherem Abstand und platzierte sich vor der Theke, von wo aus er jeder ihrer Bewegungen mit seinen Blicken folgte. »Wir haben ein paar Dinge herausgefunden«, sagte er schließlich und setzte in übertriebenem Flüsterton hinzu: »Über die Leiche in deinem Keller.«

Isabella hielt inne. Langsam drehte sie ihren Kopf und sah André an, der jedoch sofort die Hände hob.

»Viel ist es nicht. Aber zumindest können wir zwei Dinge mit sicherer Bestimmtheit sagen.«

»Nämlich?«

»Nämlich, dass der Mann zum Zeitpunkt des Todes Ende zwanzig gewesen sein muss«, erwiderte er mit noch immer gesenkter Stimme. »Zudem ist davon auszugehen, dass er wirklich schon eine ganze Weile dort unten gelegen hat. Anhand der Zementstruktur und des Zustandes geht die Spusi derzeit davon aus, dass er schon seit über siebzig Jahren dort unten liegt.«

Isabella riss die Augen auf. »So lange?«

André nickte. »Das ist grob geschätzt. Plus minus einiger Jahre vielleicht.« Er beugte sich über die Theke und kam ganz dicht an Isabellas Gesicht. Er war ihr so nahe, dass sie sein Parfüm riechen konnte. Es war ein guter Duft. Dezent und unaufdringlich und doch ... anziehend. »Aber meine Kollegen haben noch mehr herausgefunden, Isabella.«

Sie blickte in seine Richtung und war überrascht über das ernste Funkeln in seinen Augen.

»Dieser Mann ist keines natürlichen Todes gestorben.« Seine Stimme war kaum mehr als ein heiseres Flüstern. »Er wurde erschlagen.«

Isabella versuchte, sich den Schrecken nicht anmerken zu lassen, während sie wie in Trance mit dem Lappen über die Arbeitsplatte wischte. Wieder und wieder, obwohl sie schon längst jeden Krümel beseitigt hatte.

»Frag mich bitte nicht nach Einzelheiten, aber es konnte wohl festgestellt werden, dass der Tod aufgrund einer Kopfverletzung eingetreten ist. Vermutlich ein Schlag mit einem harten, stumpfen Gegenstand.«

Isabella betrachtete ihn verwundert. »Das kann man nach all den Jahren feststellen?«

»Natürlich«, erwiderte André sofort. »Selbst bei Mumien aus dem alten Ägypten lässt sich anhand von Kopfverletzungen auf die Todesursachen schließen. Das ist hier nichts anderes.«

»Und wenn es ein Unfall war?«, fragte Isabella hoffnungsvoll. »Wenn er einfach unglücklich gestürzt ist?« Diese Theorie hatte sie bereits in der Nacht verfolgt. Vielleicht hatte sich ein dramatisches Unglück ereignet, das ihre Oma zu vertuschen versucht hatte. *Es muss ja nicht immer gleich von Mord ausgegangen werden,* dachte sie.

André wischte ihre Hoffnung jäh vom Tisch: »Ausgeschlossen, Isabella. Dieser Mann wurde erschlagen. Daran gibt es laut Spusi keinen Zweifel.«

Isabella wurde schummrig. Sie stützte sich mit den Handflächen an der Theke ab und keuchte leise auf. Am gegenüberliegenden Tisch saß die Filmcrew und mampfte sich munter durch das ergaunerte Kuchensortiment. Toni fing ihren Blick ein und reckte ihr einen Daumen entgegen. »Klaffe Kuchen!«, rief er ihr mit vollem Mund zu.

Isabella nickte gedankenverloren. Wie sollte sie bloß gleich unbefangen vor die Kamera treten können, nach dem, was André ihr da offenbart hatte. »Und was habt ihr über die Identität des Toten herausfinden können?«

André tippte mit seinen Fingern auf dem Marmor des Tresens herum. Sie bemerkte, dass er ihrem Blick auswich. »Gar nichts«, gab er schließlich zu. »Er trug keine Brieftasche bei sich, und in unserem Vermisstenregister gab es auch keinen Treffer zu einem Mann, der zu diesem Zeitpunkt von der Bildfläche verschwunden ist.« Er seufzte leise auf. »Beinahe ist es so, als hätte es diesen Mann nie gegeben.«

Und doch war er da. All die Jahrzehnte im Keller ihres Cafés. Irgendwie muss er dort hingekommen sein.

Zögernd sah André Isabella an. »Allerdings trug der Mann etwas bei sich.«

Langsam griff er in seine Jackentasche und zückte sein Smartphone. »Eigentlich dürfte ich dir das gar nicht zeigen, aber …«

Zunächst verstand Isabella nicht, als er mit zusammengeschobenen Augenbrauen darauf rumtippte, bis sich schließlich etwas in seinem Blick erhellte. »Da ist es ja.« Er hielt ihr das Smartphone hin.

»Ein Ring?« Isabella betrachtete verwundert das Foto, das ihr das aufleuchtende Display anzeigte. Auf einer weißen Oberfläche lag ein goldener schwerer Ring. Unterhalb des Fotos erkannte sie einen Linealausschnitt, mit dem die Größe des Rings bestimmt wurde. Fotos dieser Art kannte sie sonst nur von Vermisstenblättern, mit denen die Polizei die Bevölkerung bei der Aufklärung der Identität eines Toten um Mithilfe bat.

»Diesen Siegelring hat der Mann getragen, den wir aus deinem Keller geholt haben.«

Isabella hob kurz den Kopf und warf André einen bösen Blick zu. Ihr gefiel die Wortwahl nicht. Dann aber betrachtete sie den Ring näher. Das Gold wirkte stumpf, und der ganze Ring war mit eingetrockneten Zementresten beschmutzt. Auf der breiten Oberfläche war etwas eingraviert. Vielleicht ein Tier. Isabella erkannte Buchstaben, die für sie aber keinen Sinn ergaben.

»Die Forensik muss ihn noch reinigen. Vermutlich hat in all den Jahren das Zementgemisch die Oberfläche angegriffen.«

Isabellas Gedanken schwirrten in ihrem Kopf herum. »Und was soll mir das sagen?«

Schulterzuckend steckte André das Handy wieder in seine Tasche. »Das weiß ich auch nicht«, gestand er. »Ich dachte bloß, es würde dich interessieren.«

Isabella nickte. »Schickst du mir das Bild?«
André lächelte und nickte ebenfalls langsam. »Auf keinen Fall.«

KAPITEL 5

Sie konnte es schon von Weitem sehen. Nicht das Hotel, aber die vielen Reisebusse, die an den Seiten der Schwarzwaldhochstraße so riskant parkten, dass sie den Verkehr behinderten.

Es war ein gewöhnlicher Wochentag, doch das wunderbare Wetter mit wolkenlosem Himmel und Temperaturen über fünfundzwanzig Grad lockten Ausflügler aus allen Winkeln des Schwarzwaldes und weit darüber hinaus aus den Häusern. Am Morgen hatte es heftig geregnet, sodass der noch nasse Asphalt im Sonnenlicht aufglitzerte.

Isabella konnte sich nicht daran erinnern, wann sie zuletzt am Tannsee gewesen war. Es war irgendwann in ihrer Kindheit. So viel war klar. Doch dieser Ort, an den Florian sie mit seinem Kastenwagen brachte, hatte so gar nichts mehr mit dem geheimnisvollen Fleck zu tun, den sie als Kind gleichermaßen gefürchtet und geliebt hatte. Auch das Hotel war ein anderes. Zumindest sah es anders aus als das Gebäude aus ihrer Erinnerung. Dieses hier war moderner und größer.

Florian bog auf den völlig überlaufenen Parkplatz ein

und hatte seine Mühe, keinen der vielen Touristen versehentlich als Kühlerfigur auf den Wagen zu hieven.

»Ganz schön was los hier«, murmelte er konzentriert vor sich hin, während er den Kopf reckte und nach einem freien Parkplatz Ausschau hielt. Seine Suche wurde wortwörtlich ausgebremst, als ein Rudel asiatischer Touristen aus dem Souvenirshop drängte und so in die frisch ergatterten Einkäufe vertieft war, dass keiner von ihnen mitbekam, dass sie Florian direkt vors Auto liefen.

Vor Verblüffung hob Isabella eine Braue. »Trägt dieser Mann wirklich einen Schwarzwälder Schinken unter dem Arm?«

Florian lachte amüsiert auf. »Und über die Frau mit der bonbonblauen Kuckucksuhr wunderst du dich nicht?« Doch dann ruckte sein Kopf nach links. »Da vorne fährt jemand raus. Der Parkplatz gehört mir.« Ohne Vorwarnung drückte er auf die Hupe und ließ den Motor aufheulen, woraufhin das Touristenrudel panisch auseinanderstob.

Florian drückte das Gas durch und hielt auf die freie Lücke zu. Er war nicht der Einzige, der sie entdeckt hatte. Frontal näherte sich ein anderer Wagen der Parkbucht.

»Festhalten!«, befahl er Isabella. Dann beschleunigte er, bis er fast auf Höhe des freien Parkplatzes war, zog die Handbremse hart an und schlitterte geradezu mit quietschenden Reifen in die Lücke.

Mit einem selbstgefälligen Grinsen auf den Lippen drehte er den Zündschlüssel um und warf Isabella einen kurzen Seitenblick zu. »Was?«

Isabella sah ihn fassungslos an. »Wo hast du das denn gelernt?«

Ihr Chauffeur zuckte mit den Schultern. »Schwarzwaldhochstraße im Winter. Da lernt man fürs Leben.«

Ohne ein weiteres Wort stieg er aus und knallte die Fahrertür von außen zu.

Isabella blieb noch einen kurzen Moment sitzen, um ihren Pulsschlag unter Kontrolle zu bringen. Vor ihr lag der grün schimmernde Tannsee. Wenigstes der war über die Jahre hinweg derselbe geblieben. Wehmütig erinnerte Isabella sich, dass Änni in den wenigen freien Momente, die sie sich gegönnt hatte, mit ihr gemeinsam zum Tretbootfahren hierhergekommen war.

Es waren wundervolle Ausflüge gewesen, und einmal mehr wurde Isabella bewusst, wie schmerzlich sie ihre Oma vermisste. Es tat ihr in der Seele weh, dass sie sich entfremdet hatten und Isabella sie in den letzten Jahren ihres Lebens nicht mehr gesehen hatte.

Sie wünschte sich nichts sehnlicher zurück als einen weiteren Nachmittag mit ihrer Oma an diesem See. Nur sie beide, das Tretboot und ein knallbuntes Flutschfinger-Eis, von dem in der Sonne mehr ihre Hand hinuntergelaufen als in ihrem Mund gelandet war. Mit einem Mal hatte sie den Geruch der parfümierten Feuchttücher in der Nase, mit denen Änni ihren Mund und ihre Hände von der klebrigen Masse befreit hatte. Diese Erinnerungen versetzten ihr einen herben Stich in die Magengrube.

Das Schicksal kann ein mieser Verräter sein, schoss es ihr wehmütig in den Sinn. Mit einem tiefen Seufzer stieg sie aus dem Wagen.

»Du mich auch!«, hörte sie Florian rufen. Dem wüsten Ausruf folgte eine noch wüstere Handbewegung.

In diesem Augenblick fuhr ein älterer Mann in einer A-Klasse vorbei. Da das Fenster verschlossen war, verstand Isabella kein Wort von dem, was er sprach, dafür sprach sein wütendes Gesicht Bände.

»Touris«, motzte Florian.

Isabella blinzelte ihn an. »Ist das der Mann, dem du den Parkplatz vor der Nase weggeschnappt hast?«

»Ein schlechter Verlierer. Er hatte seine faire Chance.«

Isabella war überrascht von Florians Verhalten. Sie kannte ihn als ruhigen, besonnenen Mann, der sich mit jedem gut verstand. Irgendwie gefiel ihr diese wildere Seite, die er auf dem Parkplatz des Tannsees zum Vorschein brachte.

»Das finde ich übrigens wirklich nett, dass du mich hierhinfährst. Bei dem Tumult hätte ich hinter dem Steuer ganz sicher die Fassung verloren.«

Florian kam schwungvoll auf sie zu. »Tja, nicht jeder kann solch ein Ausbund von Ausgeglichenheit sein, wie ich es bin.« Er bedachte sie mit einem belustigten Zwinkern und machte sich an den Hecktüren des Caddys zu schaffen. »Außerdem ist das nicht ganz uneigennützig«, erklärte er ihr. »Erstens habe ich dir das eingebrockt, und zweitens hast du die wundervolle Ehre, bei diesem Wettbewerb mit dem besten Mehl und der erlesensten Hefe des gesamten Schwarzwaldes zu backen.«

Sein Oberkörper verschwand im Inneren des Wagens, und er brachte eine Bäckerkiste zum Vorschein, in der sich große Portionen an Mehl und Hefe befanden. Mit Leichtigkeit wuchtete er den Korb aus dem Wagen, stieß mit der Schulter die Tür zu und fuchtelte umständlich mit seinem Schlüsselband herum, woraufhin das *Piep-Piep* des sich zuschließenden Wagens ertönte.

»Soll ich dir vielleicht irgendwie zur Hand gehen, Flo?«

Er schüttelte den Kopf. »Ach was, der halbe Zentner Mehl und die paar Gramm Hefe.«

Sie kam nicht umhin, einen möglichst unauffälligen Blick auf seine angespannten Oberarme zu werfen, die sich deutlich unter seinem T-Shirt abzeichneten. Florian war wirklich gut in Form. Wieder ertappte sie sich bei der Frage, was wohl wäre, wenn sie nicht nur Freunde wären. Wenn sie diesen einen Schritt wagen würden und mehr aus ihnen werden würde.

Dass Florian sie nicht nur als Kumpel gut fand, dessen war Isabella sich beinahe sicher. Aber sie hatte Respekt vor seinen und vor ihren Gefühlen. Eine gescheiterte Beziehung war nie schön. Wenn damit aber auch noch eine gute Freundschaft in die Brüche ging, konnte es zu einer mittelprächtigen Tragödie werden.

Mit dem Kopf voller Gedanken fluchte sie in sich hinein. Warum hatte sie sich ausgerechnet einen Mann als guten Freund aussuchen müssen, der optisch auch noch ziemlich genau ihrem Typ entsprach?

Den zu nichts führenden Gedanken nachhängend, hielt sie auf den Eingangsbereich des Hotels zu. Sie schlenderten an einer Reihe aufgespannter Sonnenschirme vorbei, auf denen ihnen die Tannenzäpfle-Frau rotbäckig zulächelte. Florian hielt zielsicher auf den Eckerker mit den grünen, spitz zulaufenden Giebeln zu und bog in Richtung des Bootstegs ein, an dem kein einziges Ruder- oder Tretboot mehr angebunden war. Sämtliche Wasserfahrzeuge waren mit ihren Freizeitkapitänen in See gestochen.

»Wie geht es eigentlich deinem Großvater?«, wollte Isabella wissen.

»Er hat die Hüft-OP gut überstanden und kann bereits wieder die Krankenschwestern anmotzen.« Er grinste gut gelaunt vor sich hin. »Er befindet sich also auf dem Weg der Besserung. Und ich freue mich darüber, die Backstube für eine Weile ganz für mich allein zu haben.«

Isabella verstand ihn nur zu gut. Zwar hatte er vor Jahren die Familienbäckerei übernommen, doch noch immer mischte sich sein Großvater in alle Dinge ein und konnte einfach nicht loslassen. Ganz bestimmt tat es Florian gut, ihn für eine Weile aus den Füßen zu haben.

Und doch warf sie ihm einen sorgenvollen Blick von der Seite zu. »Wenn du dich weiterhin so abschleppst und totschuftest, wirst du auch bald eine künstliche Hüfte brauchen.«

»Was soll ich tun? Einer muss schließlich den Laden am Laufen halten. Außerdem genieße ich es viel zu sehr, dass er mir nicht mehr ständig im Weg herumsteht.«

Isabella nickte verständnisvoll. Der alte Tannhöfer war ein schwieriger Mensch. Zweifellos hatte er das Herz am rechten Fleck, doch seine aufbrausende Art konnte extrem anstrengend sein.

»Grüße ihn bitte von mir, wenn du ihn das nächste Mal besuchen fährst.« Sie hielt ihm die Tür auf und folgte ihm zur Rezeption. In der Lobby umhüllte sie der Duft von Lemongrass und Bergkräutern – so wie sie es von einer Wellness-Oase kannte, was sie ein wenig irritierte.

In ihrer Kindheit war das Hotel ein Ort von Schwarzwälder Rustikalität gewesen. Dunkle Möbel, schwere Vorhänge an den Sprossenfenstern, hier und dort ausgestopfte Jagdtrophäen. Von dem alten eigenwilligen Charme hatte der nunmehr helle Empfangsbereich mit seinem Potpourri an SPA-Düften nichts mehr. Nicht, dass es Isabella nicht gefiel. Es war nur … anders.

»Wo müssen wir hin?«, fragte sie unsicher.

Florian hielt souverän auf die Rezeption zu, wo sie das hübsche Lächeln einer jungen Frau empfing, die ein nicht minder hübsches Dirndl mit roter Schürze trug.

»Wir sind wegen des Kochwettbewerbs hier«, erklärte Florian ohne Umschweife. »Vom Schwarzwald TV.« Dabei legte sich sein Blick nahezu hypnotisch auf das zurechtgeschnürte Dirndl-Dekolleté der freundlich lächelnden Rezeptionistin.

Erst als Isabella sich räusperte, wandte Florian die Augen ab und blickte betreten zu Boden. Das Lächeln der hübschen Frau, die laut Namensschild L. Kinshofer hieß, breitete sich weiter in ihrem Gesicht aus. Entweder hatte sie nicht gemerkt, dass Florian sich beinahe in ihrer Oberweite verloren hätte, oder es war ihr schlichtweg egal.

»Ich bin eine der Teilnehmerinnen.« Isabella war selbst überrascht über den stolzen Unterton in ihrer Stimme.

»Oh«, machte Linda, Laura oder Larissa und spitzte anerkennend die Lippen. »Dann ist es uns natürlich eine besondere Ehre, Sie als Gast im Hotel Seeblick begrüßen zu dürfen.« Ihre Hände legten sich auf die vor ihr befindliche Tastatur, während sie den kleinen Monitor in Augenschein nahm, der seitlich von ihr stand.

»O nein«, sagte Isabella sofort. »Ich bin kein Übernachtungsgast und nur wegen des Wettbewerbs hier.«

Die Stirn der jungen Rezeptionistin schob sich zu zarten Falten zusammen.

»Ich wohne gar nicht weit von hier«, erklärte Isabella weiter. »Deshalb übernachte ich zu Hause.«

»Wir möchten auch wirklich nur wissen, wo wir hinmüssen.« Florian deutete mit dem Kinn auf die Brotkiste in seinen Händen. »Allmählich wird das doch ein wenig … schwer.«

Die Frau beschrieb ihnen den Weg, der sie einmal quer durch das Erdgeschoss führte. Irgendwann standen Isabella und Florian in einem großen Raum, der wohl als Frühstückssaal genutzt wurde.

Sie staunte, als sie ihren Blick durch den geräumigen Saal schweifen ließ, denn es war bereits alles für die Sendung aufgebaut. Wie sie es aus den großen Backshows im Fernsehen kannte, waren mittig sechs Küchenplattformen aufgebaut, um die herum Unmengen an Stativen und Traversen standen, behangen mit Mikrofonen und Lampen.

Auf Isabella wirkte es, als würden die Backstationen alles um sie herum wie ein starker Magnet anziehen. In ihrer Bauweise und Anordnung waren sie identisch, lediglich ihre knalligen Pastelltöne unterschieden sich.

Jeder Bereich war mit einem Markenbackofen auf Augenhöhe ausgestattet, einem riesigen doppeltürigen Kühlschrank, einer überaus großzügigen Arbeitsplatte und Schränken und Schubladen, die wiederum Isabella magisch anzogen. Sie schob sie in willkürlicher Reihenfolge auf und fand Töpfe, Springformen und Bleche in allen Größen und Formen vor.

»Wow«, rief sie begeistert aus. »Hier gibt es wirklich alles, was das Bäckerherz begehrt!«

»Ganz nett«, erwiderte Florian, während er die Kiste auf der Arbeitsplatte abstellte und laut schnaufte. »Wirklich nett.« Er sah sich prüfend um. »Aber wo sind denn alle anderen?« Er drehte den Kopf und warf einen Blick auf die Wanduhr. »Anscheinend sind wir zu früh dran.«

Isabella zuckte mit den Schultern. Sie war ganz froh, noch ein wenig allein zu sein, denn der Anblick der professionellen Arbeitsplätze ließ sie schlagartig nervös werden. Das alles war doch eine ganze Nummer größer, als sie es sich vorgestellt hatte. Sie wollte gerade eine der Kühlschranktüren aufziehen, um den Inhalt zu inspizieren, als sie Stimmen hörte.

»Die Traversen müssen mit mehr Lampen verstärkt werden«, forderte ein Mann im Befehlston. »Wir brauchen in der Totalen viel mehr Licht. Das wirft alles noch zu viele Schatten!«

Ruckartig fuhren Florian und Isabella herum. Ein Mann in dunklen Klamotten trat mit schnellen Schritten in den Raum. Er hielt ein Tablet in den Händen und wurde von einer jungen Frau mit runder Brille und einer weißen Bluse flankiert, die außerdem in einer apfelgrünen Culotte steckte.

Zu seiner Linken versuchte ein rothaariger Kerl Schritt zu halten, den Isabella bereits als Toni im Café kennengelernt hatte. Die beiden nickten eifrig, als wollten sie auf diese Weise jeden Satz des Mannes in der Mitte kommentieren.

Der Typ mit dem Tablet schaute auf und sah Isabella und Florian. Da niemand etwas sagte, sondern nur verwirrte Blicke ausgetauscht wurden, ergriff Isabella die Initiative und kam den dreien entgegen.

Sogleich erkannte Toni sie. »Die Betreiberin des Zuckerherzschlössles«, sagte er freudig. »Mein Team schwärmt heute noch von deinen Kuchen.«

Isabella lächelte, wenn auch ein wenig verkrampft, weil sich mit diesem Statement das biblische Bild der Heuschreckenplage in ihre Gedanken schob. »Das stimmt. Ich bin Isabella«, sagte sie an den Tabletträger und die junge Frau gewandt. »Eine der Teilnehmerinnen der Show.«

Die Frau schob sich die Brille zurecht und blinzelte sie durch die Gläser hindurch an. »Isabella Lentner. Die Betreiberin des Zuckerherzschlössles aus Zapfbach.« Sie bedachte Isabella mit einem wohlwollenden Lächeln.

Isabellas Augen weiteten sich. Sie war beeindruckt, dass die Frau dieses Wissen aus dem Gedächtnis abrief, ohne es irgendwo abzulesen.

»Ganz genau«, erwiderte sie ein wenig verschmitzt.

»Freut uns sehr, dich als Teilnehmerin begrüßen zu dürfen. Wir vom Fernsehen sind mit allen per Du. Ich hoffe, das ist okay für dich.« Der Mann in der Mitte machte einen Schritt auf sie zu und streckte Isabella die Hand entgegen. Er hatte einen festen und warmen Händedruck. Sie spürte die Kraft, die in seinen Armen steckte.

Ebenso angenehm war sein Erscheinungsbild. Sie betrachtete sein Gesicht, in dem die ersten Falten und kleine Narben von einem abenteuerlichen Leben erzählten. Scharfe graublaue Augen musterten sie freundlich und neugierig zugleich. In seinem Gesicht stand ein gepflegter Dreitagebart, in dem sich hier und dort graue Härchen in den ansonsten dunklen Wuchs verirrt hatten.

»Also, ich bin Janis«, stellte er sich vor. »Einfach nur Janis, der Redaktionsleiter von *Süß & Lecker.*« Sein Blick huschte zur Seite. »Toni kennst du ja bereits, und das ist Marina, meine Assistentin.« Er redete schnell, hatte aber eine angenehm dunkle Stimme. »Ich habe bereits die Aufnahmen für den Teaser gesehen«, sprach er weiter. »Du machst dich wirklich gut vor der Kamera.«

Isabella spürte die Hitze in ihren Wangen. Unsicher spitzte sie die Lippen, im Versuch eines verkrampften Lächelns.

Janis blinzelte ihr zu, und mit einem Mal stand Florian neben ihr – als wäre er ihr persönlicher Wachhund. Erst da fiel Isabella auf, dass sie immer noch die Hand des Mannes hielt. Sie ließ sie los, als hätte sie sich daran verbrannt.

»Ich bin der Bäcker.« Florian stemmte die Hände in die Hüften und baute sich vor dem Redaktionsleiter auf. »Ich bin hier für das Mehl und die Hefe verantwortlich.«

Die junge Frau an der Seite des Redaktionsleiters kicherte so herzhaft, dass sich ihre runde Brille über den Backen anhob.

Florian straffte die Schultern, als ihm klar wurde,

welchen Unsinn er da von sich gegeben hatte. »Ich meine, ich bin der Exklusivlieferant für …«

»Für das Mehl und die Hefe.« Der Redaktionsleiter nickte verständnisvoll, lenkte seinen Blick aber sofort wieder auf Isabella. »Hattet ihr denn schon Zeit, euch umzusehen?« Ein wohlwollendes Lächeln legte sich auf seine Lippen. »Da du die Erste bist, kannst du dir gerne einen kleinen Vorteil verschaffen und dir deine Backstation aussuchen.« Er zwinkerte ihr zu und streckte seine Hand in Richtung des Arbeitsbereiches, der zu seiner Linken stand. »Ich würde dir diesen empfehlen. Dort fällt das Licht am besten.«

Isabella erwiderte das Lächeln. »Dann ist das wohl die meine!«

Sie hielt das Lächeln noch eine ganze Weile aufrecht, als Janis Blick sich veränderte und er über sie hinwegsah. »Ach, da kommen ja unsere Stargäste.«

Unmittelbar darauf vernahm sie das Klackern hochhackiger Schuhe. Sie drehte sich zum Eingangsbereich, und für einen winzigen Moment hatte sie das Gefühl, dass die Frau aus der Raffaello-Werbung auf sie zugeschwebt kam.

Sie hatte platinblondes Haar und trug einen übergroßen Sonnenhut. Zu Isabellas grenzenloser Überraschung bewegte sich die Frau in einem strahlend weißen und äußerst figurbetonten Sommerkleid nahezu lautlos über den Boden. Sie war barfuß.

Erst in der nächsten Sekunde wurde Isabella klar, dass das Klackern von dem Mann kam, der dicht neben ihr ging. Er hatte etwas an den Füßen, das Westernstiefeln ähnelte. Die Spitzen waren chrombesetzt und glitzerten geradezu bei der Deckenbeleuchtung des Saals.

Neben sich hörte sie Florian nach Luft schnappen.

»Das sind Simone Sommerwind und ihr Mann und

Produktionsleiter Hajo Winkelfeld«, erklärte Janis. Mit der einen Hand winkte er den beiden zu, mit der anderen kramte er eine längliche Tablettenschachtel aus der Hosentasche. Er drückte zwei Kapseln aus dem Blister und schluckte sie ohne einen Tropfen Wasser. Seine Assistentin straffte ihr Kreuz und lächelte für drei.

»Ihm gehört der Sender«, presste Toni durch seine Lippen, ohne das aufgesetzte Grinsen zu vernachlässigen.

»Simone Sommerwind«, raunte Florian geradezu ehrfürchtig auf, womit er sich einen schrägen Seitenblick von Isabella einfing.

Sie forschte in seinem Gesicht. Fand er diese Frau etwa gut? Etwas derart Künstliches und Aufgesetztes? Als sie einen Glanz in seinen Augen wahrnahm, war ihr das Antwort genug.

»Buongiorno. Bon Jour. Salut«, flötete es geradezu unter dem weißen Hut hervor.

»Ha-ha-hallo«, stammelte Florian.

Isabella verdrehte die Augen.

Während die beiden auf sie zuhielten, musterte Isabella das ungleiche Gespann. Diese Frau, Simone Sommerwind, war eine Erscheinung, die mit ihrer Ausstrahlung förmlich den gesamten Raum einnahm. Was der breitkrempige Hut zum Vorschein brachte, waren rot geschminkte und volle Lippen. Wie sie barfuß über den Boden glitt, wäre eines Laufstegmodels würdig gewesen.

Hingegen wirkte der Mann, bei dem sie sich eingehakt hatte, mit seinen schweren und ungleichmäßigen Schritten plump und unbeholfen. Er trug einen dunklen Anzug, der für Isabellas Empfinden jedoch ein wenig zu sehr glänzte, um noch als seriös durchzugehen. Er hatte die Ärmel hochgekrempelt, ganz bestimmt nur, um die schwere goldglänzende Uhr zu präsentieren, die an seinem stark behaarten Unterarm prangte.

Sein gebräuntes Gesicht wurde dominiert von tiefen Falten und ausgeprägten Geheimratsecken. Sie schätzte ihn ungleich älter als diese Simone Sommerwind, die sich zwischen dreißig und alterslos bewegte. So wie es Frauen eben taten, die bei der Verteilung von Schönheit und Anmut mit beiden Händen zugegriffen hatten.

»Simone, Hajo!«, begrüßte Janis die beiden knapp. »Das ist Isabella Lentner. Sie ist eine der Teilnehmerinnen des Wettbewerbs.«

Simone schob die Krempe des Hutes nach oben und schenkte Isabella ein honigsüßes Lächeln. Isabella schluckte, als sie in die leuchtend grünen Augen dieser Frau blickte. Sie war eindeutig mehr als nur hübsch.

»Ich habe schon so viel von Ihnen gesehen und gelesen.« Florian drängte sich vor und ergriff anstelle von Isabella die ausgestreckte Hand der blonden Frau. »Ich bin ein großer Fan Ihrer Sendung und habe all Ihre Bücher im Schrank stehen.«

»Oh, das freut mich, ich …«

Florian ließ sie nicht weiter zu Wort kommen, während er ihre Hand eifrig schüttelte. »Ich bin nämlich auch Bäcker, müssen Sie wissen. Und Konditor. Ich habe meine eigene Bäckerei.«

Isabella warf ihm einen schrägen Blick zu. Hatte er gerade den Bizeps angespannt? Sie sog scharf die Luft ein. Da stand Florian neben ihr und fächerte wie ein eitler Pfau seine Federpracht auf. So kannte sie ihn gar nicht.

»Bäckerei Tannhöfer«, platzte es hektisch aus ihm heraus. »Ich bin der Lieferant für dieses Hotel und auch für die Sendung.« Die nicht schüttelnde Hand fuhr in Richtung seines Nackens, wo er sich eifrig kratzte. »Vor

Jahren habe ich auch mal an dieser Show teilgenommen und den zweiten Platz belegt.«

Die Frau gab ein unbestimmtes »Oh« von sich.

»Er ist für das Mehl und die Hefe verantwortlich«, erklärte die junge Assistentin und schob sich wieder die Brille auf der Nase zurecht. Isabella sah ihr an, dass sie mit einem erneuten Aufkichern kämpfte. Sie mochte sie sogleich.

»Das stimmt«, sagte Florian. »Ich …« Weiter kam er nicht, weil der Mann an Simones Seite ihm in die Parade fuhr. »Was soll das?«, fragte er barsch.

Zunächst schien Florian ebenso wenig zu verstehen wie Isabella. Reflexartig löste er den Handgriff.

»Ich wollte eine v-förmige Anordnung. Wieso stehen die Backstationen nun zweireihig und hintereinander?«

Die junge Assistentin machte einen kaum merklichen Schritt zurück. Toni senkte den Kopf und starrte zu Boden.

»Ich weiß, dass dies der Wunsch war.« Janis hob beschwichtigend die Arme, vermied es jedoch, seinem Vorgesetzten direkt ins Gesicht zu sehen. »Aber die Räumlichkeiten haben den nötigen Platz dafür nicht hergegeben.«

»Warum?«, giftete Hajo wütend los, während er sich ruckartig in alle Richtungen umblickte. »Der Raum ist doch groß genug!«

»Nun.« Janis schluckte hörbar. Doch auf Isabella wirkte er nicht eingeschüchtert, sondern vielmehr so, als müsse er selbst seinen aufkommenden Groll unterdrücken. »Ist er eben nicht, Hajo. Bei einer anderen Anordnung kommen wir nicht mehr mit der Kamera durch die Reihen und können nur schwerlich die Totale einfangen. Außerdem stört die Fensterfront, weil sie je nach Sonneneinfall für ständige Lichteränderungen sorgt.«

Toni nickte vorsichtig, um Janis Einwand zu unterstreichen. Die Redaktionsassistentin rückte sich ihre Brille zurecht. Und Isabella war sich fast sicher, dass sie die Brille nur aus diesem Grund auf der Nase hatte.

»Und warum erfahre ich das alles erst jetzt!?«

»Hajo.« Simone strich ihrem Mann beschwichtigend über den Arm. »Jetzt mach aus einer Mücke keinen Elefanten. Janis wird schon wissen, was richtig und was falsch ist. Immerhin ist er vom Fach.«

»Und ich?«, echauffierte Hajo sich. »Bin ich von der Metzgertheke oder was?«

Isabellas Blick wechselte zwischen der Moderatorin, dem Redaktionsleiter und dem Senderboss hin und her. Sie musste keine Psychologin sein, um zu verstehen, dass hier einiges im Argen lag.

»Vertrau mir einfach mal, Hajo.« Janis war um einen Waffenstillstand bemüht, das hörte Isabella seiner dunklen Stimme an. »So, wie die Backstationen jetzt stehen, ist es perfekt!« Er versuchte sich an einem freundlichen Lächeln. Auf Isabella wirkte es verkrampft.

»Schön«, erwiderte Hajo knapp. Er hob die Hand und richtete den Zeigefinger auf den Redaktionsleiter. Am plumpen kleinen Finger trug er einen schweren Goldring. »Auf deine Verantwortung.« Er schnaubte laut auf. »Aber ich warne dich, wenn -«

Isabella erfuhr nicht mehr, wovor er gewarnt hätte, denn genau in diesem Augenblick vernahm sie Stimmengewirr, und kurz darauf trat eine Handvoll Menschen in den Saal.

Ein schriller Aufschrei ertönte: »Das ist Simone Sommerwind! Ich bin ihr größter Fan.«

Die junge Assistentin, deren Name Isabella längst wieder vergessen hatte – irgendwas aus einem Lied –, reckte den Kopf und betrachtete die kleine Gruppe. »Das müssen dann wohl die anderen Teilnehmer sein.«

Isabella trat einen Schritt zu Seite, um sich nicht den Hals verrenken zu müssen, während sie die Menschen in Augenschein nahm. Das waren also ihre Konkurrenten. Zunächst fiel ihr Blick auf einen Mann mit Glatze und langem gräulichem Bart, in die er kleine Zöpfe geflochten hatte. Er trug eine kurzärmelige Lederkutte mit Aufnähern von unzähligen Heavy-Metal-Bands. Auf seinen gewaltigen Oberarmen prangten bunte Tattoos. Dazu hatte er einen ebenso ausgeprägten Bauch, der aus der Hose hing.

Isabella war nicht wenig überrascht. Wie ein Kuchenbäcker sah dieser Mann nicht aus, eher wie ein Mechaniker für schwere Motorräder. Direkt neben ihm schlenderte ein älterer Mann in den Raum mit gepflegtem Seitenscheitel, Hemd, Pullunder und neugierigem Lächeln auf den weichen Zügen. Direkt dahinter stakste ein groß gewachsener junger Mann in vollendeter Gelassenheit durch den Raum.

»Das sind dann wohl Michael aus Offenburg«, erklärte die Assistentin, »der Ettlinger Jerome und Lukas aus Bühl.« Mit einem entschiedenen Nicken schob sie die Brille nach hinten. Wer von den dreien wer war, ließ sie hingegen unkommentiert.

Hinter den Männern erblickte Isabella eine junge Frau von vielleicht fünfundzwanzig Jahren mit hübschem Gesicht und schlanker Figur. Unmittelbar dahinter kam eine Frau mit rot gefärbten Haaren und gedrungener Statur zum Vorschein. Isabella schätzte sie auf Mitte vierzig.

»Und das sind dann Anna und Heike«, führte die Assistentin weiter aus. »Anna ist Konditortochter aus Freudenstadt und arbeitet in der Konditorei ihrer Eltern.« Sie klang wie die Kommentatorin einer Sportveranstaltung. »Heike kommt aus Gernsbach und hat sich als leidenschaftliche Hobbybäckerin bei uns beworben.«

»So, so«, gab der Produktionsleiter wenig interessiert von sich. »Danke, Marina.«

Simone Sommerwind hingegen schien voll und ganz in ihrer Rolle aufzugehen. Sie warf die makellos braun gebrannten Arme geradezu von sich und stürmte auf die fünf Personen zu. Der schlaksige Mann stieß erneut einen schrillen Schrei aus und schlang die Arme um die Moderatorin, was diese anstandslos über sich ergehen ließ. »Dass ich Sie endlich einmal persönlich treffen darf!«, rief er begeistert. »Ich bin Jerome, dein größter Fan.«

Florians nervöses Räuspern brachte Isabella zum Schmunzeln.

»Bitte. Nenn mich Simone. Beim Fernsehen sind wir alle per Du.«

»Na dann.« Der Mann mit dem Wikingerbart klopfte dem gutmütig vor sich hin grinsenden Hajo auf die Schulter. »Ich bin Lukas.«

»Ich bin Anna.«

»Ich bin die Heike.«

»Ich bin Jerome.«

»Und ich bin Michael.«

Und ich bin restlos überfordert, schoss es Isabella durch den Kopf, während sie der Reihe nach allen zunickte. Viel zu oft fühlte sie sich von solchen Situationen gestresst.

Im Zuge der Begrüßungsorgie hatte sie gar nicht mitbekommen, wie eine Handvoll Mitarbeiterinnen des Hotels in den Saal getreten war und Sektflöten gereicht wurden, von denen Isabella sich dankbar eine vom Tablett stibitzte und sie in einem Zug austrank. Ihr wurde eine weitere gereicht, weil sie zu voreilig gewesen war und nicht gewartet hatte, bis offiziell auf das Gelingen der Show angestoßen wurde.

Und wenn schon, dachte sie und machte sich nichts aus dem kleinen Fauxpas. Alkohol schien ihr in dieser Situation eine gute Lösung zu sein.

»Das ist so schön, dass wir endlich alle zusammengefunden haben.« Simone Sommerwind schlug ihre Handflächen aufeinander und wippte mit ihren Ballen auf und ab. »Das wird eine fantastische Zeit, die wir bei *Süß & Lecker* miteinander verbringen werden.« Sie ließ den Blick aufmerksam durch die Runde schweifen. »Ich kann es kaum erwarten, eure Backkreationen kennenzulernen.« Sie jauchzte freudig auf.

Um das Gesicht nicht zu verziehen, setzte Isabella erneut das Glas an und kippte den letzten Rest in den Mund. »Und noch mehr freue ich mich darauf, einem von euch den Siegerscheck im Wert von zehntausend Euro überreichen zu dürfen.«

Der prickelnde Sekt schoss unter Hochdruck aus Isabellas Mund heraus und landete auf dem Fliesenboden, während sie die Moderatorin anschrie: »ZEHNTAUSEND EURO?!«

Der neben ihr stehende Florian zwinkerte ihr abgeklärt zu. »Hatte ich das nicht erwähnt?« Dann drückte er ihr zum Abschied einen Kuss auf die Stirn und ging.

KAPITEL 6

»Entspannt euch. Es gibt wirklich keinen Grund, nervös zu sein«, säuselte es liebreizend aus Simones Mund. »Stellt euch einfach vor, ihr wärt für euch allein in eurer Backstube.«

»Dort sind aber nicht so viele Kameras auf mich gerichtet«, bemerkte Anna und klang dabei reichlich eingeschüchtert.

Isabella drehte sich um und warf ihr einen verständnisvollen Blick zu. Die junge Frau hatte an der Backstation direkt hinter Isabella Stellung bezogen und schien überhaupt nicht zu wissen, wohin mit sich und ihren Händen. Sobald einer der Kameraleute auch nur in ihre Nähe kam, riss sie erschrocken die Augen auf und förderte ein Lächeln zutage, das ihre eigentlich hübschen Züge gänzlich verunstaltete. Isabella fühlte absolut mit ihr.

Auch sie hatte noch immer ihre liebe Mühe, all die Informationen, die in der letzten halben Stunde an sie herangetragen worden waren, verarbeitet zu bekommen. Nicht nur, dass dem Sieger dieses Wettbewerbs ein derart hoher Betrag winkte. Ihm oder ihr wurde auch noch die Ehre zuteil, seine Siegertorte als Tiefkühlvariante von *Schopenhauer & Lisl* umgesetzt zu sehen.

Nicht, dass Isabella sonderlichen Wert auf derartigen Ruhm legte, doch der Gedanke, ihre eigene Tortenkreation als Tiefkühlvariante im Supermarkt ausliegen zu sehen, hatte durchaus seinen Reiz.

Mit diesen überraschenden Enthüllungen war die Leichtigkeit, mit der sie bislang an den Wettbewerb gegangen war, wie fortgewischt. Sie fühlte sich gestresst und unter Druck gesetzt. Sie. Wollte. Gewinnen!

Angestachelt vom plötzlichen Ehrgeiz und aufgeputscht vom Adrenalin wurde ihr beinahe übel. Nicht auszudenken, was sie mit dem Geld alles anstellen könnte. Sie brauchte dringend einen neuen Ofen, und auch die Kühltheke hatte immer öfter Aussetzer und sollte alsbald gegen eine Neue eingetauscht werden.

Sie rief sich Simones Worte in Erinnerung, doch sie fühlten sich hohl an. Weder war sie allein, noch war es ihre Backstube, in der sie sich an ihre erste Tortenkreation wagen sollte. Obendrein sorgten das viele Licht und die Kameras für einen zusätzlichen Anstieg an Nervosität.

Dabei war die Aufgabenstellung denkbar leicht. Zum Warmwerden sollten sich die Teilnehmer an einem Wunschkuchen versuchen. Dazu durften sämtliche Zutaten aus dem prall gefüllten Kühlschrank und den vollen Vorratsschränken zum Einsatz kommen.

Offiziell sollte es hierfür keine Bewertung geben, sondern es einfach als Generalprobe angesehen werden, wenn die erste Runde in wenigen Tagen vom Stapel laufen würde. Dies diente der Filmcrew dazu, sich perfekt mit den Begebenheiten der neuen Location vertraut zu machen und den Teilnehmern ein Gefühl für die Kamera zu geben. Denn alles sollte so natürlich wie möglich rüberkommen. Weder Simone noch der Redaktionsleiter wurden müde, das bei jeder Gelegenheit zu erwähnen.

Für Isabella fühlte sich überhaupt nichts natürlich an. Und ebenso wenig konnte sie sich bei diesem Probelauf unbefangen verhalten. Im Grunde hatten die Teilnehmer bereits unter sich den Wettkampf ausgerufen. Jeder beobachtete die Handbewegung des anderen, versuchte, die Konkurrenz abzuchecken.

Sie bildete da keine Ausnahme. Sofort war ihr klar, dass es im Konkurrenzfeld nicht nach den Äußerlichkeiten gehen konnte. Auf den ersten Blick hatte sie Michael, den Traditionsbäcker aus Offenburg, als stärksten Konkurrenten ausgemacht.

Tatsächlich jonglierte er mit einer stattlichen Anzahl an Schüsseln und Springformen herum. Doch dabei zuzusehen, wie der zwergenbarttragende Lukas seinen Fondant ausrollte und über eine perfekte Halbkugel legte, erfüllte sie mit purem Neid. Dieser Mann verstand sein Fach und legte eine Präzision an den Tag, von der Isabella nur träumen konnte.

Zumindest die junge Konditortochter Anna wirkte ebenso überfordert mit der Gesamtsituation wie sie selbst. Sie verzweifelte gerade an ihrem Eischnee, der einfach nicht hart werden wollte.

Heike, die Teilnehmerin, die Isabella am wenigsten einschätzen konnte, hatte über ihrer Teigmasse geflucht wie ein Rohrspatz. Doch nun hatte sie eine Biskuitrolle mit Marillenfüllung auf die Arbeitsplatte gezaubert, die schlichtweg zum Anbeißen aussah.

Mürbe wie der Teig ihres Kuchens blickte Isabella auf den in sich zusammengesunkenen Apfelstreusel, den sie gerade aus dem Ofen genommen hatte. Weder die Farbe noch die Form noch die Konsistenz stimmte. Sie wagte es gar nicht erst, ihn anzuschneiden und zu probieren.

Mit einem tiefen Seufzer blies sie sich eine Strähne aus der Stirn und verstand sich selbst nicht mehr. Der Apfelstreusel war kein sonderlich komplizierter Kuchen. Unzählige Male hatte sie ihn zubereitet und ihren Kunden serviert. Aber nie, nie, nie, war ihr dieser Kuchen derart verunglückt. Und all das vor den Augen von Simone Sommerwind und Hajo, die direkt vor den Backstationen Stellung bezogen hatten und auf Regiestühlen das Treiben verfolgten – in eisiges Schweigen verfallen, wie Isabella auffiel.

Janis schlenderte mit einem Mann an ihr vorbei, auf dessen Schulter eine Kamera thronte. Bei dem Anblick des Kuchendesasters sog er scharf die Luft ein, woraufhin Heike, die ihre Backstation neben Isabella hatte, eine Spur zu gehässig vor sich hin grinste. Spontan flammte bei Isabella der Wunsch auf, die Biskuitrolle mit einem Nudelholz auf Briefmarkendicke zu zermatschen.

»Du weißt doch, wie das ist«, sagte Janis mit einem warmherzigen Lächeln. »Geht die Generalprobe in die Hose, wird die anschließende Aufführung umso besser.« Er zwinkerte ihr freundschaftlich zu und zog den Kameramann weiter zu Annas Station hinter Isabella, wo er ein bedauerliches »Ui-ui-ui« von sich gab.

Heike kicherte auf und wurde sogar noch ein bisschen lauter, als Anna lautstark aufschluchzte.

»Aber, aber!« Hajo sprang geradezu von seinem Stuhl auf und trat mit gezücktem Stofftaschentuch an Isabellas Station vorbei auf Anna zu. »Das ist doch wirklich kein Grund zum Weinen. Ich finde, dein Käsekuchen sieht prächtig aus.«

Anna schluchzte noch lauter auf. »Das ist ein Bienenstich.«

Heike lachte nun schallend auf, und auch Isabella konnte sich kaum mehr ein Grinsen verkneifen. Nicht aus Schadenfreude, sondern weil die Situation einfach zu skurril war. Schnell griff sie nach einem Handtuch, wischte über den Herd und versuchte sich zusammenzureißen.

Es war verrückt. Da standen erwachsene Menschen in einem Hotel und backten Kuchen, als würde das Schicksal der freien Welt davon abhängen.

»Verdammt! Ich brauche mehr Himbeeren!«, schrie Michael, der Konditormeister aus Offenburg auf. Er stand gemeinsam mit Lukas an den beiden Stationen in der letzten Reihe. »Ich kann meine Himbeertraumtorte doch nicht fertigstellen, wenn es nicht genügend Himbeeren gibt.«

»Aus diesem Grund haben wir doch auch gesagt, dass ihr nur mit den Zutaten arbeiten sollt, die sich in euren Kühlschränken befinden.« Janis gab dem Kameramann ein abwürgendes Zeichen und kramte wieder die Tablettenschachtel hervor, um sich erneut eine Pille einzuschmeißen.

»Es ist doch auch ohnehin völlig egal«, sagte Simone mit ruhiger Stimme. »Hier geht es doch heute um gar nichts.«

Das schien Michael anders zu sehen. »Ich will jetzt aber meine Himbeertraumtorte fertigbacken!«

»Also schön.« Janis seufzte ergeben auf. »Hat noch jemand Himbeeren in seinem Kühlschrank, die er Michael zur Verfügung stellen kann?«

»Nö, Mann. Sorry. Die habe ich gerade eben alle aufgefuttert.« Lukas hob entschuldigend seine breiten Schultern und setzte mit ruhiger Hand ein perfekt geformtes Marzipanöhrchen auf seine Glitzer-Einhorntorte.

Anstelle von Anna antwortete Hajo: »Im Kühlschrank unseres Backengels befinden sich keine Himbeeren.« Er wandte sich mit einem übertriebenen Zwinkern an Anna. »Da werde ich wohl mal ein ernstes Wort mit dem Küchenpersonal sprechen müssen.«

»Ich hab auch keine!« Heike machte gar nicht erst Anstalten, in ihrem Kühlschrank nachzusehen.

»Aber ich brauche Himbeeren für das Dekor.« Isabella kam die Stimme des älteren Mannes ein wenig weinerlich vor, was sie genervt aufstöhnen ließ. Sie warf das Handtuch von sich und drehte sich zu ihm um. »Ich geh dir welche holen. Das hier ist ein Hotel. Die werden ja bestimmt irgendwo noch Himbeeren haben.«

»Wir können unsere Assistentin schicken«, schlug Simone Sommerwind vor und wandte sich der jungen Frau zu, die wie ein ständiger Schatten dem Redaktionsleiter folgte. »Marina, würdest du …«

Isabella schüttelte vehement den Kopf. Ohne die Antwort der Assistentin abzuwarten, trat sie hinter ihrer Küchenzeile hervor und verließ das Studio. Bei ihrem Kuchen gab es ohnehin nichts mehr zu retten, warum also nicht wenigstens einem der Teilnehmer ein kleines Erfolgserlebnis bescheren. Zudem brauchte sie dringend frische Luft, bevor sie dieser Heike an die Gurgel ging.

Und tatsächlich. Kaum hatte sie das Aufnahmestudio hinter sich gelassen, löste sich das unsichtbare Korsett, und sie konnte befreit aufatmen. Sie war wahrlich nicht geschaffen für Kameras, die auf sie gerichtet waren. Noch immer glühten ihre Wangen vor Aufregung und Anspannung.

An der Rezeption angekommen, ließ sie sich von Laura-Luisa-Lena-wie-auch-immer den Weg in die Hotelküche zeigen. Diese gab bereitwillig Auskunft und drückte ihr beide Daumen.

Isabella grübelte noch eine Weile darüber nach, ob diese Geste dem Wettbewerb galt oder dem Auffinden der Küche. Sie verließ den weitläufigen Korridor, der zu den Aufzügen führte, und bog in den Gang ein, der zum Restaurant und auch zur Küche führte.

Es herrschte kaum Betrieb in der Großraumküche. Auf einem Gasherd blubberte ein großer Topf vor sich hin, aus dem eine Lauchstange ragte. Davor stand ein Mann in den Zwanzigern, der lustlos mit einem Kochlöffel darin herumstocherte.

An einer Arbeitsplatte standen zwei junge Frauen mit weißen Schürzen, die Gemüse schnippelten.

»Kann ich irgendwie behilflich sein, Fräulein?«

Ein Mann in einer knapp sitzenden Kochjacke trat auf sie zu. Auf der blütenweißen Brust war blau der Name Sander aufgestickt. In der einen Hand hielt er einen Teller, in der anderen einen Spüllappen. Er war ein untersetzter Mann in den Vierzigern mit dicken Tränensäcken unter den Augen, die sie ein wenig an einen Basset erinnerten. Bloß fehlte ihm die Freundlichkeit in den Zügen.

»Himbeeren«, stieß Isabella gehetzt aus, die sich irgendwie ertappt vorkam. »Ich bin vom Backwettbewerb und brauche Himbeeren.«

»Himbeeren?«

Isabella nickte, während sie dem musternden Blick des Mannes, der zweifellos ein Koch war, standhielt.

»Unbefugte haben in mein Refugium eigentlich keinen Zutritt.«

Sie gab eine kleinlaute Entschuldigung von sich, obwohl sie überhaupt nicht so recht wusste, was genau ihr Vergehen war. Was hätte sie tun sollen? Anklopfen? »Ich wollte auch nur …«

Der Koch nickte nach links. »Im Kühlraum«, sagte er ruppig. »Aber wehe, sie bringen mir was durcheinander.«

»Auf keinen Fall.« Freundlich lächelnd schüttelte sie den Kopf. »Ich will bloß Himbeeren.«

»Na dann.« Leise vor sich grummelnd, wandte er sich von ihr ab und trat mitsamt Teller und Spüllappen zurück an das Abwaschbecken, an dem ein beachtlicher Stapel weiterer Teller auf ihn wartete.

Isabella war beeindruckt und verwirrt sogleich. Auf dem Weg zum Kühlraum drehte sie sich immer wieder zu ihm um. Auch wenn dieser Mann sich ihr gegenüber griesgrämig verhielt, so war er sich allem Anschein nach nicht zu fein, sich selbst um den Abwasch zu kümmern.

Sie brauchte zwei Hände, um den Hebel heruntergedrückt zu bekommen und dann noch einmal alle Kraft, um die Tür aufzuziehen. Sogleich schlug ihr eine frostige Kälte entgegen, die sie mit weißem Nebel umhüllte.

Isabella staunte nicht schlecht. Der Tiefkühlraum war beinahe so groß wie ihr gesamtes Café. Sogleich legte sich eine dichte Gänsehaut auf ihre blanken Arme. Sie trat ein und ließ ihren Blick über die vielen Regale schweifen, die reihenweise nebeneinanderstanden und bis oben hin mit unterschiedlichsten Lebensmitteln gefüllt waren.

Dieser Raum war ein Eldorado für jeden Koch. Sie erblickte alle erdenklichen Gemüsesorten in grünen Plastikkisten, Fleisch und Backwaren und eine Vielzahl von Behältnissen und großen Eimern, deren Inhalte sich nur erahnen ließen. Sie hielt auf die Regalwand mit dem Gemüse zu und suchte konzentriert die Etagen ab. *Wo ist das Obst?*

Langsam ging sie die weiteren Reihen ab, sah ihren eigenen Atem aufsteigen und schlang die Arme eng um die Brust. Sie begann bereits leicht zu zittern. Das einzige Obst, das sie erblickte, waren mehrere Kisten voll praller Melonen – und dabei war sie sich nicht mal sicher, ob Melonen wirklich zum Obst zählten.

Begleitet vom Brummen des Kälteaggregats war sie bereits an der hintersten Regalwand angelangt und wollte sich gerade wieder umdrehen, als sie in der Regalecke blassgelbe Bananen hervorblitzen sah.

»Da ist also das Obst«, sprach sie leise zu sich selbst. In ihre Stimme hatte sich ein leichtes Zittern geschlichen. Direkt über ihr schlug ihr ein eisiger Windzug entgegen.

Sie hielt auf das Obstregal zu und suchte die Regalreihen ab. »Ä-äpfel, K-k-kiwis, Or-a-a-angen«, bibberte sie vor sich hin. »Ah, Himbeeren.« Ihr Blick fiel auf den gefliesten Boden, auf dem weitere Obstkisten standen. Der chaotisch aufgereihte Stapel reichte ihr bis zur Hüfte.

Sie sah noch mehr Bananen und Unmengen von Äpfeln, grüne und rote. »Aber wo sind …« Doch dann, ganz unten im Regal sah sie blaue Schalen mit Erdbeeren, Johannisbeeren und Himbeeren.

»Da seid ihr ja!« Allerdings scheiterte sie bei dem Versuch, über die Kisten nach unten zu greifen. Ihre Arme waren einfach zu kurz. Sie seufzte bibbernd auf, als ihr klar wurde, dass sie wohl nicht umhinkam, die Kisten zu entfernen, um an die Himbeeren heranzukommen.

»Himmel«, wie kann man nur solch eine Unordnung veranstalten!«, fluchte sie leise vor sich hin. Sie hob die Kiste mit den Bananen an und war überrascht davon, wie schwer sie war. Mühsam wuchtete sie die Kiste zur Seite und machte sich an die nächste, die mit Dutzenden Avocados gefüllt war.

»Das muss reichen.« Sie streckte die Hand nach den Himbeeren aus, als sich ihr wiederum eine Hand entgegenstreckte. Überrascht zog sie ihre Finger zurück und glaubte einen winzigen Augenblick lang, in einen Spiegel zu blicken, der auf dem Boden des Kühlraums lag.

Sie presste fest die Augen zusammen, um das Bild zu vertreiben, und öffnete sie langsam wieder. Die Hand war noch immer da. Sie umklammerte die Kante des unteren Regals – in direkter Höhe der Himbeeren. Voller Verwirrung folgte sie der Hand bis zum Unterarm, und –

Sie erschrak sich selbst am meisten über ihren eigenen Schrei, als ihr klar wurde, was sie da vor sich sah. Auf dem Boden des Kühlraums lag eine Frau in einem schwarzen Dirndl mit roter Schürze und weißer Bluse. Die frei liegenden Arme wirkten auf Isabella ebenso weiß wie der Blusenstoff.

Sie blickte in ein herzförmiges Gesicht, das von braunen gelockten Haaren umrahmt war. Helle Sommersprossen verteilten sich auf der kleinen Nase. Das sah hübsch und zugleich niedlich aus. Freundliche hellblaue Augen schauten zu ihr auf.

Auf den Spitzen der dichten Wimpern hatten sich zarte Eiskristalle gebildet, die dem Mädchen einen Hauch von Ewigkeit verliehen. Ein letzter stummer Blick, festgehalten in der eisigen Kälte des Tiefkühlraums.

KAPITEL 7

Isabella starrte die Himbeeren an. Sie waren von einem intensiven Rot. Sie liebte Himbeeren und hatte Stunden ihres Lebens damit verbracht, die Sträucher vom angrenzenden Bauernhof hinter Ännis Haus abzuernten – ungeachtet der vielen kleinen Wunden, die ihr die Stacheln zugefügt hatten.

Änni hatte sie immer Naschbeeren genannt. *Naschbeeren für meine Naschkatze.* Wieder hatte Isabella den Geschmack der Himbeeren im Mund. Aromatisch und samtig.

Unwillkürlich drängte sich Ännis Stimme in ihr Ohr, wie sie stets geschimpft hatte, wenn sie mit ihrem völlig versauten Kleidchen nach Hause gekommen war, das über und über mit dem roten Saft der Himbeeren besprenkelt gewesen war. Diese Erinnerungen schossen ihr ausgerechnet in dieser Situation durch den Kopf, in der sie sich den Kühlraum mit drei Männern und einer Leiche teilte.

»Ach, Isabella.« André seufzte bekümmert auf. »Sosehr ich unsere Begegnungen auch zu schätzen weiß, ich würde mir wirklich wünschen, dich mal wieder zu treffen, ohne dass ein Kamerateam zugegen ist oder wir uns in Anwesenheit einer Leiche unterhalten müssen.« André fuhr sich fahrig über die Bartstoppeln. In seinen Zügen lag der Anflug eines Lächelns, doch es erreichte nicht seine Augen.

Isabella war klar, dass ihm die Existenz des toten Mädchens ebenfalls zusetzte. Sie selbst zitterte wie Espenlaub. Daran änderte auch die Decke nichts, die sie sich um die Schultern gelegt hatte. Eines der Küchenmädchen hatte sie ihr überreicht, als André und seine Kollegen darauf bestanden hatten, sie noch einmal mit in den Kühlraum zu nehmen, damit sie exakt schilderte, was sie wann und wo vorgefunden hatte.

Sie schloss für einen langen Augenblick die Augen und wünschte sich weit fort von diesem Albtraum. Alles war so rasend schnell gegangen, und doch hatte sich die Zeit des Wartens gezogen wie ein Kaugummi.

Ein Blick auf die Uhr zeigte ihr, dass gerade erst eine halbe Stunde vergangen war, seit sie die Leiche gefunden und Alarm geschlagen hatte. Den Rest der Ereignisse hatte sie wie in einem Film erlebt, der sich vor ihr abspielte. Menschen kamen und gingen.

Geblieben waren der Besitzer des Hotels sowie drei seiner Angestellten, die Isabella mit einer Decke, Wasser und ganz viel Zuneigung versorgt hatten. Ihnen allen stand der Schrecken ins Gesicht geschrieben. Schließlich war die Tote im Kühlraum eine ihrer Kolleginnen.

Der Hotelbesitzer, der sich Isabella als Josef Fichtelberger vorgestellt hatte, hatte äußerst bestürzt und gleichermaßen gefasst auf diesen Fund reagiert. Wie ein Feldwebel hatte er jedoch schnell die Kontrolle übernommen und Befehle erteilt. Demnach hatte niemand bis zum Eintreffen der Polizei das Kühlhaus zu betreten. Einer seiner Angestellten hatte er aufgetragen, die Streifenwagen abzufangen und auf den Parkplatz hinter dem Haus zu lotsen.

»Wir müssen ja nicht die anderen Gäste beunruhigen.« Er hatte das Wort direkt an Isabella gerichtet, als müsste er sich vor ihr rechtfertigen. Dabei hatte er mit einer krächzenden Stimme gekämpft und immer wieder die Nase hochgezogen. Zunächst hatte sie geglaubt, dass das von seiner Aufgewühltheit resultierte – bis er ihr erklärte, dass er unter einer schlimmen Pollenallergie mit allergischem Asthma litt.

Von dem Chefkoch Felix Sander, der sich der Unterhaltung angeschlossen hatte, erfuhr Isabella schließlich auch den Namen der Toten im Kühlhaus: Valeska Kaminski. Eine einundzwanzigjährige angehende Hotelfachfrau, die seit zwei Jahren im Seeblick arbeitete und ihre Ausbildung absolvierte. Der Reaktion der Kollegen nach zu urteilen, war Valeska sehr beliebt.

Das alles war erst eine halbe Stunde her. Und nun stand sie gemeinsam mit André vor dem Obstregal und vermied es tunlichst, die Tote anschauen. Wozu auch? Der Ausdruck ihrer leblosen Augen und des wachsweißen Gesichts hatte sich auf immer und ewig auf ihrer Netzhaut eingebrannt.

»I-i-ich w-wollte n-nur die Himbeeren holen«, erklärte Isabella vor Kälte bibbernd und das nicht zum ersten Mal. Wie die eisigen Temperaturen war auch ihre Stimmung unter dem Gefrierpunkt.

André machte sich eine Notiz auf seinem kleinen Block, die nur aus einem Wort bestand: Himbeeren. Wuchtvoll klappte er den Block zu und steckte ihn sich in die Hosentasche. Den Stift klemmte er hinter das Ohr.

Er sah sie einfühlsam an. »Hast du eine Ahnung, wer sie ermordet haben könnte?«

Isabellas Augen wurden groß. »Wieso ermordet?

Vielleicht hat sie einfach einen Kälteschock erlitten, ist gestürzt, oder -«

Andrés resolutes Nicken brachte sie zum Schweigen. »Martin«, sagte er nur und deutete mit dem Kinn auf einen der beiden Kollegen, die direkt vor der Leiche knieten. Dieser trug einen weißen Ganzkörperoverall und war gerade dabei, gelbe Nummerntafeln um das Mädchen herum zu verteilen. Sämtliche Obstkisten, die den Leichnam zuvor größtenteils verborgen hatten, waren zur Seite geräumt worden.

Dieser legte seine Hände auf Oberarm und Taille der Toten und brachte den Körper behutsam in die Seitenlage.

Isabella stieß einen erstickten Schrei aus und rang gleichzeitig nach Luft, was wiederum zur Folge hatte, dass sie hart aufhusten musste, weil ihr die Eiseskälte in die Lungen stach.

Nun verstand sie Andrés überzeugenden Tonfall. Es handelte sich um einen Mord. Denn dass es einer war, daran gab es keinen Zweifel. Zwischen den Schulterblättern des armen Mädchens steckte ein langes Fleischermesser. Der herausragende Edelstahlgriff hatte bereits Raureif angesetzt.

Ohne Vorwarnung jagte ein greller Lichtblitz durch Isabellas Pupillen. Gefolgt von einem weiteren. Andrés anderer Kollege hatte die Wunde ins Visier genommen und fotografierte sie aus allen Winkeln ab.

Isabella öffnete den Mund, wollte etwas sagen. Doch sie wusste nicht, was in diesem Augenblick bedeutsam genug war, um in Worte gefasst zu werden. Nichts schien in dieser Situation passend zu sein. Ihr Blick fiel auf die Himbeeren im untersten Regal. Sie waren vom gleichen Rot wie das gefrorene Blut auf der Klinge des Fleischermessers.

Himbeerrot, schoss es ihr durch den Kopf. Langsam drehte sie sich zu André, der sie aufmerksam beobachtete. Diese tiefgründigen Augen, deren Farbe sie noch immer nicht richtig ausmachen konnte. Mal wirkten sie stahlblau, mal blassgrün, je nach Tageszeit und Lichteinfall.

»Wer hat das getan?«, fragte sie ihn leise. Ihre Worte hörten sich in ihren Ohren seltsam fremd an. »Wer ist zu solch etwas Schrecklichem nur imstande?«

André legte seine Hand auf ihre Schulter und drückte sie sanft. Erst schüttelte er den Kopf, doch dann nickte er. »Wir sind hier, um genau das herauszufinden.« Er lächelte sie an, als wollte er damit Zuversicht ausstrahlen.

Langsam löste sich seine Hand von ihrer Schulter, und er räusperte sich, während er zur Tür des Kühlraums blickte. Isabellas Blick legte sich ebenfalls auf die Tür, in deren Rahmen der Hotelbesitzer stand. Er hatte die Arme verschränkt und ließ die Arbeit der Spurensicherung nicht aus den Augen. Er trug wieder seinen Trachtenjanker, den er eben noch um Isabellas Schultern gelegt hatte, um sie aufzuwärmen, bis ihr eine Decke gereicht worden war.

»Herr Fichtelberger«, sagte André. »Ich hätte da noch einige Fragen, die das Opfer betrifft. Vielleicht haben Sie einen Moment Zeit für mich?«

»Natürlich, Herr Kommissar.« Tiefe Falten spalteten das Gesicht des Hotelbesitzers. Seine Mundwinkel verzogen sich zu einem dünnen Lächeln, das von ihm sämtliche Kraft einzufordern schien. Er zog ein Stofftuch hervor und schnäuzte sich lautstark. »Vielleicht in meinem Büro?«, fragte er mit verschnupft klingender Stimme.

»Und ich?«, fragte Isabella. »Was ist mit mir?«

André sah sie kurz an. »An dich habe ich erst einmal

keine weiteren Fragen. Und wenn doch«, er zwinkerte ihr zu, »dann weiß ich ja, wo ich dich finde.«

Mit einem Mal kam er ihrem Gesicht bedrohlich nahe, als er sich ihr zuwandte. In einer Schrecksekunde glaubte sie, dass er sie küssen wollte. Doch seine Lippen fanden nur ihre Stirn, auf die er sie kurz und unsagbar sanft küsste.

»Fahr nach Hause, und ruhe dich aus, damit du all das hier verarbeitet bekommst.«

Isabella stand nur da, mit der Gesamtsituation vollkommen überfordert, und fragte sich, was es mit diesem Gefühlsausbruch auf sich hatte. Doch als sie wieder Herr ihrer Sinne war und sich die richtigen Fragen in ihrem Kopf formulierten, war André nicht mehr da.

Mit dieser Erkenntnis wurde ihr auch die Kälte wieder bewusst. Sie zitterte so sehr, dass die Zähne klapperten. André hatte recht. Sie wollte bloß noch nach Hause und diesen Schrecken hinter sich lassen.

KAPITEL 8

Nach einem gemeinsamen Frühstück saßen Isabella und Renate im Wohnzimmer und blätterten durch Ännis Fotoalben. Wieder und wieder hatte Renate sie über den Fund der Leiche gelöchert.

Dabei hatte Isabella überhaupt nichts Interessantes darüber zu berichten gehabt. Sie kannte das arme Ding nicht, das sie im Kühlhaus gefunden hatte. Und laut dem, was sie von dem Personal und vom Hotelbesitzer erfahren hatte, war die junge Frau mit dem Namen Valeska Kaminski überaus beliebt bei Gästen und Kollegen gewesen.

Ihr Schicksal versetzte Isabella einen tiefen Stich in die Brust. Wer konnte bloß solch etwas Schreckliches tun und einen anderen Menschen auf derart grauenvolle Art aus dem Leben reißen. Mit einem Fleischermesser. Immer wieder schob sich das Bild des herausragenden Messergriffs vor ihre Augen, sah sie die winzigen Eisblumen, die sich über die Blutsprenkel gelegt hatten. Und diese Augen. *Eisblau.*

»Ob du etwas gefunden hast, frag ich dich!«

Isabella zuckte auf und sah Renate verdattert an.

»Wo bist du denn mit deinen Gedanken?« Ihre Mutter schob sich ein paar Haarsträhnen von der einen zur anderen Seite und verwuschelte ihren langen Pony. Sie saß im Schneidersitz gegenüber von Isabella. Auf ihrem Schoß ein aufgeschlagenes Fotoalbum, das so alt war, dass nicht nur die Bilder vergilbt waren, sondern auch das zwischen den Seiten haftende Seidenpapier.

Auch Isabella hatte ein Fotoalbum in der Hand und neben sich einen ganzen Stoß weiterer Alben. Dazu Zigarrenkisten, in denen sich unzählige unsortierte Einzelaufnahmen befanden.

»Nein«, sagte sie schließlich. »Ich habe rein gar nichts gefunden.«

Sie warf einen Blick auf die vier Fotos der letzten Seite, die Schnappschüsse bei einem Wanderausflug an die Gertelbacher Wasserfälle zeigten. Sie selbst hatte auch schon auf der kleinen Holzbrücke gestanden, auf der zwei Pärchen in den besten Jahren dem Fotografen zuwinkten.

Es war eine Aufnahme in gelblich-bräunlichem Sepia-Ton. Den wilden Mustern auf den Hemden und Blusen und den Koteletten der beiden Männer nach zu urteilen, wurde das Foto irgendwann in den Siebzigerjahren des vergangenen Jahrhunderts geschossen.

Isabella kannte niemanden auf dem Foto. Und da auch Änni nicht darauf zu sehen war, schlussfolgerte sie, dass ihre Großmutter die Fotografin gewesen sein musste. Mit einem schwermütigen Seufzer klappte sie das Album zu und legte es auf den Stapel der anderen Alben, die sie bereits durchforstet hatte.

Sie sah ihre Mutter forschend an, die blinzelnd jedes einzelne Bild betrachtete und immer wieder Ännis Lesellupe zu Hilfe nahm, wenn sie ein bestimmtes Detail als interessant einstufte.

»Wonach suchen wir eigentlich genau?«, wollte Isabella wissen. Dabei unterdrückte sie ein Gähnen.

»Das habe ich dir doch gesagt.« Renate sah vorwurfsvoll auf. »Nach einer Spur, die uns zur Identität des Toten führt, der bei uns als stummer Untermieter im Keller gewohnt hat.« Sie schmunzelte leise, doch Isabella tat ihr nicht den Gefallen und stieg mit ein. Daran fand sie überhaupt nichts witzig.

Immerhin hatten sie einen einzigen Anhaltspunkt, nämlich den auffallend großen Ring, den der Tote getragen hatte. André hatte sich an seine Ansage gehalten und ihr das Foto des Rings nicht geschickt. Noch immer hatte Isabella seine Worte im Ohr. »Dafür könnte ich in Teufelsküche kommen«, hatte er gesagt. »Schon schlimm genug, dass ich dir dieses Foto überhaupt gezeigt habe.«

Also musste Isabella es dabei belassen, ihrer Mutter den Goldring zu beschreiben, der einen Durchmesser von fast zwei Zentimetern hatte. Das wusste Isabella von Andrés Aufnahme, auf der auch ein Lineal abgebildet war. Es war ein Ring, der in jedem Fall ins Auge stach – auch auf vergilbten jahrzehntealten Fotos.

Und so war es Renates Idee gewesen, sämtliche Fotoalben von Änni zusammenzukramen und auf jedem Bild nach einem Mann Ausschau zu halten, der einen solchen Ring am Finger trug. Die Idee war gut, die Umsetzung eben dieser jedoch zermürbend.

Änni besaß unzählige Fotos. Überall in dem Haus befanden sich Fotoalben oder Zigarren- und Lebkuchenkisten, die mit Fotos, Fotos und noch mehr Fotos vollgestopft waren.

Isabella erlaubte sich eine kurze Pause und rieb sich die brennenden Augen. Durch die Sprossenfenster des Wohnzimmers drückten sich die zarten Sonnenstrahlen des Vormittags und ließen in ihren Lichtkegel die aufgewirbelten Staubpartikel tanzen, die sich auf den Alben mit den Jahren abgelagert hatten.

Die Aufgabe erfüllte Isabella mit Schwermut. Jedes dieser Fotos stellte eine Momentaufnahme aus Ännis Leben dar. Momente, die ihr etwas bedeutet haben mussten. Denn damals war man sparsam mit Bildern umgegangen und hatte sich genau überlegt, was man fotografierte.

Isabella erzählten die Bilder insbesondere zwei Dinge über ihre verstorbene Großmutter: Sie war nicht sonderlich viel in der Welt herumgekommen. Die einzigen Urlaubsaufnahmen, auf die sie gestoßen war, waren von einem Strandurlaub in Rimini und Impressionen von einem Amsterdam-Trip.

Des Weiteren verrieten die Fotos ihr, dass Änni ein großer Menschenfreund gewesen war. Sie selbst war kaum auf Bildern zu sehen, dafür aber hatte sie unzählige Leute fotografiert. Einzelne Personen, aufgenommen in ihrem Café. Gruppen bei Festen. Darunter Schnappschüsse und gestellte Porträtaufnahmen.

Änni schien die Fotografie geliebt zu haben. Es waren keine sonderlich anspruchsvollen Aufnahmen, wie sie ein professioneller Fotograf hätte knipsen können. Aber viele Bilder zeugten von einer Detailverliebtheit und einem geschickten Händchen für Arrangements.

Die meisten Aufnahmen stammten vom Café und zeigten hauptsächlich Menschen, die beisammensaßen und gut gelaunt wirkten. Faszinierend daran war, dass die Bilder des Cafés über die Jahrzehnte hinweg wie eine kleine Zeitreise wirkten. Das Café selbst blieb gleich, nur die Kleider und die Frisuren der fotografierten Menschen veränderten sich.

Der Gedanke gefiel Isabella, und eine Welle von Stolz erfasste sie, dass sie eine Familientradition fortführte, die es schon seit beinahe achtzig Jahren gab. Sie hatte Bilder gefunden, die ein zerstörtes Zapfbach zeigten. Menschenaufnahmen vor Häuserruinen, vermutlich zerstört von den Bomben des Zweiten Weltkriegs. Und auch da gab es das Zuckerherzschlössle bereits. Es hatte die Bomben überstanden und schließlich die harten Zeiten des Wiederaufbaus und der Entbehrung erlebt. Dann waren die Wirtschaftswunderjahre gekommen.

Isabella sortierte sich einen Stapel aus der Zigarrendose zurecht und arbeitete sich durch die Bilder. Ihr Hauptaugenmerk lag dabei auf beringten Männerhänden, doch bislang war kein Ring darunter, der mit dem gesuchten schweren Goldring identisch war.

Gerade betrachtete sie ein kleines schwarz-weißes Foto mit dickem weißem Rahmen. Es war eine Innenaufnahme aus dem Zuckerherzschlössle und eine der seltenen Aufnahmen, die ihre Änni zeigte. Sie erkannte ihre blutjunge Großmutter an dem Lächeln, das ihr Gesicht komplett einzunehmen schien. Ihre dunklen Haare waren zu kunstvollen Wellen drapiert.

Victory Rolls, schoss es ihr in den Sinn. Ein Begriff, den sie mal von einer Modezeitschrift im Wartezimmer ihres Frauenarztes aufgeschnappt hatte. Für Isabella war es ungewöhnlich und schön zu gleich, einen Blick auf ihre Großmutter in jungen Jahren zu erhaschen. Das Foto zeigte sie Arm im Arm mit einer ebenfalls sehr jungen Frau. Gemein hatten sie beide, dass sie die gleichen weißen Schürzen trugen und übertrieben große Servierhäubchen auf ihren Köpfen saßen.

»Wer ist das?« Sie hielt das Foto ihrer Mutter hin.

»Das ist Oma«, erwiderte Renate blinzelnd.

Isabella schüttelte unwirsch den Kopf. »Das weiß ich auch. Ich meine die junge Frau daneben.«

Renate nahm ihr das Bild aus der Hand und betrachtete es intensiv. Nach einer Weile drehte sie es um. »Das steht ein Datum drauf. Juni Neunzehnhundertsechsundvierzig«, las sie nachdenklich vor.

Isabella sog scharf die Luft ein, als ihr klar wurde, wie alt dieses Foto war.

Renate gab ihr das Foto zurück. »Dann muss es ihre Küchenhilfe sein.« Sie kniff ein Auge zu. »Martha, wenn ich mich recht erinnere. Sie hat viele Jahre mit Änni zusammengearbeitet.«

Isabella hörte diesen Namen zum ersten Mal. Noch einmal betrachtete sie das Foto. Die junge Frau war hübsch. Nicht schön im klassischen Sinn, dafür waren die Nase und die Ohren ein wenig zu groß, aber sie hatte freundliche Augen und ein einnehmendes Lächeln. Sie war ein wenig kleiner als Oma Änni, hatte dafür aber die weiblichere Figur.

»Ich wusste nicht, dass Änni eine Küchenhilfe hatte. Und wie jung sie wirkt.«

»Oh, Martha war mehr als das. Sie war die beste Freundin deiner Oma.«

Isabella hob den Blick. »Und was ist aus ihr geworden?«

Achselzuckend griff Renate nach dem nächsten Fotoalbum. »Wie das immer so ist«, sagte sie. »Freunde kommen und gehen. Und so haben sich wohl auch Änni und Martha irgendwann auseinandergelebt.« Sie hielt in der Bewegung inne und richtete ihren Blick zur zwischen ihnen schwebenden Pendelleuchte, die Renate, wie so vieles andere, klammheimlich gegen Isabellas Bogenstehlampe ausgetauscht hatte.

Isabella mochte die Leuchte nicht. Sie bestand aus sieben unterschiedlich großen Glaskugeln in milchigen Tönen, die sie auf irgendeine Weise an Christbaumschmuck erinnerten.

»Wenn ich es noch recht in Erinnerung habe«, sagte Renate nachdenklich, »hat Martha spät geheiratet und ist dann zu ihrem Mann nach Gengenbach gezogen. Er hatte dort eine Schreinerei.«

»Gengenbach«, wiederholte Isabella grübelnd und schob das Foto nach unten in den Stapel.

»Mit wem kommst du eigentlich zu meiner Eröffnung?«, fragte Renate unvermittelt.

Isabella zog den Kopf zurück. »Eröffnung?«

»Meine Tanzschule!«, sagte Renate mahnend, woraufhin Isabella schuldig aufnickte.

»Klar doch.« In all dem Trubel, der in den letzten Tagen um sie herum geherrscht hatte, war dieses Thema für sie in der Tat ein wenig nach hinten gerückt, um nicht zu sagen, in Vergessenheit geraten.

»Also?« Renate reckte das Kinn.

Isabella legte den Kopf schief. »Also, was?«

Renate wiederholte ihre Frage: »Mit wem kommst du?«

»Ich, ähm.« Isabella dachte angestrengt nach. Tatsächlich hatte sie sich darüber noch gar keine Gedanken gemacht. Sie zuckte unbedarft mit den Schultern. »Vielleicht komme ich alleine.« Sie betonte es wie eine Frage, nicht wie eine Aussage – und sie hasste sich selbst dafür.

»Du weißt, dass dort getanzt wird?« Renate hob eine Braue.

»Natürlich weiß ich das«, erwiderte Isabella. Womöglich einen Hauch zu ungehalten.

Renate wurde deutlicher: »Paartanz. Und viele Tage bleiben dir nicht mehr, um dich zu entscheiden.«

Isabella nahm noch einmal einen tiefen Atemzug und schnaubte die Luft in kurzen Stößen aus, während sie das nächste Fotoalbum aufklappte. Sie trat die Flucht in die Vergangenheit an.

Ihre Mutter sah mit einem Mal grübelnd drein. »Ich frage mich bloß, wer die offizielle Eröffnungsrede halten wird.« Ihr Blick schien sich an der Pendelleuchte festzusaugen, die – zu Isabellas Leidwesen – die aufgewirbelten Staubpartikel wie ein Magnet anzog. »Normalerweise würde das ja der Bürgermeister machen.« Ruckartig sah sie Isabella in die Augen. »Aber dank dir hat Zapfbach ja keinen Bürgermeister mehr.«

Isabella wollte gerade aufbegehren, als Renate ihre Hand hob und eine wegwerfende Geste vollführte. »Dafür kannst du natürlich nichts. Daran ist allein seine giftverspritzende Frau schuld gewesen. Dennoch ...«

Dennoch, dachte auch Isabella und spürte, wie sich ihr die Kehle zuschnürte. Immerhin hatte diese giftverspritzende Frau sie umbringen wollen. Das war zwar nun schon eine Weile her, doch das Geschehene ließ Isabella noch immer nicht kalt.

Sie war froh, dass Theo von Baldegg nicht mehr Bürgermeister war. Aufgrund der Ereignisse hatte er sich dazu gezwungen gesehen, sämtliche Ämter niederzulegen. Mehr noch. In einer Nacht- und Nebelaktion hatte er sich davongeschlichen. »Um die Wunden zu lecken«, sagten manche. »Weil er sonst wie ein Hund davongejagt worden wäre«, sagten andere.

Denn so ganz wollte ihm niemand abkaufen, dass er rein gar nichts vom tödlichen Treiben seiner Frau gewusst hatte. Auch Isabella war skeptisch. Ihm musste doch aufgefallen sein, dass sämtliche seiner Langzeitaffären auf unübliche Weise früher oder später aus dem Leben geschieden waren.

Isabella war nicht traurig, dass der Mann sich aus dem Staub gemacht hatte. Ihr war es vollkommen unverständlich, wie sich ein klar denkender Mensch mit solch einer Frau überhaupt hatte einlassen können.

Adelstitel hin oder her. Dabei verspürte sie keinen Hass. Obwohl sie von ihr vergiftet worden war, überkam sie vielmehr Mitleid, wenn sie an die Baldegg dachte.

Sie schnaufte auf. *Bleibt bloß zu hoffen, dass ich bei meiner Partnerwahl klüger zu Werk gehen werde, als es Theo von Baldegg getan hat.*

Das Aufklingeln des Telefons riss sie aus den Gedanken. Es war Florian. »Störe ich dich gerade?«

»Überhaupt nicht. Im Gegenteil, ich freue mich!«

Sie hörte sein verschmitztes Lächeln durch die Leitung und musste spontan mitgrinsen. Florian hatte diese Art an sich, die bei anderen sogleich gute Laune hervorrief.

»Das ist gut. Ich wollte mich auch bloß erkundigen, wie es dir geht … nach dieser schrecklichen Sache gestern.« Er nahm hörbar Luft, und einen winzigen Moment wurde es still in der Leitung. »Und da habe ich mich gefragt, wie ich dich auf andere Gedanken bringen könnte.«

»So?« Sie warf ihrer Mutter einen verdutzten Blick zu, die sie beim Gespräch nicht aus den Augen ließ.

»Deshalb habe ich beschlossen, dich heute Abend groß auszuführen«, platzte es schließlich aus ihm heraus. »Nur du und ich! Was sagst du? Ja oder ja?«

KAPITEL 9

Das kleine weiße Porzellanröhrchen zerbarst in seine Einzelteile und legte die Plastikblume mit der ewig blühenden kirschroten Blüte und dem grünen Stiel frei.

Florian setzte den nächsten Schuss an und zerstörte ein weiteres Porzellanröhrchen, dessen Stücke in sämtliche Himmelsrichtungen stoben. So ging es eine ganze Weile weiter. Schuss um Schuss. Er lud nach, setzte an, schoss und traf.

Nur wenig später befanden sich in Isabellas Hand ein Dutzend bunter Plastikrosen, von denen sie gar nicht wusste, wohin damit. Sie trug doch bereits den langbeinigen Kuschelfrosch vom Losstand und den dicken Plüschdelfin vom Dosenwerfen vor sich her.

Nur du und ich, ging es ihr durch den Kopf. *Und halb Zapfbach!*

»Jetzt zum Entenangeln«, schlug Florian heiter vor. »Oder lieber eine Runde auf der Seepferdschiffschaukel? Ich kenne den Bremser, der lässt uns umsonst mitfahren. Oder Autoscooter? Oder …« Mitten im Getümmel des Festplatzes blieb er stehen und warf seinen Kopf ruckartig in ihre Richtung. »… eine kuschelgruselige Fahrt in der Geisterbahn?«

Die Delfinflosse verwehrte ihr die Sicht, aber sie glaubte, ein verwegen-schiefes Grinsen in seinen Zügen zu erkennen.

»Ich, ähm.« Isabella holte tief Luft und legte sich ihre Antwort zurecht. Im Grunde wollte sie nichts dergleichen. Weder die Rosen noch den Delfin. Und schon gar nichts machte sie sich aus Jahrmärkten. Ihr war es dort viel zu laut, bunt und künstlich.

Doch allem Anschein nach stand sie mit dieser Meinung gänzlich allein auf weiter Flur. Zapfbachs Festplatz war überfüllt mit Menschen und drohte in den engen Gassen, die die vielen Buden und Fahrgeschäfte erschaffen hatten, aus allen Nähten zu platzen.

Überall hörte sie Kinderlachen, Musikfetzen von Liedern, die sie niemals, wirklich niemals privat laufen lassen würde – nicht einmal auf einer 90er-Jahre-Bad-Taste-Party. Außerdem waren für Isabellas Geschmack viel zu viele Kinder unterwegs. Nicht, dass sie Kinder nicht mochte, aber unter einem abendlichen Ausgehen hatte sie eine andere Uhrzeit als siebzehn Uhr verstanden.

Entsprechend deplatziert fühlte sie sich mit ihrer Kleidungswahl. Himmel, sie hatte wirklich geglaubt, Florian wolle sie schick ausführen. Sie hatte ja nicht ahnen können, dass er damit einen Jahrmarktbesuch meinte. Obendrein in Zapfbach. Und dann zu solch einer christlichen Uhrzeit.

Dies hatte er damit begründet, dass er Bäcker sei und am nächsten Morgen früh rausmusste. Gut, das hatte Isabella natürlich eingesehen. Es änderte aber nichts daran, dass sie vollkommen unpassend angezogen war. Für einen Jahrmarktbesuch waren die Absätze ihrer

Schuhe schlichtweg zu hoch, das Kleid zu kurz und die Frisur zu aufgetakelt.

Jahrmarkt … ausgerechnet! Kaum etwas konnte sie weniger ausstehen. Und dazu der Geruch. Eine Mischung aus Bier, Zuckerwatte, gebrannten Mandeln und Bockwürsten. Sie lächelte Florian gequält an und wünschte sich am liebsten fort von hier.

»Ich liebe den Jahrmarkt!« Florian schob ihr die Flosse aus dem Sichtfeld und strahlte sie an. »Du nicht auch?«

»Und ob«, log Isabella und spürte schuldbewusst, wie falsch sich das Lächeln in ihrem Gesicht anfühlte. Dabei meinte es Florian doch bloß gut. Mit dem gemeinsamen Jahrmarktbesuch wollte er sie auf andere Gedanken bringen. Und Ablenkung hatte Isabella bitter nötig. Die Ereignisse der letzten Tage waren alles andere als erfreulich gewesen.

Florians Frohsinn wich etwas Vorwurfsvollem. »Jetzt hast du mir noch immer nicht gesagt, was du als Nächstes machen möchtest.«

»Auf der Couch liegen und einen Film schauen wäre schön.« Isabella fügte in Gedanken hinzu: *allein!*

Florians fand sein unerschütterliches Lachen wieder. »Nein, ernsthaft! Der Markt ist schließlich nur einmal im Jahr. Komm, ich lade dich zum Autoscooter ein!«

Ohne ihre Erwiderung abzuwarten, legte er den Arm um sie und zog sie sanft, aber bestimmt, mit sich in Richtung des Fahrgeschäfts, aus dessen übergroßen an der Decke hängenden Boxen ein leidgeprüft klingender Mann gerade danach fragte, was Liebe sei und darum bat, nicht noch mehr verletzt zu werden.

Isabella schauderte. Anscheinend war auch musikmäßig die Zeit in Zapfbach stehen geblieben.

Vor der basslastigen Soundkulisse reihten sie sich in

die Schlange vor dem neonbunten Kassenhäuschen ein. »Bist du denn schon aufgeregt wegen morgen?«, fragte Florian.

Isabella schüttelte den Kopf. »Warum sollte ich? Ich werde bei dem gefilmt, was ich am besten kann«, sagte sie. »Backen.«

Florian grinste. »Stimmt, das kannst du wirklich gut. Und du wirst dabei auch noch verdammt gut aussehen.« Er warf ihr einen vielsagenden Blick zu und musterte sie von oben bis unten. »Ehrlich, du siehst atemberaubend aus heute.«

»Danke.« Isabella lächelte verlegen. Zwar freute sie sich über das Kompliment, doch es änderte nichts daran, dass sie sich dadurch nur noch unwohler in ihrer Haut fühlte. Ehrlich, wenn sie sich so umschaute, hätten es eine Jeans und ein Holzfällerhemd ebenso getan.

»Hast du Lust auf ein Eis?«, fragte Florian. »Magst du eins?« Er wühlte in seiner Hosentasche, drückte ihr ein paar Münzen in die Hand und schaute über sie hinweg. »Neben der Wurfbude gibt es einen Softeis-Stand. Besorgst du uns zwei Eis?«

»Softeis?«, fragte Isabella zweifelnd und verzog das Gesicht. Sie konnte sich nicht daran erinnern, zuletzt dieses salmonellenbehaftete Zeug freiwillig zu sich genommen zu haben.

»Ja.« Florian strahlte. Wieder. »Ich hab da jetzt einen regelrechten Heißhunger drauf. Machst du mir eine Portion halb und halb, während ich uns die Tickets organisiere?«

Isabella lachte tonlos auf. Er klang beinahe so, als würde er Karten für Elton John auf dem Schwarzmarkt erhaschen wollen. Sie wollte etwas Schlagfertiges erwidern, doch da bewegte sich die Schlange auch schon einen Meter weiter nach vorn und Florian drehte sich von ihr weg. So stand sie noch einen Moment da und starrte auf den breiten Rücken des Mannes, der sich an diesem frühen Abend aufführte wie ein Kind. Im wahrsten Sinne.

Vollbepackt mit tollen Sachen, die den Jahrmarktausflug schöner machten, entfernte sie sich vom Kassierhäuschen und stapfte auf die bonbonfarbene Softeisbude zu. Sie hatte alle Mühe, sich mit vollen Händen einen Weg durch die Menge zu bahnen. Der Marktplatz war geradezu überwuchert von rüstigen Rentnern und Kleinkind-Müttern.

»Autsch!« Jemand trat ihr auf die Füße, scherte sich aber nicht darum und ging einfach weiter. Isabellas Augen zogen sich zu schmalen Schlitzen zusammen. *Ganz groß ausführen …*

Ein herzergreifender Schluchzer riss sie aus dem Tal des Grolls. Im Schatten einer übergroßen Plastik-Softeistüte sah sie einen kleinen Jungen, der sich mit den Fäusten die Augen rieb und dramatisch wimmerte.

Sie blieb stehen und sah sich um. Doch niemand schien dem Jungen Beachtung zu schenken. »Wer bist denn du?« Langsam ging sie in die Hocke und sah ihm mitfühlend in die Augen.

Erst versteckte er sich hinter der Eistüte, kam dann aber vorsichtig wieder zum Vorschein. »Ich bin Max, und ich bin fünf Jahre alt«, kam es tränenerstickt aus dem kleinen Mund.

Beim Anblick des Jungen wurde ihr das Herz schwer. Sie strich ihm durchs wuschelige Haar und schenkte ihm ein aufmunterndes Lächeln. »Hallo, Max. Ich bin Isabella. Warum weinst du denn?«

»I-i-ich h-hab meinen Papa verloren.« Ein Schwall frischer Tränen kullerte aus den rehbraunen Augen des Jungen.

»Oh. Das tut mir leid.« Hilfesuchend blickte Isabella sich um, doch niemand nahm Notiz von dem kleinen Drama, das sich neben dem Softeis-Stand abspielte. Um den Jungen auf andere Gedanken zu bringen, hielt sie ihm den Riesen-Delfin unter die Nase. Sofort setzte das Schluchzen aus, und die gesamte Aufmerksamkeit galt dem Plüschtier. »Ich habe hier einen Tröstedelfin für dich«, sagte Isabella so einfühlsam wie nur möglich. »Er kann zaubern«, flüsterte sie. »Er hat die Macht, Tränen zu trocken und Traurigkeit zu vertreiben.«

»Ehrlich?«

Isabella nickte. »Gaaanz ehrlich.«

»Und kann er mir auch Papa zurückbringen?«

Isabella schüttelte den Kopf. »Nein, das kann er leider nicht.« Sie legte eine mitfühlende Miene auf und strahlte den Jungen dann sofort wieder an. »Aber der langbeinige Sucherfrosch kann das!« Sie drückte dem Jungen auch den Kuschelfrosch in die Hand, der sofort voller Liebe umklammert wurde. Sie nahm den Jungen an die Hand und erhob sich. »Und nun suchen wir vier deinen Vater. Wäre doch gelacht, wenn wir ihn nicht finden. Wie sieht er denn aus?«

Der Junge hob die Hand, in der sich der Frosch befand. »Groß«, sagte er. »Und ein wenig auch wie der Frosch. So glubschige Augen.« Er kicherte.

Isabella zwinkerte ihm zu. »Groß und glubschige Augen. Alles klar. Den finden wir.«

Max nickte eifrig und streckte den Frosch nach vorn. »Such Frosch, such!«

Als sie mit dem Jungen im Schlepptau zurück zum Kassenhäuschen des Autoscooters kam, wartete Florian bereits ungeduldig auf sie – mit zwei Tickets in der Hand. Er warf ihr ein schiefes Grinsen entgegen. »Da lässt man dich mal zwei Minuten allein, und du lässt dir schon ein fremdes Kind andrehen? Und wo ist mein Eis?«

»Das ist Max«, stellte Isabella den Jungen vor. »Er vermisst seinen Vater.« Sie hob die Hand weit über den Kopf. »Er ist sooo groß und hat glubschige Augen.«

Florian streckte dem Jungen den Daumen entgegen. »Den finden wir!«

Zu dritt kämpften sie sich durch die Menschentraube. Max hatten sie in die Mitte genommen und hielten ihn an der Hand. *Wie eine kleine Familie,* dachte Isabella amüsiert. Und auf einmal hatte der Jahrmarktbesuch eine Wendung bekommen, die etwas mit ihr anstellte. Immer wieder spürte sie Florians verschmitztes Grinsen auf ihr ruhen. Ob er denselben Gedanken hatte?

»Wo sollen wir nach ihm suchen?«, fragte sie nach einer Weile des ziellosen Herumschlenderns.

»Am Bierbrunnen«, erwiderte Florian sofort. »Wetten, der Vater ist da und hat über sein Tannenzäpfle seine Aufsichtspflicht vergessen?«

Isabella sagte nichts dazu. Wenigstens hatte sie aus Max mehr Informationen über das Aussehen des Vaters herausbekommen. Demnach handelte es sich um einen muskelbepackten Mann mit Vollbart und Knarre. Letzteres ließ Isabella unkommentiert. Und so hielten sie Ausschau nach einem barttragenden, schwerbewaffneten Bodybuilder.

»Dem werde ich was erzählen, seinen Jungen einfach so aus den Augen zu verlieren«, wütete Florian ungehalten, zum Glück so leise, dass Max es nicht mitbekam.

»Wo hast du deinen Papa denn zuletzt gesehen?« Isabella beugte sich zu ihm hinunter, damit er sie besser hören konnte.

»Beim Kinderkarussell. Ich war auf dem Feuerwehrauto. Doch als die Fahrt zu Ende war, hat das Auto nicht da gehalten, wo ich eingestiegen bin. Und es musste alles so schnell gehen, weil ich doch keine Fahrkarte mehr hatte. Und Papa sagt, dass Schwarzfahrer böse sind.« Er hob den Kopf und sah Isabella fest in die Augen. Dann fügte er voller Inbrunst hinzu: »Ich bin kein Schwarzfahrer.«

»Nein. Das bist du ganz bestimmt nicht.« Zu Florian gewandt sagte sie: »Lass uns zum Karussell gehen. Dort werden wir warten, bis sein Vater wieder auftaucht. Er wird bestimmt krank vor Sorge sein. Ich wäre es, wenn mir solch ein süßer Spatz verloren gehen würde.« Sie konnte nicht anders. Sie kniff dem Jungen in die Wagen und bedachte ihm mit einem strahlenden Lächeln.

Trotz der Tränen in den Augen, erwiderte er mit einem zuversichtlichen Nicken: »Du bist eine liebe Tante.« Dann grinste er geradezu spitzbübisch: »Und du bist hübsch.«

»Ich? Äh, danke, Max. Das ist echt lieb.« Isabella wurde augenblicklich rot. Auf das Kompliment eines fünfjährigen Charmeurs war sie überhaupt nicht gefasst gewesen.

Florian lachte neben ihr auf. »Deine Verehrer werden auch immer jünger.«

Isabella suchte die Reihen nach bärtigen Männern ab. Von denen gab es reichlich. Aber niemand wirkte sonderlich groß oder muskulös. Schon gar nicht beides.

»Echt jetzt«, motzte Florian wieder. »Wenn das wirklich stimmt, dass sein Vater eine Knarre mit sich rumträgt, ist das ein Fall für das Jugendamt.«

»Max ist fünf. Was glaubst du denn, wie es Kinder in dem Alter mit der Wahrheit halten?«, warf Isabella ein. »Vermutlich ist sein Vater auch gar nicht so groß und hat auch nicht so viele Muskeln.«

Mit einem Mal verkrampfte sich die kleine Hand in

der ihren. »Da ist er«, schrie Max plötzlich. »Da ist Papa!«

Florian und Isabella blieben ruckartig stehen, doch der Junge zerrte unbeirrt weiter. »Da vorne«, schrie er Isabella an. »Papaaaa!«

Die Hand nicht loslassend, folgte sie ihm und ließ sich zu seinem Vater zerren. »Wusste ich es doch«, sagte sie zu sich selbst. Denn der Mann, auf den der Junge zuhielt, war weder sonderlich groß noch überaus muskulös. Zumindest deutete die Rückenpartie auf nichts dergleichen hin.

»Papa«, schrie Max grell auf.

Der Mann drehte sich herum, und der Vollbart stellte sich als ein Bart heraus, der nicht mal eine Woche im Wachstum war. Drei Tage. Höchstens.

Isabella blieb schlagartig stehen. Die Beschreibung des Jungen war in vielen Dingen nicht ganz zutreffend. Sein Vater hatte keine glubschigen Augen wie der langbeinige Frosch, sondern tiefgründige Augen von einer unbestimmbaren Farbe, in die sie sich bereits das eine oder andere Mal verloren hatte.

»André?«, fuhr sie überrumpelt auf.

Doch der nahm sie überhaupt nicht wahr. Kaum hatte er Max erblickt, stürzte er sich buchstäblich auf ihn und schlang seine Arme fest um ihn. »Da bist du ja, du kleiner Racker! Ich hab dich überall gesucht.« Er hatte die Augen fest zusammenpresst und schien für eine lange Sekunde alles um sich herum auszublenden. Gefangen in einem Universum, in dem es nur noch ihn und seinen Sohn gab. »Ich hab mir solche Sorgen gemacht, Max! Wo hast du nur gesteckt?«

»Bei der lieben Tante.« Mühsam befreit der Junge sich aus den Armen seines Vaters und zeigte auf Isabella.

Auch André schien einen Augenblick zu brauchen,

um sie einsortiert zu bekommen. »Du?«, fragte er schließlich voller Unglauben.

»Das ist dein Sohn?«, fragte Isabella ebenso ungläubig zurück.

»Ist sie nicht hübsch?«, sagte Max im Brustton der Überzeugung. »Sie hat mir einen Tröstedelfin geschenkt und einen Sucherfrosch.« Beide reckte er André entgegen.

»Na ja«, setzte Florian ein. »Eigentlich habe ich die beiden Stofftiere Isabella gesch-«

Mit einer gehobenen Augenbraue brachte sie Florian zum Schweigen. Schließlich hob der die Arme. »Klar, Kumpel. Die beiden gehören dir.«

»Ihr beide habt Max gefunden!« André fuhr sich vor Aufregung über das Gesicht, dann sprang er wie eine Sprungfeder auf die beiden zu und riss erst Florian in einer stürmischen Umarmung an sich. »Danke, Florian, das werd ich dir nie vergessen.«

Im nächsten Augenblick spürte Isabella Andrés inbrünstige Umarmung. Er roch nach zitroniger Zuckerwatte. »Danke, Isabella. Du glaubst gar nicht, wie erleichtert ich bin.«

Er löste sich von ihr und strahlte sie an. Ein feuchter Glanz lag in seinem Blick. Und jetzt, da sie es wusste, erkannte sie auch die Ähnlichkeit in den Zügen der beiden.

»Keine Ursache, André, das habe ich wirklich gerne gemacht. Dein Junge ist wirklich zuckersüß.«

Er fasste sich an den Nacken und warf einen langen Blick auf Max. »Ich verstehe auch nicht, wie das passieren konnte. Eben saß er noch auf dem Karussell, als meine Vermieterin vorbeikam und ich mich kurz mit ihr unterhalten habe, und dann saß im Feuerwehrauto plötzlich ein anderes Kind.« Er schluckte angestrengt. »Ehrlich, ich bin tausend Tode gestorben.«

Isabella drückte seine Hand. Sie fühlte sich rau und weich zugleich an. »Jetzt ist ja alles wieder gut, und ihr beide habt euch wieder.«

»Ja, zum Glück. Nicht auszudenken, wenn …« André ließ den Satz unvollendet und nickte versonnen. »In einem Punkt hat er recht«, sagte er schließlich und musterte Isabella eingehend von Kopf bis Fuß. »Du siehst wirklich umwerfend aus.«

»Hör mal … Sportsfreund.« Florian stellte sich ganz dicht neben Isabella und tippte seinen Zeigefinger gegen Andrés Brust. Der Mann war weit davon entfernt, ein Bodybuilder zu sein. Ein paar stattliche Muskeln waren trotzdem unter dem eng anliegenden Hemd zu erkennen.

Aus zusammengekniffenen Augen funkelte Florian ihn ernst an. »Du kannst ein Kind nicht einfach so unbeaufsichtigt auf dem Jahrmarkt herumlaufen lassen. Das ist dir doch klar, oder? Auch ein Bulle hat eine Sorgfaltspflicht.«

Kurz rechnete Isabella damit, dass André wütend auffahren und es zu einer Rangelei kommen könnte. Doch André tat nichts. Er senkte bloß den Kopf und nickte geständig. »Ich weiß, dass ich einen Fehler gemacht habe. Umso mehr danke ich dir, dass du dich meines Jungen angenommen hast.«

Dieses passive Eingeständnis schien Florian aus dem Konzept zu bringen. Langsam zog er seinen Finger zurück. »Na ja, keine Ursache«, sagte er leise.

»Und ihr beide hier auf dem Markt.« Andrés Blick wechselte zwischen ihr und Florian hin und her.

»Ganz genau«, gab Florian souverän von sich. Sie glaubte, aus dem Augenwinkel zu erkennen, wie er die

Brust anspannte. »Isabella und ich haben ein Date, André. Hörst du? Ein Date! Ich habe ihr Rosen geschossen.«

Isabella schüttelte vehement den Kopf und schnaubte so entschieden auf, dass sie die Ponyfransen zerzauste. »Es ist ganz bestimmt kein Date«, stellte sie augenblicklich klar. »Wir sind ja noch nicht mal gemeinsam mit der Armorbahn gefahren.«

KAPITEL 10

Isabella hatte alles andere als eine gute Nacht hinter sich. Sie hatte ziemlich mies geschlafen. Auf dem Marktplatz hatte sie keinen Gedanken an den Kuchenwettbewerb verschwendet. Ebenso wenig an das tote Mädchen im Kühlhaus. Für diese Ablenkung konnte sie Florian nur dankbar sein.

Doch kaum hatte sie im Bett gelegen, die Nachtlektüre zur Seite gelegt und das Nachttischlicht ausgeknipst, hatten ihre Gedanken zu kreisen begonnen. Zunächst hatte sich alles um die Leichenfunde gedreht. Den im Keller ihres Hauses. Das Mädchen vor dem Obstregal. Immer wieder schob sich das Bild des herausragenden Messers vor ihr inneres Auge. Bis sie sich endlich dazu zwang, an etwas anderes zu denken.

Und so war der Backwettbewerb auf einmal in ihrem Kopf präsent. Welche Aufgabe würde wohl auf sie warten? Wie würde sie sich in ihrer Spontanität schlagen? Wie käme sie mit dem Zeitdruck klar? Und dann der Gedanke an die laufenden Kameras. Der Konkurrenz im Nacken. Und vor allem: Was sollte sie anziehen?

Es waren so viele Gedanken, die ihr Gehirn beschäftigten, dass an Schlaf kaum zu denken war. Irgendwann kurz vor der Dämmerung hatte sie dann doch ein Auge zumachen können – bloß, um gefühlt im nächsten Moment vom Hahn Pavarotti des angrenzenden Bauernhofs aus dem Schlaf gerissen zu werden.

Und nun stand sie hinter ihrer Backstation und unterdrückte ein herzhaftes Aufgähnen. Die tote Hotelfachfrau wurde von niemandem mit einem Wort erwähnt. Dafür war sie dankbar. »The Show must go on«, schien das vorherrschende Motto zu sein. Ebenso dankbar war sie für die Arbeit der Maskenbildnerin. So musste nicht jeder gleich auf den ersten Blick sehen, wie müde sie war.

Doch sie hinterfragte ihre Kleiderwahl. Das Fernsehteam hatte ihnen lediglich aufgetragen, nichts Gestreiftes und nichts zu klein Kariertes anzuziehen, da dadurch ein Moiré-Effekt entstehen würde, der zu einem unerwünschten Farbflimmern führen könnte.

So ganz hatte Isabella das nicht verstanden. Aber da sie ohnehin keine Karos mochte und kaum etwas Gestreiftes im Kleiderschrank hängen hatte, schränkte dies ihre Auswahl nicht sonderlich ein.

Hinter vorgehaltener Hand hatte die Redaktionsassistentin ihr empfohlen, ebenso wenig etwas Extravagantes zu tragen, das der Moderatorin die Show stehlen könnte. Und dass man es sich mit ihr besser nicht verscherzen sollte. Sie hatte wohl einen nicht unerheblichen Einfluss auf die beiden Jurymitglieder, die heute ebenfalls anwesend waren.

Sie standen einige Schritte hinter Simone Sommerwind und wirkten auf Isabella ein wenig verkrampft. Es waren zwei irgendwie niedlich aussehende Frauen mit Kurzhaardauerwellen, die Isabella auf Anfang fünfzig schätzte. Sowohl von der Statur als auch von dem Kleidungsstil sahen sie nahezu identisch aus.

Da Isabella die Sendung nicht kannte, sah sie heute die beiden Damen zum ersten Mal. Sie wurden ihnen als Maria und Theresa vorgestellt. Es stellte sich heraus, dass sie tatsächlich Zwillinge waren und als ausgebildete Konditormeisterinnen ein erfolgreiches Café in Baden-Baden betrieben, in dem die badische High Society ein und aus ging. In der Szene waren sie als »Die Backschwestern« bekannt.

Beide trugen pastellblaue Bäckerjacken mit großen goldenen Knöpfen. Mit ihren sanften Zügen und dem Dauergrinsen machten sie auf Isabella einen durchweg sympathischen Eindruck.

Die Wahl der Kleider. Isabella hatte sich schließlich für ihr petrolfarbenes Jersey-Kleid entschieden, weil Renate meinte, die Farbe bringe ihre Augen perfekt zur Geltung.

Auch Isabella mochte die Farbe sehr und fühlte sich in dem Kleid mit dem eng anliegenden Oberteil und dem weit fallenden Rock sehr wohl – zumindest hatte sie das getan, bis man ihr eine zitronengelbe Schürze umgehängt hatte, die von ihrem Kleid nur noch die Dreiviertelarme frei ließ. *Gelb!* Keine Farbe stand ihr schlechter zu Gesicht.

Sie fühlte sich wie ein Kanarienvogel vor ihrer Arbeitsplatte und lauschte den Worten der Moderatorin, die ihren Text für die erste Folge einsprach.

»Heute fällt der Startschuss im Hotel Seeblick am Tannsee. Für unsere fünf Kandidaten ist das Ziel, Schwarzwalds bester Kuchenbäcker zu werden, zum Greifen nah.« Sie strich sich über ihr welliges Haar. »Doch noch müssen einige Hürden überwunden werden. In der ersten Runde wartet auf unsere Kandidaten die erste spannende Aufgabe, und wie immer gilt: Wer's nicht richtig kriegt gebacken, der kann seinen Koffer packen!«

Isabella horchte auf. War das wirklich das Motto der Show? Sie hatte Mühe, sich ein Augenrollen zu verkneifen, schließlich stand sie in Simones Schatten und wurde somit von der Kamera eingefangen. Also lächelte sie verkrampft vor sich hin.

»Wer es nicht schafft, die Jury mit seiner Kuchenkreation zu überzeugen, fliegt heute raus.« Simone wandte sich den Teilnehmern zu. »Ihr wisst also, was auf dem Spiel steht.« Dann drehte sie sich in die Kamera und lächelte unverwüstlich.

»Und Cut, im Kasten«, rief Janis ihr zu.

Isabella gefiel es überhaupt nicht, dass sie nicht im Vorhinein gesagt bekommen hatten, welchen Kuchen sie denn zubereiten sollten. Doch sie war angetan von der Natürlichkeit, die Simone Sommerwind vor der Kamera ausstrahlte. Sie sagte ihren Text auf, ohne ihn abzulesen, und verhaspelte sich kein einziges Mal.

In der nächsten Einstellung platzierte sie sich in den Mittelgang, den die Backstationen bildeten, atmete tief ein und setzte erneut ein kamerageprüftes Lächeln auf. Sie sah wieder blendend aus. Für die erste Runde trug sie ein maßgeschneidertes korallenfarbenes Kostüm mit einer geblümten Bluse, die ihre Formen an den richtigen Stellen betonte.

Janis' Stimme drang von seinem Regiestuhl aus durch das Studio: »Kamera läuft.« Er saß mit seiner Assistentin und zwei anderen Männern, die Isabella noch nicht kannte, unmittelbar vor der Kulisse und betrachtete sämtliche Aufzeichnungen der Kameras auf Bildschirmen, die vor den Stühlen aufgestellt waren.

Isabella empfand es als ungemein spannend, Teil einer Fernsehaufzeichnung zu sein, und immer wieder wurde ihnen eingebläut, dass sie sich vollkommen natürlich verhalten sollten. Schließlich sei dies eine Aufzeichnung, in der alles geschnitten werden konnte, und keine Live-Übertragung. Doch für Isabella änderte das nichts daran, dass ihre Nervosität so rasant angestiegen war, dass ihr das Herz bis zum Hals schlug.

Simone richtete sich wieder an die Teilnehmer: »Meine verehrten Kandidaten und Kandidatinnen.« Dabei wurde sie von einer Kamera flankiert, während zwei weitere auf Isabella und die anderen Kandidaten gerichtet waren. Schließlich sollte kein emotionaler Gesichtsausdruck ungefilmt bleiben, wenn die Moderatorin die heutige Aufgabe verkündete. Isabellas Nerven waren zum Zerreißen gespannt. »Bitte etwas Leichtes für den Anfang«, wisperte sie kaum hörbar vor sich hin. »Bloß keinen Frankfurter Kranz«.

»Cut!«, rief Janis prompt und richtete sich in seinem Stuhl auf. Sein Gesicht erschien über einem der Bildschirme, die vor ihm aufgebaut waren. »Isabella!« Er sah sie mahnend an. »Man sieht, wie sich deine Lippen bewegen. Und reiß die Augen nicht so auf. Bleib einfach ganz natürlich.«

»Natürlich.«

Mit einem resoluten Nicken ließ er sich zurück in den Stuhl fallen und fokussierte einen der Monitore, hinter dem es kurz aufraschelte und knisterte. Isabella sah, wie Janis sich eine Tablette in den Mund schob. Allmählich fragte sie sich, ob der Mann tablettenabhängig war.

Mit einer ruckartigen Handbewegung winkte er Toni, der mit seiner Kamera direkt vor Simone Stellung bezogen hatte. Dieser nickte ebenfalls. »Kamera läuft«, sagte er, und just in diesem Moment wurde ihm ein zweifaches Echo von den anderen beiden Kameramännern entgegengeworfen.

»Kamera läuft«.

»Kamera läuft.«

»Heute ist der dreizehnte Mai«, sprach Simone Sommerwind mit einer unbefangenen Leichtigkeit, die Isabella nicht einmal in ihrem kleinen Finger verspürte. »Und damit ist heute der nationale Tag des Apfelkuchens.« Mit dem letzten Wort hob sich ihre Stimme um zwei Oktaven an. In einer langsamen Drehung wandte sie sich den Kandidaten zu, bis ihr Blick an einem unbestimmten Punkt haften blieb. »Eure Aufgabe heißt Apfelkuchen international – und das bedeutet nicht weniger, als aus einem beliebigen Apfelkuchenrezept ein facettenreiches, internationales Ensemble zu kreieren. Sucht euch ein Land aus und baut eine landestypische Zutat in eure Rezepte ein.«

Bitte-was? Isabella hatte das Gefühl, dass ihre Augen weit aus den Höhlen traten. Im selben Moment traten fünf perfekt zurechtgemachte Mädchen in Dirndl in den Raum und trugen Weidenkörbe vor sich her, die mit Äpfeln gefüllt waren. Eine von ihnen war die noch immer vornamenlose junge Frau von der Rezeption. Isabellas Blick verfing sich in den Körben. Ein leichtes Schaudern überkam sie. Ob es die Äpfel aus dem Kühlraum waren?

»Hier sind eure Äpfel für euren Apfelkuchen international«, sprach Simone weiter. »Und was das genau bedeutet, das erklärt euch jetzt die Jury.«

Die Kamera vollführte einen Schwenk zu den Konditorzwillingen, die aus Simones Windschatten nach vorn traten und von ihr mit einer weitläufigen Handbewegung begrüßt wurden. »Bitte, Maria und Theresa.«

»Hallo, zusammen. Ich bin Theresa«, sagte die

Rechtsstehende frontal in die Kamera und offenbarte ein zuckersüßes Lächeln.

»Und ich bin Maria.« Die Linksstehende hob sogleich die Hände. »Keine Sorge. Wir erwarten von euch kein Hexenwerk.«

Ihre Schwester Theresa nahm den verbalen Ballwurf auf: »Aber ein solides Handwerk. Eben einen von Grund auf ehrlichen Apfelkuchen, wie ihr ihn bestimmt schon oft gebacken habt. Doch dieses Mal soll er eine Zutat beinhalten, die für ein bestimmtes Land steht.«

»Also wie Zatziki für Griechenland?«, rief Lukas in den Raum rein. Isabella lachte auf.

»Cut!«, rief Janis plötzlich und sprang von seinem Regiestuhl auf. Wütend riss er die Hände in die Höhe, senkte sie aber sogleich wieder. Er versuchte sich an einem Lächeln. »Leute, was hab ich euch gesagt?«, fragte er in einem Tonfall, den Isabella am ehesten von einem Erzieher in einer Kindertagesstätte erwartet hätte. »Wenn Simone ihre Eröffnungsrede hält und die Jury miteinbezieht, habt ihr zu schweigen und zu lauschen.« Janis' Blick hatte sich stur auf Lukas gelegt, der ein kleinlautes »Sorry« hervorpresste.

»Gut.« Janis schien sich damit zufriedenzugeben und ließ sich wieder auf seinem Stuhl nieder. »Und Isabella, hör' bitte auf zu lachen, du musst Lukas nicht auch noch anstacheln.«

»Entschuldigung, Janis.«

Er fuhr sich mit den Fingern über die Lippen und nickte ihr knapp zu. »Also weiter im Text. Toni: Und Kamera.«

»Kamera läuft.«

»Kamera läuft.«

»Läuft.«

Maria nahm unbeirrt den Faden wieder auf: »Englandfreunde können zum Beispiel Clotted Cream oder schwarzen Tee mit einbauen.«

»Oder entscheidet euch für eine kanadische Variante mit Ahornsirup«, schlug Theresa weiter vor. »Und für Griechenlandfans mit fettreichem Naturjoghurt.« Sie zwinkerte Lukas mit einem äußerst charmanten Lächeln zu. »Ihr findet alle erdenklichen Zutaten in euren Kühlschränken. Und wenn es etwas nicht geben sollte, werden wir es für euch organisieren. Versprochen!« Maria strahlte mit ihrem Lächeln eine Zuversicht aus, die sich nicht so ohne Weiteres auf Isabella übertrug.

Theresa ergriff wieder das Ruder: »Und bitte dran denken, ob mit Streuseln bedeckt oder versunken, vom Blech oder aus der Springform.«

»Egal, wie ihr euch entscheidet«, ergänzte Maria, »ein guter Apfelkuchen ist erst dann ein guter Apfelkuchen, wenn er saftig, nicht zu süß, aber nicht zu sauer wird.«

Simone strahlte mit der durch die Fenster hereinscheinenden Sonne um die Wette: »Ihr habt die Jury gehört. Sie verlangt nicht weniger als Perfektion von euch. Ihr habt für diese Aufgabe zwei Stunden Zeit.« Von hinter ihrem Rücken brachte sie eine silbrige Triangel zum Vorschein. »Drei, zwei, eins ...«

»Yo, wir backen das«, brüllten die anderen Teilnehmer wie auf ein unsichtbares Kommando hin.

Isabella wusste überhaupt nicht, wie ihr geschah. Gleichzeitig erklang die Triangel, und alle brachen in wildes Geklatsche aus.

Isabella drehte sich verwirrt in alle Richtungen und betrachtete ungläubig das Chaos, das um sie herum ausbrach. Schränke und Schubladen wurden aufgerissen. Töpfe, Messbecher, Löffel und Messer zutage befördert und wie Chirurgenbesteck zur Vorbereitung einer komplizierten Operation sorgsam auf die Arbeitsplatte gelegt.

Das Personal des Hotels verteilte derweil die Apfelkörbe an die Teilnehmer. Auch Isabella bekam einen Korb vor die Nase gestellt, in der sie Dutzende rot schimmernde Äpfel anlachten.

Sie warf einen Blick nach hinten, wo Anna schon eifrig damit beschäftigt war, die ersten Äpfel zu schälen. Die neben ihr stehende Heike kippte gerade Mehl in einen Rührbottich. Lukas wühlte mit beiden Händen im Kühlschrank.

»Isabella!« Simone Sommerwind trat freudig lächelnd an sie heran. »Willst du nicht auch mal loslegen?« Sie streckte ihr das Handgelenk entgegen und tippte auf ihre im Sonnenlicht aufglitzernde Armbanduhr. »Die Zeit läuft bereits. Tick, tack.«

KAPITEL 11

Isabella brütete darüber, wie sie sich an diese Aufgabe machen sollte. Das Apfelkuchenrezept war nicht das Problem. In Ännis Rezeptordner gab es gleich mehrere davon, die sie bereits allesamt nachgebacken und ihren Gästen zum Verzehr angeboten hatte.

Der gedeckte Apfelkuchen mit Schokostreuseln zählte dabei zu ihrem festen Repertoire. Sie hatte ihn bereits so oft gebacken, dass sie das Rezept im Schlaf hätte aufsagen können: Mehl, Butter, süße Sahne, Rosinen, den Saft einer halben Zitrone, Crème fraîche, Vanillezucker, Rosinen – und natürlich die Äpfel aus dem Garten.

Jedoch hatte sie keinen Schimmer, um welche Sorte es sich dabei handelte. Auf jeden Fall waren sie für den Kuchen perfekt, und Oma hatte stets die Äpfel verwendet, die ein Jahr im dunklen Kellerraum gelagert hatten. Sie erschauderte unwillkürlich, als ihr klar wurde, dass auch schon damals die einbetonierte Leiche im Keller gelegen haben musste.

Mit wachsender Panik beobachtete sie die Konkurrenz, die bereits drauf und dran war, ihre Kreationen auf das Kuchenblech oder in die Springform zu zaubern.

Um wenigstens irgendetwas zu tun, widmete sie sich dem Schälen der Äpfel. Dabei gab es kaum eine Küchenarbeit, die sie mehr hasste.

Sie rief sich Simones Worte in Erinnerung, dass sie sich wie in ihrer eigenen Backstube fühlen sollten. Doch genau das wollte Isabella einfach nicht gelingen. In ihrer Backstube war es eng und stickig und vor allem: menschenleer.

Hier jedoch wuselten so viele Menschen herum, dass sich Isabella immer wieder ablenken ließ und sich überhaupt nicht auf das Backen konzentrieren konnte. Sie vermisste den alten Ofen, die klapprige Knetmaschine und die vom vielen Mehl stumpf gewordenen Fliesen an den Wänden. Vor allem vermisste sie sehnlichst eine zündende Idee.

Sie war der Verzweiflung so nahe, dass sie bereits darüber nachdachte, einfach einen der genannten Vorschläge umzusetzen. Doch gleichzeitig wusste sie, dass ihr diese mangelnde Kreativität in der Abschlussbewertung ganz sicher negativ ausgelegt wurde.

Obendrein verselbstständigten sich ihre Gedanken immer wieder zurück zur Kellerleiche, deren Identität ihr nach wie vor unklar war. Trotz aller Fotos, die sie sich gemeinsam mit ihrer Mutter angeschaut hatte, gab es keine Spur, die auf einen Mann in Ännis Umfeld hinwies, der solch einen auffälligen Ring getragen hatte.

Dennoch waren es beinahe magische Stunden gewesen, in denen sie sich gemeinsam mit ihrer Mutter durch Ännis Vergangenheit blätterte. Es tat gut, Erinnerungen wachzurufen, die ihr die so sehr vermisste Großmutter noch einmal ganz nahegebracht hatten.

Selbst Renate hatten diese Fotos nicht kalt gelassen. Beim Durchblättern eines Albums, das ausschließlich bunte Fotos von einem gemeinsamen Schwedenurlaub enthielt, waren bei Renate die Dämme gebrochen, und sie hatte geheult wie ein Schlosshund.

Isabella konnte nur erahnen, wie sich Renate beim Verlust ihrer eigenen Mutter fühlen musste. Die beiden hatten nie ein sonderlich gutes Verhältnis zueinander gehabt. Mehr und mehr wurde Isabella klar, wie sehr Renate darunter litt. Zumal es keine Chance mehr auf eine Aussprache gab. Isabella nahm sich fest vor, mit allen Menschen, die ihr etwas bedeuteten, im Reinen zu sein, bevor sie die Welt verließ.

Der Grund für Renates Gefühlsausbruch war ein Schnappschuss gewesen, der sie und Änni gemeinsam auf einem Holzsteg zeigte, auf dem sie versuchten, sich gegenseitig in einen See zu werfen. Beide lachten so ausgelassen, dass es den Anschein hatte, nichts anderes um sie herum würde zählen. Vielleicht war es in genau diesem Augenblick auch so. Ihre Mutter war auf dem Foto vielleicht vierzehn Jahre alt.

Schweden, sinnierte sie mit einem Lächeln, während sie an das Foto von Oma und Renate dachte. Vielleicht sollte sie solch einen Urlaub mit Renate verbringen, um die Mutter-Tochter-Bindung zu stärken. Irgendwann. Nicht so bald.

»Schweden!« Mit einem Mal lag es klar auf ihren Lippen und dann noch klarer in ihrem Kopf. Endlich hatte sie das Rezept gefunden, mit dem sie in den Backwettbewerb starten würde. Und sogleich ging ihr das Schälen leichter von der Hand.

Sie spürte, wie ihr die Hitze in die Wangen stieg, während sich die Gedanken in ihrem Kopf rasant überschlugen. Sie bastelte sich ein Rezept zurecht, dachte über die logischen Backschritte nach und legte eine Liste der Zutaten an, die sie dafür benötigte. *Zimt, ich brauche jede Menge Zimt!* Wie von selbst zeichnete sich ein breites Grinsen in ihrem Gesicht ab.

Nach dem Schälen machte sie sich an einen klassischen Teig, wie sie ihn schon Hunderte Male zubereitet hatte: Milch, Mehl, Zucker, Salz, Butter, etwas Hefe und ein Ei.

Der nächste Schritt war die Füllung. Dazu vermischte sie die Butter mit braunem Zucker, ordentlich Zimt und Mehl. Diese verteilte sie auf dem Teig und schnitt ihn in gleichmäßige Streifen, um daraus ihre Zimtschnecken zu rollen. Nach ihrer grob überschlagenen Berechnung sollten sechzehn Stück für ihr Vorhaben ausreichen.

Sie war so sehr in ihre Arbeit vertieft, dass sie alles um sich herum ausblendete. Endlich! Die anderen Teilnehmer, die von Tisch zu Tisch schwirrende Moderatoren und selbst die Kameras. Es war, als würde sie in ihrer kleinen Backstube stehen, in den Gedanken ein Lied vor sich hin summen und sich voll und ganz ihrer Arbeit hingeben. Isabella brauchte weder Yoga noch Meditation, um ihre innere Mitte zu finden. Sie hatte das Backen.

Nach den Zimtschnecken widmete sie sich den Äpfeln, die sie viertelte, vom Gehäuse befreite und in zartdünne Streifen schnitt. Diese vermischte sie mit Zitronensaft in einer Schüssel, gab Zimt, Zucker und ein wenig Stärke dazu und stellte sie erst einmal zur Seite.

Einen Teil der Zimtschnecken verwendete sie als Kuchenboden, indem sie sie mit einem Teigroller plättete und das Ergebnis im Ofen vorbackte. Anschließend musste sie nichts weiter tun, als die Apfelscheiben in die Form füllen und die restlichen Zimtschnecken überlappend auf die Äpfel legen – und ebenfalls ab in den Ofen damit.

Isabella war mit dem Ergebnis beinahe zufrieden. Für ihren Geschmack fehlte lediglich eine kleine Raffinesse.

Und so zauberte sie eine vielleicht etwas eigenwillige Interpretation von einer Eiweißspritzglasur, indem sie Frischkäse, Butter, Vanilleextrakt und ein wenig Salz miteinander vermischte. Als Clou rührte sie noch etwas Sahne darunter.

Dabei kamen ihr Omas Worte in den Sinn. Ein Leitsatz, den sie ihr als Kind geradezu eingebläut hatte. »Weniger ist niemals mehr, mein Schatz.« Sie hatte ihre raue Stimme im Ohr. »Mehr ist mehr! Merk dir das.« Und das hatte Isabella. Gerade beim Backen gab es immer eine Möglichkeit, etwas Schmackhaftes noch schmackhafter zu machen. Weil mehr eben mehr war.

Die zwei Stunden waren wie im Flug vergangen. Ihr fertig gebackener Kuchen stand nun zum Abkühlen auf der Arbeitsplatte, und den Teilnehmern wurde eine halbstündige Pause eingeräumt, um sich für die große Entscheidung zu wappnen. Eine Entscheidung, die dafür sorgen würde, dass einer von ihnen heute aus dem Wettbewerb flog.

Ihre Mitstreiter hatten sich allesamt zum Ausruhen auf ihre Zimmer zurückgezogen. Da Isabella nicht im Hotel übernachtete, vertrieb sie sich die Zeit mit einem Besuch am See. Zumindest war dies ihr Plan. Doch auf halbem Weg zur Außenterrasse überdachte sie die Entscheidung und schlug die entgegengesetzte Richtung ein, die sie in die Großküche führte.

Bereits beim Eintreten wuchs ihr Unbehagen. Sofort strömten Erinnerungen und die Empfindungen auf sie ein, die sie begleitet hatten, als sie das arme Mädchen tot im Kühlraum vorgefunden hatte. Doch nunmehr herrschte in der Küche Hochbetrieb.

Neben einer unglaublichen Hitze schlugen ihr beim Betreten die Gerüche unterschiedlicher Gerichte entgegen, die sich zu einem olfaktorischen Brei miteinander verbanden. Der typische Küchengeruch eben. Im ganzen Raum wuselte das Personal umher. Hier wurde gespült, dort Kartoffeln geschält, und an jedem Herd stand eine Person, die in einem Kochtopf herumrührte.

Ihr warf sich eine dunkle Männerstimme entgegen: »Frau Lentner!«

Isabella drehte den Kopf und erblickte den Küchenchef Felix Sander, den sie an diesem unheilvollen Tag bereits kennengelernt hatte.

»Wir haben gerade Pause.« Isabella lächelte ihn freundlich an. »Und da dachte ich, ich sage mal Hallo!«

Der Mann nickte ihr zu und legte den Kochlöffel neben dem Topf ab. In dem blubbernden Edelstahltopf glaubte Isabella, einen Braten zu erkennen. »Und wie läuft der Wettbewerb?«, wollte er wissen.

Sie dachte an ihren Kuchen und grinste leicht. »Ich glaube, es läuft gut. Aber letztlich entscheidet die Jury.« Sie seufzte. »Dann wird sich zeigen, ob meine Backkünste gut genug für die nächste Runde sind.«

Der Koch lächelte zuversichtlich. »Ganz bestimmt sind sie das.« Er zwinkerte sie an. »Wenn auch nur die Hälfte stimmt, was ich vom Zuckerherzschlössle gehört habe, müssen Ihre Kuchen eine Wucht sein.«

Überrascht hob Isabella die Brauen. »Sie kennen mein Café?«

Nun war es eindeutig ein Grinsen. Es erreichte sogar die Tränensäcke. »Natürlich.« Sein Kopf neigte sich ein wenig. »Und mir war bei unserer ersten Begegnung gar nicht klar, dass sie Ännis Enkelin sind.«

Ihr Mund klappte vor Erstaunen auf. »Sie kannten meine Großmutter?«

Er nickte entschieden auf. »Aber ja doch! Ich arbeite nun schon seit zwanzig Jahren hier in der Region. Zuvor war ich jahrelang Koch auf der Bühlerhöhe. Und selbst bis dorthin hat sich die Backkunst Ihrer Großmutter herumgesprochen. Allsonntäglich wurden wir von ihr beliefert.« Er lächelte versonnen. »Wenn ich nur an ihren Käsekuchen denke.«

Isabella sah ihn verwundert an. Das hörte sie zum ersten Mal. Sie kannte die Bühlerhöhe lediglich vom Namen, wusste aber, dass es ehemals ein renommiertes Hotel der höheren Kategorie war, in der zur Fußballweltmeisterschaft 2006 sogar die englische Nationalmannschaft untergebracht worden war.

Nach wie vor strahlte für sie das Anwesen etwas Erhabenes aus, wie es auf dem Hügel inmitten der grünen Tannen stand, wenn sie mit ihrem Beetle-Cabrio die Schwarzwaldhochstraße hinauffuhr, um von Bühlertal nach Zapfbach zu kommen. Und dieses luxuriöse Hotel war von ihrer Großmutter beliefert worden. Es klang einfach unglaublich.

Der Koch fragte ihr Löcher in den Bauch. Er wollte alles über das Zuckerherzschlössle wissen und versuchte, ihr das Geheimnis des Käsekuchens zu entlocken. Isabella stand ihm gern Rede und Antwort. Lediglich beim Rezept blieb sie standhaft und schwieg eisern. Es war erstaunlich, dass sie kein einziges Wort über Valeska verloren. Dabei war das die ganze Zeit über Isabella vordringlichster Gedanke.

Und auf einmal geriet ihr Small Talk ins Stocken. Als wäre auch der Koch sich über die Banalität dieser Unterhaltung hinsichtlich der jüngsten Ereignisse bewusst. Schließlich nahm er eine Fleischgabel zur Hand und machte sich damit am großen Topf zu schaffen, in dem der Braten blubbernd vor sich hin schmorte. Isabella stieg der intensive Duft von Thymian und schwerem Rotwein in die Nase.

»Na, gut«, sagte Isabella zögernd, als das Gespräch

endgültig verebbte. »Dann gehe ich mal wieder zurück zum Wettbewerb.«

»Gut.« Der Koch nickte ihr zu, doch er wirkte dabei ebenso zögerlich, wie er ziellos an der Hüfte herumstocherte.

Also fasste Isabella sich ein Herz. »Wie geht es denn Ihrem Team, wegen dem Verlust von …«

»Valeska.« Er fing dankbar die Leine auf, die sie ihm zugeworfen hatte. Sein Aufseufzen schien den Schmerz der gesamten Welt auszudrücken. »Es ist schrecklich«, gestand er. »Wir alle fühlen uns noch wie in Trance. Ich selbst ertappe mich dabei, wie ich jeden Augenblick damit rechne, dass sie vor mir steht und -«

Er brach mitten im Satz ab, um sich mit der Zunge über die trockenen Lippen zu fahren. »Dieses arme Ding«, sagte er schließlich. Dann rückte er mit seinem Gesicht an sie heran. »Wissen Sie denn schon etwas Genaueres?«, fragte er leise.

»Ich?« Isabella hob die Hände. »Warum sollte ich?«

»Nun.« Das Gesicht des Kochs zog sich wieder zurück. »Sie und der Herr Kommissar wirkten so vertraut im Umgang miteinander. Da dachte ich, dass Sie vielleicht schon mehr von ihm erfahren haben.«

Isabella setzte eine bedauernde Miene auf und schüttelte den Kopf. »Leider nein. Es stimmt zwar, dass Kommissar Trautmann und ich uns persönlich kennen.« *Und uns auch schon geküsst haben,* fügte sie ihren Gedanken hinzu. *Genau einmal.* »Aber über polizeiliche Ermittlungen spricht er mit mir nicht.« *Zumindest nicht so intensiv, wie ich es mir wünschen würde.*

»Hm«, machte der Koch nachdenklich.

Isabella wurde das Gefühl nicht los, dass er etwas auf dem Herzen hatte.

»Kommissar Trautmann ist ein fähiger Mann«, sagte

sie. »Ich bin mir sicher, dass er und sein Team dem Täter auf die Spur kommen werden.«

»Mörder«, sagte der Koch nur. »Nennen Sie es ruhig beim Namen. Es war ein kaltblütiger Mord.«

Isabella nickte kaum merklich.

Er nahm die Gabel aus dem Topf und legte sie achtlos neben die Herdplatte. Mit der Hand fuhr er sich langsam über die Lippen, die auf Isabella einen rissigen Eindruck machten. Dann wanderte sie weiter nach oben, und er rieb sich fest die Augen.

Sie befürchtete schon einen Gefühlsausbruch und spürte einen Fluchtreflex aufsteigen. Sie kam überhaupt nicht damit klar, gestandene Männer weinen zu sehen. Doch als die Hand wieder den Blick auf seine Augen freigab, ruhten sie klar und tränenlos auf ihr. »Wenn ich der Kommissar wäre …« Er rückte näher an sie heran und ließ den Blick nicht von ihr. »Dann würde ich mich mal mit Ben unterhalten, dem Gärtner-Azubi.«

Isabella hielt seinem Blick stand. Doch ihre Stirn legte sich in Falten.

»Die beiden haben sich nämlich am Tag zuvor fürchterlich gestritten. Ich habe es draußen im Hinterhof bei meiner Zigarettenpause mitbekommen. Dieser Ben …« Er brach ab und schüttelte den Kopf. »Er ist ein seltsamer Bursche.«

Isabella wurde hellhörig. »Die beiden hatten sich in der Wolle?«

»Mehr als das!« Sander nickte hart auf. »Sie wissen schon, es war nicht nur ein Streit, wie es bei einer Meinungsverschiedenheit der Fall ist, sondern ein Disput von jener Sorte, wo es um Gefühle und verletzten Stolz geht.«

Nein, Isabella wusste es nicht. Sie grübelte über die Worte des Chefkochs nach. Allmählich verstand sie. »Sie meinen, Valeska hatte was mit dem Gärtnerauszubildenden?«

Sander hielt die Handflächen auf Schulterhöhe. »Gar nichts meine ich. Ich habe Ihnen bloß gesagt, was ich gesehen und gehört habe. Und jetzt entschuldigen Sie mich, ich muss mich um meinen Schmorbraten kümmern.«

Isabella verließ die Großküche und schlenderte durch den Hotelkorridor, während sie über die Worte des Chefkochs nachdachte. Ein Streit unter Angestellten kam immer wieder vor. Das hieß noch lange nicht, dass man zu viel hineininterpretieren sollte.

Dennoch machte dieser Sander auf sie nicht den Anschein, als würde er sich Sachen aus den Fingern saugen. Womöglich hatte er sie auf eine Spur gebracht. Isabella entschied, sich bei nächstbester Gelegenheit mit dem Gärtner zu unterhalten.

Aus dem Schlendern wurde ein schneller Gang, als ihr Blick auf eine Kuckucksuhr fiel. Sie war zu spät. Die Pause war bereits seit einigen Minuten vorbei. Und so hetzte sie zurück in das Aufnahmestudio, wo bereits sämtliche Teilnehmer hinter ihren Backstationen Stellung bezogen hatten.

Unmittelbar davor standen Simone Sommerwind und die beiden Jurydamen Maria und Theresa. In der Pausenzeit hatte das Team zwei Tische aufgebaut und mit weißen Tischdecken bezogen, auf denen nun fünf Apfelkuchenkreationen aufgereiht waren.

»Entschuldigung!«, fuhr es aus Isabella heraus. Sie rang nach Atem, während sie auf ihre Station zustürmte und sich die zitronengelbe Kochschürze umband.

Janis warf ihr einen vorwurfsvollen Blick zu, sagte aber nichts.

»Schön!« Simone klatschte strahlend in die Hände.

»Dann sind wir ja nun wieder komplett.« Ihr Blick huschte zu Janis, der wieder auf seinem Regiestuhl Platz genommen hatte. »Wollen wir dann beginnen?«

Als Antwort wedelte er lustlos mit seiner Hand. Eine Geste, die alles bedeuten konnte. Toni deutete sie als Aufnahmesignal.

»Kamera läuft.«

»Läuft.«

»Läuft.«

»Sie duften wunderbar, die fünf Kuchenkreationen unserer Teilnehmer des Backwettbewerbs.« Simone sog so intensiv die Luft ein, dass die Nasenflügel bebten. »Doch können sie auch unsere fachkundige Jury überzeugen? Wir starten mit der Verkostung. Bitte schön, Maria und Theresa. Guten Appetit.«

Toni schwenkte mit seiner Kamera zu den Zwillingen hinüber, die jeweils mit einer Kuchengabel bewaffnet waren und Heikes Kuchen in Augenschein nahmen.

Isabella musste neidlos anerkennen, dass ihr Kuchen zum Anbeißen aussah. Er war mit einer dicken Schicht Schokolade überzogen und offenbarte nichts von seinem Innenleben. Sie war gespannt.

»Bevor wir mit der Verkostung beginnen.« Simone wandte sich Heike zu. »Mit welcher Apfelkuchenkreation möchtest du uns heute begeistern?«

Isabella sah die Frau tief Luft holen, so sehr, dass sich ihr Brustkorb nach vorn wölbte. »Also, ich habe euch heute einen belgischen Appelkoek gebacken«, klang es einen Hauch zu schrill und hektisch auf. Auf den ausgeprägten Wangenknochen der Frau zeichnete sich eine dazu passende Apfelröte ab. »Ich habe mir das Land Belgien ausgesucht und als Zutat die typische belgische Schokolade zu meinem Kuchen hinzugefügt.« Sie grinste. »Ich finde ja, Schokolade passt zu allem gut – und ganz besonders zu Äpfeln.« Zustimmung heischend blickte sie zur Jury.

Maria und Theresa taten ihr den Gefallen und gaben ein wohlwollendes Lächeln von sich.

»Und was sagt die Jury zu der Optik?«, wollte Simone wissen.

»Ein Schokoladenüberguss spricht natürlich immer mein Herz an«, rief Theresa begeistert.

»Nur schade, dass die Soße über den Rand gelaufen ist«, äußerte sich Maria nicht ganz so hingerissen. »Beim Backen geht es schließlich um Nuancen für den perfekten Gesamteindruck. Der Überzug ist auch nicht gleichmäßig. Und das sind natürlich Kleinigkeiten, die hätte man besser hinbekommen können.«

Theresa nickte. »Etwas mehr Fingerspitzengefühl hätte der Kreation gutgetan.«

Heike zuckte zurück, als hätte sie eine Ohrfeige verpasst bekommen. Isabella hielt die Luft an. Mit einer derart peniblen Bewertung hätte sie nicht gerechnet. Unsicher warf sie einen Blick auf ihren Kuchen. Was die Jury wohl daran auszusetzen haben würde?

»Also gut«, befand Simone. »Schneiden wir ihn an.«

Isabella kam es vor, als würde jeder im Raum den Atem anhalten. Heikes Röte verschwand von den Wangen, und sie wirkte mit einem Mal kreidebleich. *Sie wird doch nicht kollabieren.*

Sorgfältig setzte die Moderatorin das Kuchenmesser an und schnitt ein beinahe perfektes Dreieck aus dem Kuchen, das sie geschickt auf den bereitstehenden Teller hob.

»Er ist schon mal schnittfest«, stellte sie zufrieden fest. »Das ist gut.«

Sämtliche Blicke richteten sich auf das Kuchenstück. Heike atmete hörbar auf. Der Anschnitt offenbarte im

Inneren eine sahnige Cremefüllung, die sich mit einem fluffigen Biskuitboden und feiner Apfelkompottfüllung abwechselte.

»Wow.« Maria zeigte sich begeistert. »Die einzelnen Lagen sind wirklich fein säuberlich aufgeschichtet. Auch gefällt mir das sich abwechselnde Farbenspiel der dunklen Schokolade mit der hellen Sahnecrememasse und dem Apfelkompott.« Sie schob sich eine Gabel in den Mund und probierte als Erste. Es war ihrem Gesicht abzulesen, dass ihr gefiel, was sich an ihrem Gaumen abspielte. »Mhm«, stieß sie prompt hervor. »Die Kakaobutter zergeht ja förmlich auf der Zunge.«

»Danke.« Nun strahlte Heike über beide Ohren.

Theresa warf ihrer Schwester einen zufriedenen Blick zu, die noch an ihrem Stück kaute. »Die Süße der Schokolade kombiniert sich wunderbar mit der Säure der Äpfel.«

»Stimmt, sämtliche Bestandteile ergänzen sich wunderbar.« Sie warf Heike einen begeisterten Blick zu. »Das hast du wirklich richtig gut hinbekommen.«

Vor Gefühlsregung glühten ihre Wangen wieder auf. »Danke, danke, danke! Ich bin ja so erleichtert.«

»Sehr schön.« Simone bewegte sich einen Schritt zur Seite. »Kommen wir nun zur nächsten Kuchenkreation. Jerome, was kannst du uns denn da Feines kredenzen?« Sie betrachtete eingehend das vor ihr stehende Backwerk.

Isabella tat es ihr gleich und fragte sich, was sie da sah. Sie erkannte eine Vielzahl roter Körner, die in einer Art dunkel verfärbter Puddingsoße eingebacken waren.

»Einen türkischen Apfelkuchen«, gab er in triumphierendem Tonfall von sich. »Aus Granatäpfeln. Ich mag den Geschmack der Kerne sehr und fahre mit meiner Mutter gerne an die Riviera in Urlaub. Da dachte ich mir, Jeromilein: Warum nicht Äpfel und Türkei in meinem Kuchen miteinander verbinden.« Er gab ein glucksendes Lachen von sich, das ein wenig nach Erstickungsanfall klang.

Die beiden Backschwestern machten sich sofort daran, das Backerzeugnis auseinanderzupflücken. Sie prüften den Kuchen auf Herz und Nieren. Ihnen war anzusehen, dass sie mit den harten Granatapfelkernen zu kämpfen hätten. Ebenso wenig zeigten sie sich von dem an den Rändern verkohlten Vanillepudding begeistert.

Weiter ging es mit Annas puderzuckerüberhäuftem Apfelstrudel, in der sie eine Hommage an Österreich sah, über Michaels Apple Pie Crumble mit Frischkäse-Topping und Karamellsoße bis hin zu Lukas' Apfelrosen, die wie kleine Kunstwerke den Tortenteller verzierten.

Aus hauchzarten Apfelscheiben hatte er wunderhübsche Rosenblüten geformt, die das Topping der Miniküchlein darstellten. Den darunter befindlichen Kuchenteig hatte er mit einer Aprikosenfüllung aufgepeppt und damit für frenetische Begeisterung bei Simone, Maria und Theresa gesorgt.

Isabella war überrascht. Ein derart kunstvolles Feingefühl, hätte sie dem Biker nie und nimmer zugetraut. Mit ihm hatte sie einen harten Konkurrenten vor sich, das war ihr nun klar.

Schließlich war Isabellas Zimtschnecken-Apfelkuchen dran. Selten war sie von solch einer inneren Anspannung erfüllt gewesen wie in dem Moment, als die beiden Schwestern ihre Kuchenkreation probierten. Dabei wusste sie selbst, dass es vollkommener Unsinn war. Tagein, tagaus stand sie in der kleinen Backstube und zauberte einen Kuchen nach dem anderen aus dem Ofen.

Sie war keine gelernte Bäckerin, ja, weit davon entfernt, an Bäckermeister wie Florian oder den alten Tannhöfer heranzureichen. Doch sie verstand ihr Handwerk. Sie wusste, was sie konnte. Daran würde auch die Entscheidung der Jury nichts ändern. Dennoch war ihr die Meinung der Zwillinge wichtig. Nicht allein des stattlichen Preisgeldes wegen.

»Also«, begann Maria. »Wir haben einen Apfelkuchen und Zimtschnecken, die du miteinander kombiniert hast.«

Isabella nickte eifrig. »Die Zimtschnecken dienen als Boden und als -«

»Du hast viel Zimt verwendet«, fiel ihr Theresa ins Wort.

»Nun.« Isabella sah die Frau unsicher an. »Es sind ja auch Zimtschnecken.«

Diese nickte. »Trotzdem ist weniger manchmal mehr.« Sie probierte ein weiteres Stück.

Auch Maria tauchte ihre Gabel noch einmal in den fluffigen Teig und hielt sich das aufgespießte Stück dicht vors Gesicht. »Ich muss gestehen, dass ich noch immer nicht so recht weiß, was ich davon halten soll.« Sie richtete die Gabel auf Isabella. »Du hast Zimt mit Äpfeln kombiniert«, sagte sie. »Was läge auch näher.«

Isabella glaubte, einen vorwurfsvollen Unterton aus ihrer Stimme herauszuhören. Und tatsächlich bedachte Maria sie mit einem skeptischen Augenaufschlag. »Entweder ziehst du dich mit dieser Simplizität geschickt aus der Affäre, oder dir ist nichts weniger als ein geniales Meisterstück gelungen.« Sie zwinkerte Isabella würdigend zu und schob sich die Gabel in den Mund. Sie kaute genüsslich vor sich hin, was Isabella mit überschwänglichem Stolz erfüllte.

»Ich liebe Fimtfnecken einfach«, gab sie kauend von

sich. »Und if bin faft gewillt, fu fagen, daff ef die beften Fimtfnecken find«, sie unterbrach das Reden und schluckte angestrengt, »die ich jemals gegessen habe!«

Isabellas Wangen glühten vor Erregung.

»Herzlichen Dank«, sagte Simone schließlich. »Die Jury wird sich nun zurückziehen und sich beraten, damit sogleich die Punkte verteilt werden können.« Ihr Lächeln verschwand aus dem Gesicht. »So leid es mir tut, liebe Teilnehmer, aber für einen von euch heißt es damit dann wohl, Abschied nehmen und den Koffer packen.«

Während sich die Jury zurückzog, kam Janis auf Isabella zu. »Hab ich es dir nicht gesagt? Läuft die Generalprobe schief, wird die anschließende Aufführung umso besser.« Er grinste gut gelaunt vor sich hin und gesellte sich zu Toni und Simone, um die nächsten Einstellungen zu besprechen. Isabella fiel auf, dass er ziemlich nahe an Simone stand und sich ihre Schultern berührten.

Energisch fächelte sie sich mit den Händen Luft zu, um die Hitze zu vertreiben, die in ihr aufgestiegen war. Ein leises Gefühl sagte ihr, dass sie es nicht sein würde, die heute den Koffer packen musste.

KAPITEL 12

Geradezu beschwingt verließ Isabella das Hotel und genoss die Sonnenstrahlen, die ihr an der Nase kitzelten. Sie war glücklich und erschöpft zugleich. Sie hatte es in die nächste Runde geschafft. Weniger Glück hatte Jerome mit seinem Granatapfelkuchen, »dessen Idee zwar gut gedacht war«, wie Maria fand, »die Umsetzung aber einiges dem Kuchengenießer abverlangt«.

Das waren harte Worte, die ihm um die Ohren gehauen worden waren. Zu hart waren der Jury auch die Granatapfelkerne, wodurch der Kuchen nach Meinung der Schwestern »ein wenig zu knusprig« ausgefallen war. Ebenso waren sich die beiden darin einig, dass das gesamte Aroma von einer zu sauren Grundnote bestimmt wurde. Und damit galt für Jerome als Erstem der Teilnehmer: *Wer's nicht richtig kriegt gebacken, der kann seinen Koffer packen!*

Jerome hatte es sportlich genommen und sich als guter Verlierer gezeigt. Nun gab es also nur noch die aufgekratzte Anna, die hämische Heike, den mucksmäuschenstillen Michael und den lederkuttentragenden Lukas im Kampf um die Kuchenkrone.

Um das schöne Wetter noch ein wenig zu genießen, schlenderte Isabella auf die Uferterrasse zu und stellte sich ganz vorn an die Brüstung. Das dunkle Holz des Geländers war von der Sonne aufgeladen und fühlte sich angenehm warm unter ihren Händen an. Am anderen Ufer schimmerte im Mittagslicht die Bronzestatue der Meerjungfrau, die auf einem Felsen sitzend auf den See blickte.

Ihr kam die Geschichte in den Sinn, die ihre Großmutter ihr als Kind über den See erzählt hatte. Omas Lieblingssage nach lebten Nixen im See, die in den Winterabenden aus dem Wasser stiegen und Menschen in der Not halfen und mit ihnen in den Abend tanzten. Doch pünktlich um Mitternacht mussten sie stets zurück beim strengen Nixenkönig sein.

Eines Tages verliebte sich ein junger Bauer in eine der bildhübschen Nixen und wollte sich nicht mehr von ihr trennen. Um die Zeit ihres Aufbruchs hinauszuzögern, hatte er heimlich die Uhren verstellt. Als die junge Nymphe unverschuldet zu spät in den See stieg, grollte und donnerte es, und ein unbändiger Sturm zog auf.

Am nächsten Morgen fand der junge Bauer einen aufgewühlten See vor, in dem die Wellen wild gegen das Ufer schlugen. In den Schaumkronen entdeckte er Blut am Rand des Sees – eben dort, wo nun die Statue stand. Seither war die junge Nixe nie mehr gesehen.

Isabella dachte lange über diese Geschichte nach und fragte sich, ob es eine wirkliche Sage war und vielmehr ein Märchen, die sich ihre Oma ausgedacht hatte. So oder so zeigte es ihr nur, dass einem die Liebe bloß Ärger bescherte.

Sie nahm einen tiefen Atemzug und ließ den Duft der Tannen und der Blumen tief in ihre Nase steigen. Vom See drangen die Geräusche der Tretboote an die Uferterrasse. Das Plätschern von Wasser, das Lachen der Kinder. Irgendwo bellte ein Hund auf, und schließlich noch einer, als irgendwo hinter ihr ein Rasenmäher ansprang und die beschauliche Idylle zerstörte.

Isabella nahm dies zum Anlass, um sich auf den Rückweg nach Zapfbach zu machen. So warf sie dem ruhig daliegenden See einen letzten Blick zu und begab sich in Richtung der Parkplätze. Das Dröhnen des Rasenmähers war nun so laut geworden, dass sie kaum noch zu einem klaren Gedanken imstande war. Ein wenig war sie darüber verwundert, dass die Hotelgärtner sich nicht an die mittäglichen Ruhezeiten hielten.

Gärtner … Ruckartig hielt sie in der Bewegung inne. Sie reckte den Kopf und orientierte sich an der Richtung, woher sie den Rasenmäher vernahm. Wieder kam ihr das Gespräch mit Felix Sander in den Sinn. Dass er einen Streit der beiden Auszubildenden mitbekommen hatte.

Sie näherte sich den dröhnenden Geräuschen und fand einen Mann auf einem Aufsitzrasenmäher, der seine Bahnen auf dem schmalen Wiesenstreifen auf der zur Hochstraße gelegenen Hotelseite drehte.

Die Stirn mit der Hand vor der grellen Sonne abschirmend, blieb Isabella stehen und sah dem Mann eine Weile beim Rasenmähen zu. *Ob das dieser Ben ist?*

Kurz entschlossen trat sie auf die bereits gemähte Rasenfläche und wartete, bis der Rasenmähertraktor an ihr vorbeikam. Winkend brachte sie den jungen Mann zum Stehen, der sie fragend ansah.

»Entschuldigung.« Isabella kämpfte mit ihrer Stimme gegen den ratternden Motor an. »Sind Sie Ben?«

»Was?«

»Ob Sie Ben sind!«, wiederholte sie ihre Frage eine Spur lauter.

Der Mann hielt seine Hand ans Ohr und schüttelte

den Kopf. Denn, endlich, schien er zu der Einsicht gekommen zu sein, dass das Gespräch weitaus produktiver verlaufen könnte, wenn er den Motor abschaltete. Und das tat er. Die sofort einkehrende Stille legte sich wie Balsam über sie.

»Danke!« Sie schenkte dem Mann auf dem Traktor ein freundliches Lächeln, während sie ihn geradeheraus musterte. Er sah jung aus. Wesentlich jünger, als sie selbst es war. Er trug eine grüne Latzhose und darunter ein weißes T-Shirt, das dringend ein Bügeleisen hätte vertragen können. Auf seinem Kopf saß ein großer Strohhut. Isabella konnte sich nicht helfen, aber bei dem Anblick des Mannes fühlte sie sich sogleich an Huckleberry Finn erinnert. In seinem braun gebrannten Gesicht funkelten blaue Augen, die sie interessiert zu mustern schienen.

»Sind Sie Ben?«, fragte sie noch einmal.

»Wer will das wissen?«, fragte er misstrauisch zurück. Und bevor Isabella etwas erwidern konnte, nickte er ihr grinsend zu. »Sie sind eine Teilnehmerin des Backwettbewerbs, richtig?«

Isabella lächelte. »Ganz genau.« Sie streckte ihm die Hand entgegen, die er sofort ergriff.

Er hatte einen angenehmen festen Händedruck. Ein süßlicher Deoduft, gepaart mit dem scharfen Geruch des Benzingemischs wehte an sie heran. Sie musterte die Hand, die ihre drückte. Sie war braun gebrannt, hatte stumpfe Fingernägel, unter denen sich schwarze Ränder abzeichneten. Vielleicht Gartenerde.

Doch noch etwas anderes weckte ihre Aufmerksamkeit: In der Kuhle zwischen Daumen und Zeigefinger waren drei kleine tiefschwarze Punkte auf die Haut tätowiert. Sie waren nicht größer als Stecknadelköpfe.

»Und warum wollen Sie wissen, wer ich bin?«, fragte er sie geradeheraus und zog seine Hand zurück.

Einen kurzen Moment dachte sie darüber nach, ihm ein Lügenmärchen aufzutischen, doch ebenso schnell entschied sie sich aus einem Bauchgefühl heraus dagegen. »Ich bin die Frau, die Valeska gefunden hat.« Sie sah sie ihm direkt in die Augen, und die Reaktion ihres Gegenübers überraschte sie. Der Mann blinzelte wild und kämpfte mit den Tränen.

»Sie waren das also.« Er hatte den Blick gesenkt und kratzte sich an einer Stelle unter dem Strohhut.

»Man hat mir gesagt, dass Sie miteinander befreundet waren. Sie und Valeska.«

Der Gärtner hob den Kopf, sagte aber nichts. In seinen Augen schwammen eindeutig Tränen.

Bitte nicht weinen, dachte sie. »Ich möchte Ihnen nur mein Beileid ausdrücken.« Sie seufzte. »Es ist so schrecklich, was geschehen ist.«

Der Mann schloss sich ihrem Seufzen an. »Danke«, sagte er leise. »Das ist wirklich sehr nett von Ihnen.«

Sie lächelten sich eine Weile unbeholfen an. Auf sie machte dieser Ben einen durchaus sympathischen Eindruck. Bei näherer Betrachtung wirkte er gar nicht mehr so jung, wie sie ihn zunächst eingeschätzt hatte. Sie wagte einen weiteren Vorstoß. »Waren Sie und Valeska ein Paar?«

Sogleich verschwand das wohlwollende Lächeln aus seinem Gesicht, und etwas anderes, ungleich Härteres zeichnete sich in seinen glatten Zügen ab, was sie nicht deuten konnte. »Es war«, begann er langsam, »ein wenig kompliziert zwischen mir und Valeska.« Er legte die Unterarme auf dem kleinen Lenkrad ab und sah Isabella an.

Auf sie wirkte dieser Mann nicht wie ein kaltblütiger

Mörder. Aber das hätten die Opfer von Ted Bundy wohl auch behauptet.

»Sie war hübsch«, kam es Isabella zusammenhanglos von den Lippen. Sie dachte an diese intensiven hellblauen Augen. *Eisblau.*

»Sie war weit mehr als das«, erwiderte Jan. Seine Stimme wurde brüchig. »Wir hatten so viele Pläne, und jetzt …« Er schluckte angestrengt. »Jetzt ist sie tot.« Er schloss die Augen, und Isabella tat es ihm gleich – überflutet von den schrecklichen Bildern davon, als sie das arme Mädchen im Kühlhaus zwischen den Obstkisten entdeckt hatte.

Um sie herum hetzte der Verkehr über die Schwarzwaldhochstraße, bogen Reisebusse auf den viel zu kleinen Parkplatz ein. Isabella fühlte sich auf dieser Rasenfläche wie auf einer kleinen Insel, auf der Raum und Zeit eine untergeordnete Rolle spielten. Gefangen in den Erinnerungen der Erlebnisse, die sie im Kühlraum heimgesucht hatten.

Isabella versuchte es noch einmal: »Also waren Sie beide ein Paar.«

Der Gärtner schüttelte den Kopf. »Ich sagte doch, es war kompliziert.« Er schnaufte leise auf. »Wir waren zusammen. Aber in letzter Zeit lief es nicht ganz so gut. Ich hatte das Gefühl, dass wir uns zunehmend voneinander entfernten.«

Er musterte einen unbestimmten Punkt in der Ferne. »Valeska und ich, wir beide kannten uns noch nicht so lange. Gerade mal ein Jahr, seit ich damals meine Ausbildung zum Gärtner begonnen habe.« Seine vollen Lippen formten ein versonnenes Lächeln. »Ich habe sofort ein Auge auf sie geworfen, und ihr ging es wohl auch nicht anders.« Schwermütig hob er das Kinn und sah sie intensiv an. »Kennen Sie das?«, fragte er. »Wenn Sie das erste Mal einem Menschen begegnen und wissen, dass Sie füreinander bestimmt sind?« Er neigte seinen Kopf ein wenig und musterte Isabella interessiert.

Isabella zögerte mit einer Antwort. Doch sogleich schossen ihr die Gesichter zweier Männer ins Gedächtnis, bei denen sie genau dieses Empfinden gehabt hatte. Einer von ihnen war Matthias Schweighöfer gewesen, den sie in ihrer alten Heimat Frankfurt in einer Hotellobby getroffen hatte. Es war nur ein winziger Augenblick gewesen, in dem sie sich gegenübergestanden hatten. Ein verschmitztes Lächeln, ein Augenaufschlag, und Isabella war hin und weg gewesen. Und der andere Mann war …

Bens Stimme grätschte in ihre aufwühlenden Erinnerungen: »Wir waren quasi sofort ein Paar.« Sein Lächeln wirkte seltsam entrückt, während er weitersprach. »Wir haben sogar über unsere gemeinsame Zukunft gesprochen. Wo und wie wir heiraten würden. Valeska wollte Kinder. Einen ganzen Haufen sogar.« Er zwinkerte Isabella zu. »Sie liebte Kinder über alles.«

Doch mit einem Mal verschwand das Lächeln aus seinem Gesicht. »In letzter Zeit jedoch«, seine Stimme senkte sich. »Sie hatte sich verändert und wurde mir gegenüber abweisender.«

»Das tut mir leid«, erwiderte Isabella. »Was, glauben Sie, war der Grund?«

Der Gärtner nahm den Hut vom Kopf und legte ihn vor sich. Zum Vorschein kamen lange dunkle Haare, die er zu einem Pferdeschwanz zusammengebunden hatte. Sie kam nicht umhin, festzustellen, dass er ein wirklich gut aussehender junger Mann war. Ganz bestimmt hatten er und Valeska ein hübsches Paar abgegeben.

»Valeska trug einen ganzen Koffer an seelischen Problemen mit sich herum.« Bens Stimme bekam einen sachlichen Unterton, wie ein Nachrichtensprecher, der die Lottozahlen verkündete. »Da gab es ein schlimmes Ereignis in ihrer Vergangenheit, dass sie einfach nicht aufgearbeitet bekam. Immer wieder ließ sie sich von ihren Gefühlen übermannen und brauchte oft Tage, bis sie es wieder aus ihrem dunklen Tal schaffte.« Er schüttelte traurig den Kopf. »So hatte sie es immer genannt. Hätte ich ihr doch bloß helfen können. Aber in dieser Phase ließ sie niemanden an sich heran.«

»Oh.« Mehr brachte Isabella nicht über die Lippen. Sie wusste wirklich nicht, welche Worte des Trostes hier noch angebracht waren. Für sie klang das nach einer Depression, die Valeska durchlitten hatte.

Der Gärtner hob den Kopf. »Dabei war sie wirklich auf dem Weg der Besserung. Von Monat zu Monat wurde es besser. Doch in den letzten Wochen hatte sich ihr Zustand wieder dramatisch verschlechtert. All diese Erlebnisse schienen wieder unter ihrer Oberfläche zu brodeln, und ich befürchtete, dass sie jeden Augenblick wieder hervorbrechen konnten.«

Es brannte Isabella unter den Nägeln, zu erfahren, was der Auslöser dafür war. Aber sie wollte nicht noch indiskreter werden, als sie es ohnehin schon war. Also sagte sie nichts dazu und wechselte das Thema: »Sie haben sich gestritten.« Sie erinnerte sich an die Worte des Chefkochs und hatte sie ausgesprochen, ohne darüber nachzudenken. Doch der Gärtner sah es nicht als einen Angriff.

»Natürlich.« Er grinste sie an. »Wir konnten uns herzhaft streiten. Über die kleinsten Dinge.« Doch dann seufzte er leidvoll auf. »In letzter Zeit hatten wir viele Streitigkeiten.« Er gab ein impulsives Brummen von sich. »Immer wieder erschien sie nicht zu unseren Verabredungen, und überhaupt verhielt sie sich vollkommen … abweisend. Als wäre sie tief in ihrer Gedankenwelt gefangen und würde nichts mehr zu ihr hindurchlassen.«

Er hob die Arme, setzte sich den Hut wieder auf und schüttelte seine gesamten Oberkörper, als könne er damit die schlimmen Gedanken abstreifen, die ihn zweifellos plagten. »Himmel, warum erzähle ich Ihnen das alles? Ich kenne Sie doch überhaupt nicht.«

»Weil es manchmal guttut, mit einem Außenstehenden über genau solche Dinge zu sprechen.« Isabella lächelte den jungen Mann aus vollem Herzen an.

»Ich habe hier im Hotel nicht viele Freunde«, gestand er. »Die meisten trauen mir nicht über den Weg, weil …« Er schüttelte den Kopf. »Aber Valeska war anders. Ich vermisse sie.« Ihm stiegen die Tränen in die Augen, doch er blickte sie weiterhin an. »Ich will Ihnen wirklich nicht zu nahe treten, aber wenn Sie jemanden lieben, ich meine so richtig, dann halten Sie an der Liebe fest. Denn sie kann schneller vorbeisein, als sie es wahrhaben möchten.«

Er zog lautstark die Nase hoch und richtete sich hinter dem Steuer des Minitraktors auf. »Und jetzt entschuldigen Sie mich. Ich muss weitermachen, sonst steigt mir der Chef noch aufs Dach.«

In einer entschlossenen Handbewegung drehte er den Schlüssel im Zündschloss um, und sofort war wieder das Rattern des Motors allgegenwärtig. Wortlos sah sie Ben dabei zu, wie er an ihr vorbeifuhr und sie auf der Rasenfläche stehen ließ, während um sie herum der Ausflugsverkehr vorbeirauschte. Sie fühlte sich wie der gestrandete Robinson Crusoe auf seiner einsamen Insel.

KAPITEL 13

Vom Teigausrollen taten ihr die Arme weh. Bei jeder Bewegung breitete sich ein stechender Schmerz von den Unterarmen bis in die Ellbogen aus. Normalerweise machte Isabella die Arbeit in der Backstube nichts aus. Doch anscheinend forderte die Anspannung des Backwettbewerbs ihren Tribut.

Denn es waren nicht nur die Arme, die schmerzten, sondern auch ihre Zähne. Eine unangenehme Angewohnheit von Isabella war es, mit den Zähnen zu knirschen, wenn sie gestresst und angespannt war. In der Situation selbst war es ihr nie bewusst, aber eben danach, wenn die Schmerzen einsetzten.

Sie musste dringend an ihrer Gelassenheit arbeiten und ihre innere Mitte finden. Doch das ist leichter gesagt als getan, wenn einem die Zeit davonläuft. Ihre Stammgäste würden es ganz bestimmt wenig lustig finden, wenn die Kuchentheke morgen leer blieb.

Also hatte sie den Nachmittag genutzt und gebacken, was die Vorratskammer hergab: Käsesahne, Brombeerstreusel, einen Erdbeerquarkkuchen und natürlich die

Schwarzwälder Kirschtorte. Der absolute Dauerbrenner, ohne den sie das Café gar nicht erst aufschließen durfte.

Hunderte Male hatte sie diese Torte bereits gebacken. Immer nach dem Rezept ihrer Großmutter. Nie war sie von den Zutaten abgewichen. Obwohl sie jeden einzelnen Handgriff der Zubereitung im Schlaf beherrschte, wurde sie der Schwarzwälder Kirschtorte nicht überdrüssig.

Ein wenig glaubte sie zu verstehen, wie es erfolgreichen Musikern gehen muss, die allabendlich ihren erfolgreichsten Song aufspielen. Die Schwarzwälder Kirschtorte nach Ännis Rezept war ihr erfolgreichster Chartstürmer. Die Zugabe, ohne die sie niemals die Bühne verlassen würde.

Sie fuhr sich mit der Hand über die Stirn. Die Hitze in der aufgeheizten Backstube war unerträglich. Sie zog sich die Schürze aus und wedelte sich damit frische Luft zu. Ein Fehler, denn sogleich verteilte sich das aufgewirbelte Mehl zu einem feinen Staubregen und ließ sie husten.

Sie warf einen Blick auf die geflieste Wand, deren Kacheln mit den Jahrzehnten vom Mehlstaub stumpf geworden waren. Auch das Bild, das Isabella auf dem Dachstuhl aufgestöbert und hier aufgehängt hatte, war mit einer dünnen Mehlschicht bedeckt. Es zeigte ihre noch nicht ganz ergraute Großmutter in der typischen Kittelschürzen-Aufmachung in ebenjener Backstube, in der nun auch Isabella stand und in der sich seit Jahrzehnten nichts verändert hatte.

Noch immer arbeitete sie mit denselben Gerätschaften wie dem Rührgerät und der Ausrollmaschine, die viele Jahrzehnte alt waren. Für sie war es nicht einmal im Traum vorstellbar, wie viele Kilometer Blätterteig bereits auf der blassgrünen Maschine ausgerollt und wie viele Tonnen Teig schon mit dem riesigen Knethaken durchgewalkt wurden. Von den Höchstleistungen, zu denen sie den betagten Ofen immer wieder antrieb, ganz zu schweigen.

Das Ertönen ihres Handyweckers riss sie aus ihrer Gedankenwelt. Sie stürmte zum Ofen und riss die Klappe auf. Doch im Inneren herrschte gähnende Leere. Es befand sich gar kein Kuchen mehr im Ofen.

Sie ging in den Nebenraum, wo die gebackenen Böden und bereits fertigen Kuchen zum Abkühlen standen, und zählte durch. Es waren sieben. Warum dann der Wecker? Stirnrunzelnd nahm sie das Smartphone zur Hand und schaltete den Alarm aus. Bei all dem Trubel in ihrem momentanen Leben brauchte sie dringend mal wieder eine Pause.

Da sie gut in der Zeit lag, beschloss sie, noch einmal ihr Erfolgsrezept des Wettbewerbs zu probieren. Sie hatte Äpfel und genügend Zimt, um ihren Gästen morgen einen saftigen Apfelzimt-Siegerkuchen zu kredenzen. Schließlich schmecken Kuchen noch einmal so gut, wenn man sie mit interessanten Geschichten verbindet.

Während sie alle benötigten Zutaten für den Teig in den Rührer gab und sich und ihre Unterarme seelisch und moralisch auf eine weitere Runde mit dem Teigroller vorbereitete, dachte sie über das Gespräch mit Ben nach. Sie verstand noch immer nicht, warum der Chefkoch sich so abfällig über ihn geäußert hatte. Auf sie hatte der junge Mann einen netten und aufrichtigen Eindruck gemacht.

Nach der Unterhaltung war für Isabella klar, dass Ben nichts mit Valeskas gewaltsamem Tod zu tun hatte. Er hatte sie geliebt, das stand außer Frage. Aber gab es vielleicht einen anderen Mann? Eine verhängnisvolle Affäre? Hatte sich Valeskas Wesen deshalb verändert?

Konnte das womöglich eine Spur zum Täter sein? Hatte sie sich mit der falschen Person eingelassen? Doch wer ging so weit und tötete eine junge Frau, indem er ihr ein langes Messer in den Rücken jagte? Sagte diese Art des Tötens nicht bereits viel über den Täter aus?

Ganz bestimmt gab es einschlägige Literatur dazu, wie man von der Art des Tötens auf das Wesen des Täters schloss. Sie machte sich eine gedankliche Notiz, André darauf anzusprechen. Bestimmt wusste er aufgrund seiner Polizeiausbildung einiges darüber. Vielleicht ließe sich so eine Spur finden.

Für Isabella stand es nicht zur Debatte, den Fall allein der Polizei zu überlassen. Sie hatte die Leiche gefunden. Sie hatte Valeska in die toten Augen geblickt. Und auch wenn kein Leben mehr darin zu erkennen gewesen war, so war es Isabella vorgekommen, als habe Valeska sie angefleht, ihren Mörder zu finden. Sie wusste, dass sie den Anblick erst dann verarbeiten würde, wenn derjenige, der dem Mädchen das angetan hatte, seine gerechte Strafe erhielt.

Die Gedanken an diese Tat brachten sie so sehr in Rage, dass sie nicht nur den Muskelkater in ihren Armen vergaß, sondern auch den Teig so arg malträtierte, dass er viel zu dünn wurde. Also schob sie ihn noch einmal zu einer Kugel zusammen und machte sich erneut an das Ausrollen.

Dabei konnte sie nicht anders, sie musste über sich selbst grinsen. All die Ereignisse der letzten Tage beschäftigten sie so sehr, dass sie ernsthafte Probleme hatte, bei dem, was sie tat, bei der Sache zu sein. Allein das Stellen des Weckers – für einen Kuchen, der gar nicht im Ofen war. Schwungvoll fuhr sie mit dem Nudelholz über den Teig. Vor und zurück, bis er dünner und dünner wurde und sich weiter auf der Arbeitsplatte ausbreitete.

Der Wecker, geisterte es ihr wieder durch den Kopf. Und dann hielt sie vornübergebeugt mitten in der Bewegung inne. »Der Wecker!« Sie schrie die beiden Worte beinahe aus. Zeitgleich schoss das Adrenalin unter Hochdruck in ihre Venen, als sie einen Blick auf die Wanduhr warf.

»Verdammt!« Nun schrie sie wirklich auf.

Der Wecker hatte keinem Kuchen gegolten, sondern einem Termin. Einem wichtigen Termin.

»Verdammt!« Wie hatte sie das nur vergessen können?! Eines stand fest: Renate würde sie umbringen, wenn sie zu spät käme. Sie nahm die Hände vom Nudelholz, als hätte sie sich daran verbrannt, und stürmte in Windeseile aus der Backstube.

Im Rennen nestelte sie sich die Schürze vom Leib und ließ sie achtlos auf die Treppenstufen fallen, die sie nach oben in ihr Schlafzimmer führten. Sie riss den Schrank auf und ärgerte sich im selben Moment, sich nicht vorher die Frage gestellt zu haben, was sie zu diesem Anlass anziehen sollte.

Sie entschied sich für ein kupferfarbenes Kleid mit Wasserfallkragen und einem halblangen Plisseerockteil. Eigentlich war das geraffte Oberteil für ihren Geschmack zu figurbetont, der Rock jedoch fiel in weichen Falten herab und breitete sich um ihre Hüften schwungvoll aus.

Zufrieden betrachtete sie sich im Spiegel und tanzte ein wenig vor sich hin. Im einfallenden Sonnenlicht glitt der Stoff bei jeder Bewegung beinahe wie flüssiges Metall an ihr herab. »Perfekt zum Tanzen!« Sie zwinkerte ihrem Spiegelbild zu und warf einen schnellen Blick auf die Uhr, während sie ins angrenzende Badezimmer ging.

Zum Haarewaschen und ausgiebigen Schminken blieb ihr keine Zeit mehr. Gerade hatte sie ihren Kajal aufgefrischt und einen chiliroten Lippenstift aufgetragen, als es an der Tür klingelte.

Im Laufen fischte sie sich die erstbesten High Heels aus dem Schuhregal und eilte barfuß die Treppenstufen hinunter und durch den Flur. Keuchend vor Anstrengung zog sie die Haustür auf und musste schlucken. Im Türrahmen stand Florian. Wie erwartet. Aber er sah umwerfend aus, wie er so dastand und zu ihr herunterschaute.

In seinem dunklen Anzug wirkte er wie ein Model, das gerade einem Modekatalog entstiegen war. Schick und adrett und unverschämt süß. Er strahlte sie an, und sie strahlte zurück. Dann stieß er ein inbrünstiges »Wow« aus und schien den Blick gar nicht mehr von ihr nehmen zu können.

»Du aber auch wow.« Voll Anerkennung hob sie eine Augenbraue.

»Bist du bereit, Isabella?« Florian hielt ihr den Arm hin, damit sie sich bei ihm einhaken konnte. »Bereit für unser Date?«

Auch wenn Florian es gern so gehabt hätte und sie sich entsprechend rausgeputzt hatten: Es. War. Kein. Date. Isabella wollte nicht darauf herumreiten und ließ sich von ihm zum Kastenwagen führen. Doch dann hielt sie inne und sah ihn erschrocken an. »Halt. Stopp! Ich hab den Kuchen vergessen.«

Ohne seine Erwiderung abzuwarten, stürzte sie noch immer barfuß zurück ins Haus, um keine Minute später mit einem Kuchentransportbehälter zurück zum Kastenwagen zu kommen. Florian hielt ihr kommentarlos und in bester Gentleman-Manier die Wagentür auf.

»Entschuldigen Sie bitte das heutige Gefährt, Ihre

Durchlaucht«, sagte er mit gespielt gehobener Stimme. »Aber die Kürbiskutsche ist zwecks Generalüberholung in der königlichen Werkstatt.« Grinsend wartete er, bis sie Platz genommen hatte, und schlug sanft die Tür zu.

Die Fahrt zum Wirtshaus Klösterle dauerte nur zwei Minuten. Zwei Minuten, in denen sie schweigend nebeneinandersaßen und verlegen die vor ihnen liegende Straße musterten. Sie kannte Florian schon so lange, beinahe ihr ganzes Leben. Doch irgendetwas hatte nun zwischen ihnen im Auto Platz genommen, dass zumindest bei Isabella Unbehagen auslöste.

Immer wieder huschte ihr Blick zur Seite, um ihn zu mustern. Er sah hinreißend aus. Er hatte seinen Bart ein wenig gestutzt und die Haare locker nach hinten gekämmt. Allerdings zeigte sich eine vordere Strähne widerspenstig und fiel ihm unentwegt in die Stirn.

Er parkte den Wagen in der Seitenstraße, da sämtliche Parkplätze des Wirtshauses bereits besetzt waren. Als sie gemeinsam mit Florian und dem Tortenbehälter in der Hand vor dem Treppenaufgang stand, ließ sie das neu angebrachte Schild auf sich wirken. *Renates Tanzstudio.*

»Das sieht hübsch aus«, befand Florian. Er hatte seine Stimme ein wenig angehoben, um gegen die dumpfen Klänge eines Discoschlagers anzukommen, der aus den offen stehenden Fenstern zu ihnen herunterdröhnte. Isabella wippte bereits den Viervierteltakt mit.

»Hm, vielleicht etwas zu knallig.« Es war ein kleines violettes Schild, auf dessen Hintergrund ein Herz angedeutet war, in das der schneeweiße Schriftzug nahtlos überging.

»Das muss man deiner Mutter lassen.« Voller Anerkennung hob Florian das Kinn. »Wenn Renate was im Kopf hat, dann setzt sie das auch um.«

»Ja, ja, Renate ist schon toll!« Ohne Florian zu erkennen zu geben, ob sie es ernst oder sarkastisch meinte, betrat sie die Stufen und verfluchte sich schon jetzt dafür, dass sie ausgerechnet zur Eröffnung einer Tanzschule ihre hochhackigsten Pumps aus dem Regal hatte nehmen müssen.

Im ersten Stock angekommen, zog sie die schwere Tür auf und trat in Renates Tanzstudio ein. Doch bereits beim ersten Schritt hielt sie inne. Der ehemalige Wirtshaussaal war als solcher überhaupt nicht mehr wiederzuerkennen. Renate hatte den großen Raum in eine Dorfdisco verwandelt.

An der Deckenmitte hing eine übergroße Discokugel, die die Laserstrahlen einer überdimensionalen Lichtanlage tausendfach brach und im gesamten Saal als einen bunten Glitzerregen ergoss. Direkt neben der breiten Spiegelwand entdeckte Isabella eine Sektbar, beleuchtet mit Schwarzlicht, als wolle sie Motten und Fliegen und sämtliche Kreaturen der Nacht anlocken.

»Mein Engel, da bist du ja!« Mit ausgestreckten Armen hielt Renate auf Isabella und Florian zu. »Und Isabella hast du auch mitgebracht.«

»Unglaublich witzig, Renate.« Sie schenkte dem lahmen Witz ihrer Mutter ein müdes Lächeln und ließ es sich gefallen, dass sie geradezu erdrückt wurde. Gleichzeitig umspülte sie der Duft von Maiglöckchen und Prosecco.

»Hallo, Renate«, sagte Florian. »Das hast du ja wirklich traumhaft hergerichtet.«

Ihre Mutter drehte sich um und ließ den Blick durch den Saal schweifen, als betrachtete sie all dies zum ersten Mal. »Ja, gefällt es euch?«, fragte sie in gespielter Unsicherheit.

Doch Isabella durchschaute sie. Renate hielt sich für

die begnadete Innenausstatterin par excellence. Als Gottes Geschenk an alle gestaltungsbedürftigen Räumlichkeiten.

Ihr Blick fiel auf die riesigen Lautsprechertürme, die im Raum verteilt standen. »Wo hast du denn das ganze Zeug her?«

»Ich kenn den Dorf-DJ ganz gut«, erklärte Renate mit hörbarem Stolz in der Stimme. »Der Andy und ich sind damals zusammen in eine Klasse gegangen.«

»Du und DJ Andy?«, brach es aus Florian voller Begeisterung heraus. »Wahnsinn!« Er wandte sich Isabella zu. »DJ Andy ist eine lebende Legende in Zapfbach, musst du wissen.«

Isabella runzelte Stirn. »Muss ich das?«

Florian nickte. »Mittlerweile wohnt er zurückgezogen in einer Waldhütte irgendwo am Busterbach und taucht nur noch ganz selten und zu ganz besonderen Anlässen im Dorf auf.«

Isabella bemerkte, wie er sich auf die Zehenspitzen stellte und den Saal nach jemandem absuchte. »Wo ist er denn?«

Mit einem schiefen Grinsen sah Renate Isabella an. »Ja, ja, der DJ Andy«, sagte sie. »Ich kann euch beide gerne einmal miteinander bekannt machen. Ohnehin hätte seinerzeit nicht viel gefehlt, und er wäre dein Vater gewo-«

»Mutter!«

Renate nippte unbekümmert am Sektglas und schien es sich beim ersten Schluck anders zu überlegen und stürzte den gesamten Inhalt runter. »Ich mein ja bloß«, sagte sie. »Seinerzeit war der auf den Beatpartys 'ne echt große Nummer. Die Mädels haben sich regelrecht um ihn gerissen.«

»Er ist heute noch eine große Nummer«, ergänzte

Florian mit einem Dauernicken, das einem Wackeldackel Konkurrenz machte.

Isabella wollte nichts mehr hören. Weder von dem Star-DJ aus Zapfbach noch von Beinahe-Vaterschaften. Schlimm genug, dass sie einen organischen Vater hatte, der sich komplett aus ihrem Leben raushielt. Eines war schon jetzt klar, sie brauchte dringend etwas zu trinken. Sehnsüchtig legte sich ihr Blick auf die Sektbar. Doch dann schüttelte sie verwirrt den Kopf, als ihr der Kuchen in den Sinn kam, den sie mit sich herumtrug. »Hier, Renate, das ist für dich.« Sie überreichte ihrer Mutter den Tortenbehälter.

»Ein Kuchen«, presste ihre Mutter tonlos hervor. »Wie … originell.«

Isabella war nach Schmollen zumute, doch sie riss sich zusammen. »Es ist ein Frankfurter Kranz«, sagte sie. »Dein Lieblingskuchen.«

Ihre Mutter lächelte. Auf Isabella wirkte es ein wenig gekünstelt.

Florian grätschte rein: »Renate, dieser Umbau muss dich doch Unsummen gekostet haben. Ich erkenne den alten Gemeindesaal ja überhaupt nicht wieder.«

Ihre Mutter winkte ab. »Das meiste haben befreundete Handwerker gemacht.«

Isabella betrachtete den hellen Parkettboden unter ihren Füßen und blickte dann zu den drei riesigen runden Rundlampen, die von der Decke baumelten. Jede davon hatte bestimmt einen Meter Durchmesser. »Aber … wovon hast du das alles denn bezahlt?«

Nun grinste Renate über beide Wangen. »Du weißt doch, wie das so ist, in einem kleinen Dorf. Immer kennt da jemand wen, der einem günstig helfen kann.« Sie zwinkerte ihr zu. »Und manche Handwerker waren zu einem Sonderpreis bereit, wenn sie dazu die eine oder andere Tanzstunde in meinen Singlekursen umsonst wahrnehmen dürfen. So wäscht eine Hand eben die andere.«

Florian grinste. »Du hast das Dorfleben wahrlich raus.«

Sie grinste zurück. »Gelernt ist gelernt.« Sie trat einen Schritt zurück und musterte Florian mit gespitzten Lippen. »Eine fesche Begleitung hast du dir übrigens da geangelt.«

Isabella hob die Stirn und versuchte sich an einem verkrampften Lächeln.

»Stoßt ihr mit mir an?«, fragte Renate. »Mögt ihr ein Glas Sekt? Wartet hier, ich bin gleich da.« Ohne eine Antwort abzuwarten, drehte sie sich um und ließ sie und Florian stehen.

Sofort überfiel Isabell dieses unbestimmte Gefühl, das sie eben schon im Auto heimgesucht hatte. Sie sah, wie Renate mit dem Tortenbehälter in der Hand am DJ-Pult vorbeischlenderte und ihren Daumen nach oben reckte. Direkt darauf erhöhte sich die Lautstärke um etliche Dezibel, begleitet von einem Stroboskop, das sein hektisches Licht durch den Saal warf.

»Ganz schön was los hier«, schrie Florian ihr unvermittelt ins Ohr.

Nickend ließ Isabella den Blick über die Gäste schweifen. Es waren bestimmt hundert Menschen, die einzeln oder in kleinen Grüppchen auf dem Parkett standen und sich angeregt unterhielten. Der Bereich unmittelbar vor den Spiegeln hatte sich zu einer Tanzfläche entwickelt, auf der eine Handvoll Paare sich an einem Discofox versuchten.

»Ich glaube, eine Tanzschule ist genau das, was Zapfbach gebraucht hat«, befand Florian.

Diese Meinung teilte er mit ihrer Mutter. Ihr Plan war

es, Kurse für alleinstehende Männer anzubieten, um deren Chancen auf dem Single-Markt zu steigern.

In ihrer ehemaligen Schule in Frankfurt hatte sie mit diesen Kursen durchschlagende Erfolge gefeiert. Und wirtschaftsfremd, wie Renate war, sah sie überhaupt keine Schwierigkeiten darin, ihr großstädtisches Geschäftsmodell auf ein kleines Schwarzwalddörfchen zu übertragen.

Isabella war und blieb skeptisch. Umso mehr war sie beeindruckt von den vielen Menschen, die ihrer Mutter zur Studio-Eröffnung gratulierten. Der Geschenketisch quoll nur so über vor Blumensträußen, Champagnerflaschen und Pralinenschachteln.

Unvermittelt stand ihre Mutter wieder vor ihnen, schien aber auf dem Weg zurück die Sektgläser vergessen zu haben. Ohne Vorwarnung schob sich Renates Hand nach vorn und zog eine Strähne aus Isabellas notdürftig zurechtgemachter Frisur. »Himmel, Kind. Ist das etwa Mehl in deinem Haar?«

Isabella schlug die Hand weg und funkelte ihre Mutter zornig an.

»Und überhaupt.« Renate sah an ihr herab. »Bei deiner Figur kannst du ruhig mal mehr Bein zeigen.«

»Ich zeige exakt so viel Bein, wie ich zeigen möchte.« Wie Isabella es hasste, von ihrer Mutter kritisiert zu werden.

»So, jetzt aber genug geplaudert. Mischt euch unters Volk, und genießt den Abend.« Ihre Augen richteten sich mahnend auf Isabella. »Und wehe, ich sehe dich heute nicht tanzen. Ich habe nicht wertvolle Jahre meines Lebens vergeudet und dir all die Tänze beigebracht, damit du den ganzen Abend wie Falschgeld in der Ecke stehst.«

»Sie wird tanzen.« Florian ergriff ihre Hand. Nicht,

um mit ihr zu tanzen, sondern um sie aus dem Schussfeld zu holen, dessen war sie sich sicher. Denn Florian war ein guter Freund. Er hatte ganz bestimmt gemerkt, wie es in ihr brodelte.

Sie wollte sich von ihm wegziehen lassen, blieb dann aber wie angewurzelt stehen, als ein Paar den Saal betrat. Nicht nur sie wirkte wie das Kaninchen vor der Schlange. Sämtliche Blicke der Umherstehenden hatten sich ebenfalls auf den Eingangsbereich gerichtet.

»Du hast André eingeladen«, stieß Isabella gepresst in Richtung ihrer Mutter aus.

Diese nickte knapp. »Ich habe jeden eingeladen, den ich mag. Und wie du weißt, haben André und ich eine ganz besondere Bindung zueinander.« Renates Gesicht wandte sich ihr zu, und der Blick aus ihren dramatisch geschminkten Augen legte sich auf sie. »Immerhin hat dieser Mann das Leben meiner Tochter gerettet.«

Neben sich hörte Isabella Florian etwas Unverständliches vor sich hin brummen. Sie nahm nur am Rande Notiz davon. Zu groß war die Aufmerksamkeit, die sie diesem Paar schenkte.

Dabei sah André eigentlich aus wie immer. Gut sitzende Jeans, lässige Lederjacke und ein weißes Shirt darunter. Der Blickfang war vielmehr die Frau an seiner Seite. Sie war jener Typ Frau, der bei Männern Schnappatmung verursachte und bei Frauen Mordgelüste weckte. Sie trug ein raffiniert geschnittenes aquamarinblaues Kleid mit tiefem rundem Ausschnitt, in dem man die Ansätze ihres Busens sah. Perfekt geformt mit makelloser Haut.

Wie von selbst verschränkten sich Isabellas Arme vor der Brust. Gleichzeitig verschwand das Lachen in ihrem Gesicht, als André mit seiner Begleitung auf sie zuhielt. Obwohl er sie gesehen hatte, begrüßte er erst Renate und stellte ihr seine Begleitung vor. »Das ist Amanda«, sagte er. »Amanda Fiedler. Sie kommt aus Karlsruhe. Sie ist eine … Freundin.«

Freundin! Isabella hatte sogleich das Zögern in seiner Stimme bemerkt. Nervös strich sie sich mit den Fingern über die Lippen, als André sie nun auch endlich zur Begrüßung an sich drückte.

Sie warf dieser Frau einen langen Blick zu. Sie war hübsch. Das war das Erste, was Isabella aufgefallen war. Das Zweite war, dass sie unfassbar hübsch war. Große leuchtend-blaue Augen, ein rot geschminkter Schmollmund und eine Nase, so stupsig-perfekt, dass sie unmöglich natürlichen Ursprungs sein konnte. Falls doch, wäre es in Isabellas Augen eine von Gott gegebene Unverschämtheit!

»Schön, dich wiederzusehen«, sagte André ganz dicht an ihrem Ohr. »Und endlich mal weit und breit keine Leiche.« Sie hörte das spitzbübische Grinsen in seiner Stimme und lächelte ein wenig gequält mit. *Kann ja noch kommen,* dachte sie mit Seitenblick auf die Frau. Als er sich wieder von ihr löste, stand er etwas unbeholfen vor ihr, als würde ihm die nächste Seite seines Drehbuchs fehlen. »Also dann …«

Andrés Begleitung mischte sich in das Gespräch ein: »Wir wurden uns noch gar nicht vorgestellt.« Sie streckte Isabella die Hand entgegen, die sie zögernd ergriff. »Freut mich sehr, dich endlich kennenzulernen«, sagte sie. »Ich habe ja schon so viel von dir gehört.«

Isabella warf André einen fragenden Blick zu, der unsicher vor sich hin grinste und etwas sagen wollte, aber allem Anschein nach schon wieder seinen Text vergessen hatte.

»Und woher kennen du und André sich?« Nun wollte Isabella es genauer wissen. Wenn dieser Typ schon die

Dreistigkeit besaß, seine Freundin zur Eröffnungsfeier ihrer Mutter mitzubringen, wollte sie jedes Detail erfahren.

Doch eine Antwort auf ihre Frage erhielt sie nicht, da eine Stimme lautstark aus den Boxen dröhnte. »Und nun bitte ich alle zum Eröffnungstanz. Schnappt euch einen Partner und schwingt die Tanzbeine.«

Die Musik wurden wieder voll aufgedreht, und der Buena Vista Social Club kletterte aus den Lautsprechern, um die tanzbereiten Gäste mit lateinamerikanischen Klängen zu umhüllen.

Die unbekannte Begleitung, deren Namen Isabella längst vergessen hatte, wandte sich von ihr ab und zog André zur Tanzfläche vor der Spiegelwand, wo sich bereits die ersten Pärchen eingefunden hatten und ihre Tanzkünste zum Besten gaben.

Isabella blinzelte den beiden hinterher und konnte den Blick einfach nicht von ihnen nehmen. André umfasste die Taille seiner Partnerin, hob ihre Hand und wirbelte sie über das Parkett. Isabella riss den Mund auf. Wo hatte dieser Kerl so gut tanzen gelernt?

Doch auch die Frau in seinen Armen stellte sich überaus geschickt an. Nach dem Wechsel der Musik legten sie einen argentinischen Tango aufs Parkett, der alle anderen Paare sogleich in den Schatten stellte. Unerklärlicher Neid erfüllte Isabella.

Als Tochter einer Tanzlehrerin verstand sie eine Menge vom Tanzen. Voller Faszination sah sie den beiden zu und hörte sich selbst vor sich hin murmeln: »Lang, lang, Wiegeschritt, vor, Seite, Abschlussschritt … wieder von vorn …«

So, wie Renate es ihr in jungen Jahren beigebracht hatte. Bloß war das, was die beiden ablieferten, beinahe turnierreif. Neidlos musste sie anerkennen, dass die beiden auf der Tanzfläche wie füreinander geschaffen waren. Sie wirkten so unendlich harmonisch, als hätten sie ihr Leben lang nichts anders getan, als miteinander getanzt.

Aus dem Schwall der Nebelmaschine tauchte Florians Gestalt auf. Er stellte sich vor sie und reckte das Kinn. »Darf ich dich zum Tanz auffordern?«

Stunden später setzte Florian sie wieder zu Hause ab. Mit laufendem Motor stand er in ihrer Einfahrt. Das Scheinwerferlicht des Kastenwagens warf sich gegen die Fensterfront ihres Cafés. Es fühlte sich noch immer unwirklich an, dass dieses Haus, das Zuckerherzschlössle tatsächlich ihr gehörte. Ihr altes Leben in Frankfurt kam ihr so unvorstellbar weit weg vor, als wäre es nichts weiter als ein dunkler Traum gewesen. So viel hatte sich seitdem verändert. Zum Guten.

»Es war ein schöner Abend.« Sie lächelte Florian an und fühlte sich ein wenig vom Alkohol benebelt.

Dabei hatte sie sich zurückgehalten. Zumindest hatte sie es versucht. Immerhin hatte sie schon morgen ihren nächsten Wettbewerbstag im Seeblick. Aber immer wieder war ihre Mutter mit einem weiteren Sektglas um die Ecke gekommen und hatte mit ihr anstoßen wollen. Auf das Tanzstudio, auf sie beide und ihr neues Leben in Zapfbach.

André hatte sich schon bald mit seiner Begleitung aus dem Staub gemacht und es damit erklärt, dass er früh zum Dienst rausmusste. Davon hatte Isabella sich jedoch nicht die Laune verderben lassen und ausgelassen wie schon lange nicht mehr getanzt und gefeiert. Ihr war gar nicht klar gewesen, wie sehr ihr das Tanzen gefehlt hatte.

Ebenso überrascht war sie darüber, dass sie die Grundschritte nicht verlernt hatte. Ob Samba, Cha-Cha-

Cha, Rumba oder Jive. Alles beherrschte sie leicht und locker. Zudem stellt Florian sich als wundervoller Tanzpartner heraus. Überhaupt war es ein richtig schöner Abend mit ihm. Ein Abend, der viel zu schnell vorbeigegangen war.

Nun saß sie auf dem Beifahrersitz des Kastenwagens, betrachtete ihr Café von außen und wollte noch gar nicht aussteigen. Sie lächelte gedankenverloren. »Das war ein schöner Abend.«

»Ja, das fand ich auch. Und du sahst wirklich zauberhaft aus.«

»Danke.« Sie zögerte. »Du aber auch.« Sie sah ihn an.

Seine Pupillen funkelten im Licht der Straßenlaterne auf. Dann schloss sie lächelnd ihre Augen und wandte den Blick ab, um auszusteigen. Ihre Hand legte sich auf den Griff der Tür, öffnete sie einen Spaltbreit. Die angenehm kühle Nachtluft schwebte ins Wageninnere. Doch sie stieg noch nicht aus, zögerte das unvermeidliche Ende des Abends noch hinaus.

Ihr Blick huschte zurück, und sie war nicht überrascht, dass Florian sie noch immer ansah. Sie legte ihre Hand auf seine Wange und zog ihn an sich heran. An seinem Ohr flüsterte sie: »Bei einer derart zauberhaften Begleitung braucht es wirklich keine Kürbiskutsche.«

Sie schloss die Lider, und wie von selbst fanden ihre Lippen zueinander.

KAPITEL 14

Noch nie war es ihr so schwergefallen, sich auf das Backen zu konzentrieren.

Womit sollte sie nur anfangen? In ihrem jugendlichen Leichtsinn hatte sie geglaubt, dass der zweite Tag des Backwettbewerbs leichter werden würde … wenn erst einmal sämtliche Aufregung von ihr abgefallen wäre und sie sich bereits bewährt hätte.

Doch die innere Ruhe hielt genau bis zu dem Zeitpunkt an, als die neue Aufgabe von Simone Sommerwind verkündet wurde: »Heute backt ihr einen Cocktail-Kuchen, der perfekt zu eurer Mottoparty passt.« Sie hatte noch immer die schrille Stimme der Moderatorin im Ohr.

Im Anschluss hatten sie und die anderen Teilnehmer eine halbe Stunde Zeit gehabt, um sich ein Partymotto mit dem dazu passenden Kuchen auszudenken. Eine halbe Stunde, in der in Isabellas Kopf eine gähnende Leere geherrscht hatte.

Die Kameras liefen schon längst, und um sie herum wurden Eier aufgeschlagen, Teige verrührt und ausgerollt. Nur sie lief wie ein aufgescheuchtes Huhn vom

Kühlschrank zu den Schränken, öffnete Türen und schloss sie wieder, zog Schubläden auf und legte sich ihre Küchenutensilien zurecht, nur um sie in der nächsten Sekunde wieder zurückzulegen.

Kurzum: Isabella beschäftigte sich mit allem, nur nicht mit ihrem Kuchen. Weil ihr schlichtweg nichts einfallen wollte. Der viele Sekt, den sie gestern getrunken hatte, machte ihr das Denken schwer. Der Abend hatte so viele Überraschungen bereitgehalten, die ihr noch immer nicht aus dem Kopf gehen wollten. Wie sollte sie sich da auf ihre Aufgabe konzentrieren?

Party, dachte sie angestrengt. *Party. Party. Party!* Sie rief sich sämtliche Partys ins Gedächtnis, auf denen sie selbst einmal gewesen war. *Silvesterpartys … Eurovision-Song-Contest-Partys … und natürlich Geburtstagspartys. Einen Geburtstagskuchen?* Sie verwarf den Gedanken sofort wieder. Damit würde sie bei der Jury ganz bestimmt keinen Blumentopf gewinnen.

Voller Panik beobachtete sie die anderen Teilnehmer, die voll und ganz damit beschäftigt waren, ihr Motto umzusetzen. Heike schien etwas mit Hawaii im Sinn zu haben. Sie war gerade dabei, eine Ananas zu vierteln, und hatte sich ein Dutzend knallroter Zuckerkirschen zurechtgelegt.

Die hinter ihr stehende Anna bastelte sich eine rosafarbene Krone aus Marzipan, und Lukas schien sich an einer Bad-Taste-Party zu versuchen. Zumindest deutete die undefinierbare grünliche Masse in seinem Rührgerät darauf hin. Was Michael tat, konnte sie von ihrem Platz aus nicht sehen. Doch seinem Dauergrinsen nach zu urteilen, arbeitete auch er bereits an der Umsetzung seiner zündenden Idee.

Isabella war der Verzweiflung nahe. »Eine Idee«, murmelte sie leise vor sich hin. »Ich brauche eine Idee!«

»Alles in Ordnung, Isabella?« Simone trat an ihren Arbeitsbereich und legte ihre Handflächen auf der Arbeitsplatte ab. Sie sah sie eindringlich und ein wenig besorgt an.

Isabellas Blick saugte sich an ihrem grünen Kajal fest. An jeder anderen Person hätte dieses Make-up lächerlich gewirkt. Doch in Verbindung mit ihren grünen Augen sah die Moderatorin aus wie eine Fee. *Eine Backfee,* schoss es Isabella durch den Kopf.

»Mir mag einfach nichts einfallen«, gestand sie der Moderatorin so leise, dass die anderen sie nicht hören konnten.

»Oh.« Simones Kopf zuckte zurück. »Das ist schlecht.« Sie sah sie sorgenvoll an.

»Ich weiß.« Isabella seufzte.

Doch mit einem Mal zeigte sich ein breites Grinsen im Gesicht der Moderatorin. »Denk doch einfach nur an die schönste Party, auf der du jemals gewesen bist, und stelle dir nun vor, du würdest einen Kuchen dorthin mitbringen.« Sie zwinkerte ihr wohlwollend zu und wandte sich Heike zu.

Isabella sah ihr wortlos hinterher und spürte, wie sich der letzte Funke Hoffnung auflöste. »Danke für den äußerst hilfreichen Tipp.« Sie schlug die Augen nieder. Denn im Grunde hatte Simone nichts weiter getan, als das Motto zu wiederholen.

Das half ihr absolut nicht weiter. Sie war nie ein großer Partygänger gewesen. Und bis auf ein paar Geburtstage fiel ihr keine einzige Party ein, die aus irgendeinem Grund in ihrer Erinnerung hängen geblieben war – von der Eröffnungsparty gestern Abend vielleicht einmal abgesehen.

Am schlimmsten waren für sie Silvesterpartys, die sie dazu zwangen, bis zwölf Uhr wach zu bleiben, obwohl sich meist bereits um zehn eine bleierne Müdigkeit in ihr breitmachte, die sie nur noch mürrischer werden ließ, weil sie nicht ins Bett durfte.

Außerdem konnte sie Feuerwerk nichts abgewinnen. Sie fürchtete sich sogar ein wenig davor, weil sie einmal in der Frankfurter Innenstadt von einem Raketenirrläufer getroffen worden war. Zwar nur am Rücken, und es war nichts weiter passiert, der Schock aber hatte tief gesessen.

Sie lehnte sich nach vorn und ließ den Kopf in ihre Hände fallen. Verzweifelt betrachtete sie die Marmorierung der Arbeitsplatte, die vor ihren Augen verschwamm. Noch immer herrschte in ihrem Hirn vollkommene Leere. Jeglicher Funken an Kreativität war dem ereignisreichen Abend zum Opfer gefallen.

Sie hatte getanzt, bis ihr die Beine wehtaten, getrunken, bis sich alles um sie herum gedreht hatte. Und sie hatte geküsst, bis die Schmetterlinge in ihrem Bauch Loopings flogen. Sie zuckte vor Schreck zusammen, als Heike ihren Stabmixer anstellte, um irgendein Obst zu pürieren. Eine Kamera tauchte in ihrem Blickfeld auf. *Und wenn schon,* dachte Isabella. *Sollen sie ruhig mein Scheitern für die Ewigkeit einfangen.*

Mit einem lauten Knarzen zog sich die Tür des Aufnahmestudios auf. Sämtliche Köpfe zuckten in Richtung Tür.

Isabellas Herz machte zwei Schläge auf einmal, als sie die Gestalt im Türspalt erkannte.

Florian. Er trug einen Brotkorb vor sich. Dass er in dieser Nacht ebenso wenig Schlaf bekommen hatte wie sie, war seinem frisch wirkenden Gesicht nicht anzumerken.

»Ich bringe neues Mehl und frische Hefe«, rief er freudig, woraufhin Janis wütend aus seinem Stuhl auffuhr und ein inbrünstiges »Cuuut!« von sich gab und darauf ein »Verdammter Bockmist!« folgen ließ.

Florian blieb wie angewurzelt stehen und blickte sich hilfesuchend um. »O nein! Bin ich etwa gerade in die Aufnahme geplatzt?«

Isabella konnte dabei zusehen, wie sich seine Wangen langsam vor Scham rot färbten.

Hinter sich hörte sie Anna belustigt auflachen. »Der ist ja süß.«

Isabella holte tief Luft und vermied es, Florian, der sie nun entdeckt hatte, in die Augen zu schauen. Es fühlte sich befremdlich an, ihn so unerwartet wiederzusehen. Sie hatte noch gar keine Zeit gehabt, großartig über das Geschehene nachzudenken, geschweige denn es zu verarbeiten.

»Tut mir echt leid«, sagte er an die Crew gewandt. »Ich wollte wirklich nur das Mehl und die Hefe …«

»Also gut«, fiel ihm Janis ins Wort. »Machen wir eine kurze Pause und treffen uns in fünfzehn Minuten wieder.« Sein Klatschen war das Zeichen zum Aufbruch, und ehe Isabella sich versah, stand sie mit Florian allein im Aufnahmestudio. Die Stille war erdrückend. Florian kam mit langsamen Schritten auf sie zu und stellte sich vor die Arbeitsplatte, von wo aus er sie unsicher anblickte.

»Was macht dein Kopf?«, fragte er schließlich.

»Tut weh.«

Er nickte. »Du hast auch eine Menge getrunken gestern.«

Wieder breitete sich die Stille ungemütlich zwischen ihnen aus. Es war ein Verhalten, das Isabella bislang gar nicht von dem Mann kannte. Sie und Florian waren vom ersten Moment des Wiedersehens, damals vor ein paar Monaten in der Backstube, wieder so vertraut im Umgang miteinander gewesen wie damals als Heranwachsende, dass selbst langes Schweigen nie unbehaglich gewirkt hatte. Aber nun war es das.

Sie kaute nervös auf ihrer Unterlippe herum und suchte fieberhaft nach einem Thema, um ein Gespräch in Gang zu bringen. Allerdings gab es nur einen einzigen Gedanken, der sie beschäftigte. Und sie wusste, dass es Florian nicht anders ging. Sie mussten darüber reden. Warum also nicht hier und jetzt. Sie holte ganz tief Luft und setzte zum Reden an: »Du, Florian, wegen gestern Nacht …«

Sogleich schüttelte Florian energisch den Kopf. »Du musst nichts sagen. Und wir müssen darüber nicht reden. Es war einfach dem Moment geschuldet. Du hattest zu viel getrunken, und ich …« Statt den Satz zu beenden, gestikulierte er wild mit den Händen.

Isabella sah ihn lange an und nickte schließlich. Sie wusste beim besten Willen nicht, was sie dazu sagen sollte.

»Gut, dass wir das geklärt haben.« Das Grinsen in seinem Gesicht wirkte schüchtern und unschlüssig zugleich. Anscheinend bemerkte er es selbst. Er schüttelte den Kopf, und das Lächeln verschwand. »Wie kommst du im Wettbewerb klar?«, wollte er schließlich wissen. »Läuft es gut?«

Sie wollte ihm antworten, ihm sagen, dass alles zufriedenstellend lief und sie die gesamte Situation profihaft unter Kontrolle hatte. Doch sie antwortete ihm mit einem wütenden Aufgrummeln. »Ich werde heute meinen Koffer packen müssen.« Sie seufzte murrend. »Ich bin ganz bestimmt die erste Teilnehmerin, die am Ende des Tages ohne irgendwas dasteht!«

Mit einer fahrigen Handbewegung in Richtung Arbeitsplatte jammerte sie laut auf. »Ich habe nichts, Florian. Hörst du? Nichts! Nicht mal einen fluffigen Biskuitboden habe ich zustande gebracht. Gar. Nichts!«

Florian tat das Einzige, was in dieser Situation half. Er kam auf ihre Seite und nahm sie in den Arm, wo sie sich hemmungslos in seiner Schulter ausweinte. Sie verstand selbst nicht, was mit ihr geschah. Auf einmal fühlte sie sich von der Gesamtsituation überfordert. Der Wettbewerb, die beiden Toten, Renates Tanzstudio, das, was sich ungefragt zwischen sie und Florian gedrängt hatte und ernsthaft ihre Freundschaft gefährdete. *Und dann André und diese blöde hüftschwingende Tangokuh …*

»Wo liegt das Problem?«, fragte Florian einfühlsam. »Welche Aufgabe wurde euch denn gestellt?«

Sie sagte es ihm unter jammervollen Schluchzern. Ein Wunder, dass er sie überhaupt verstand.

»Cocktail«, wiederholte er nachdenklich und rieb sich langsam über seinen Bart. »Den du auf einer Mottoparty servieren würdest.«

Isabella schnäuzte in ein Taschentuch hinein, dass er ihr reichte. »Spitze!« Sie fluchte leise auf. »Das Letzte, was ich jetzt brauche, sind verquollene Augen, wenn sich drei Kameras auf mich richten.«

Florian grinste nur. »Selbst mit verschmiertem Kajal stiehlst du allen hier die Show.«

»Meine Augen sind verschmiert?«, fragte sie erschrocken. Sie griff zur Handtasche, die sie unter der Arbeitsplatte aufbewahrte, und kramte ihren kleinen Taschenspiegel heraus. Mit einem feuchten Taschentuch versuchte sie zu retten, was zu retten war.

»Cocktailkuchen«, hörte sie Florian vor sich hin brummen. »Hm …«

Isabella schrak auf, als ein lauter Knall ertönte.

»Ich hab's«, rief Florian und schlug noch einmal auf die Tischplatte.

Sie hob den Kopf und sah zu Florian hinauf. Sein breites Grinsen teilte seinen Bart. »Was hast du?«

Er grinste noch mehr. »Die Idee für deinen Partykuchen.«

»So?«

Er nickte.

Isabella stöhnte genervt auf. »Muss ich dir wirklich die Würmer aus der Nase ziehen?«

Er lachte. »Nein. Aber ganz so leicht will ich es dir auch nicht machen. Erinnerst du dich noch an unseren Lieblingsfilm, den wir so oft gesehen haben?«

Sie neigte den Kopf ein wenig und versuchte, sich zu erinnern. Worauf wollte er hinaus?

»So oft haben wir die Schlüsselszenen im Garten deiner Oma nachgespielt. Irgendwann gingst du mir so sehr auf die Nerven damit, dass ich den alten Zylinder, den wir damals auf dem Dachboden meiner Eltern fanden, versteckte und dir erzählt habe, ich hätte ihn verloren.«

Mit jedem Wort kamen mehr Erinnerungen zurück. Als wäre Florian in ihren Kopf gestiegen und hätte eine lange verschlossene Tür aufgezogen. Nun purzelten die Erinnerungsstücke nur so aus dem Türspalt. »Der Zylinder«, raunte sie leise auf. »Du warst der Hutmacher.«

»Und du Alice.« Florian grinste wieder. »Wie oft haben wir diese verdammte Teeparty-Szene im Obstgarten von Änni nachgestellt. Wie oft, Isibisi?«

Sie warf ihm einen angriffslustigen Blick zu. Sie hasste diesen Spitznamen, und das wusste er ganz genau. Früher hatte er sie immer so genannt. Doch richtig böse konnte sie ihm nicht sein, denn mit einem Mal sprudelten die Ideen aus ihr heraus.

»Teeparty«, wiederholte sie. »Du meinst …«

»Ich meine gar nichts, Isibisi. Das hier ist dein Wettbewerb. Ich bin hier nur der Überbringer von Mehl, Hefe und«, er zwinkerte ihr verschmitzt zu, »vielleicht der Lieferant für die ein oder andere Initialzündung.«

Isabella hörte ihm nur halbherzig zu. In ihrem Kopf überschlugen sich die Gedanken. Alice im Wunderland. Sie liebte diesen Film. Florian hatte recht. Sie hatten ihn bestimmt hundertmal gemeinsam geschaut. Zu jeder Gelegenheit wurde die Kassette aus dem Schrank geräumt und in den Rekorder geschoben. Die Erinnerungen an sämtliche geliebte Szenen des Films schossen auf sie ein. Ganz besonders diese eine Szene. »Der Hutmacher hat mich auf seine Teeparty eingeladen«, sprach sie leise zu sich selbst. »Und ich werde einen Kuchen mitbringen.«

Florian nickte zustimmend.

Etage um Etage baute sich der Kuchen in ihren Gedanken auf. Ein großer bunter Kuchen.

»Ich werde literweise Lebensmittelfarbe brauchen. Und Fondant und Marzipanmasse.«

Ihr wurde heiß, und ihre Wangen begannen zu glühen. »Und ich brauche etwas zu schreiben.«

Einen Zettel fand sie in ihrer Handtasche. Florian reichte ihr den Stift. Sie fertigte eine grobe Skizze an, verwarf sie wieder und setzte den Stift erneut an. Das tat sie so lange, bis sie die gewünschte Form aufs Papier gezaubert hatte.

Florian nickte anerkennend. »Das könnte funktionieren.«

»Das sind drei Etagen.« Sie sah zu ihm auf. Er stand mit verschränkten Armen vor ihr und betrachtete abwechselnd die Skizze und ihr Gesicht. »Wie soll ich das in derart kurzer Zeit schaffen?« Der Funke der Hoffnung drohte zu erlöschen.

Doch Florians Grinsen war unermüdlich. »Du weißt

doch, Isilein. Das Unmögliche zu schaffen, gelingt einem nur, wenn man es für möglich befindet.«

Er trat auf sie zu, umfasste ihre Schultern und gab ihr einen unsagbar zärtlichen Kuss auf die Stirn. Dann wandte er sich ohne ein weiteres Wort von ihr ab. Auch Isabella vergaß das Verabschieden. In ihrem Kopf war nur noch Platz für die Kuchenidee. Und sie sollte sich sputen, wenn sie rechtzeitig fertig werden wollte.

Schnell, ohne jedoch in Hektik zu verfallen, kramte sie sämtliche Utensilien zusammen, die sie benötigte. Backringe, Lochbleche ... Sie riss meterweise Backpapier von der Rolle, fertigte in Windeseile Zutatenlisten für ihre Böden und cremigen Massen an.

Zunächst machte sie sich an die Teige. Sie wollte mit dunklen und hellen Sacherböden arbeiten, mit Zartbitter- und weißer Schokolade. Dafür schlug sie Ei um Ei auf. Ihr schwebte eine dreistöckige Torte vor, deren Abschluss den schiefen Zylinder des verrückten Hutmachers darstellen sollte.

Als besonderen Eyecatcher würde sie in der mit Marzipan modellierten Hutschlaufe die Taschenuhr des immer zu spät kommenden weißen Hasen abbilden – ebenfalls mit Marzipan.

Bei den Füllungen der einzelnen Etagen wollte sie auf Nummer sicher gehen und die Cremes zubereiten, die sie selbst sehr mochte und die geschmacklich hervorragend zueinanderpassten. Eine Schokoladencreme mit in Rum getränkten und mit Aprikosenmarmelade bestrichenem Boden, eine Himbeerbuttercreme mit einem ordentlichen Schuss Himbeergeist und als krönender Abschluss eine Amarena-Kirsch-Schicht-Torte, gestaltet als zylinderförmiger Hut.

Sie war so sehr in das Backen vertieft, dass sie irgendwann irritiert innehielt und sich fragte, wann das Filmteam und die Teilnehmer zurückgekommen waren. Sie hatte es überhaupt nicht mitbekommen. Ohnehin verflog die Zeit nun wie im Flug. Und mit den vergehenden Stunden bauten sich die Etagen ihrer Teepartytorte vor ihr auf, bis sie schließlich die geschmeidig geknetete Fondantmasse so geschickt über die oberste Torte legte, dass ein schmaler Rand für die Hutkrempe stehen blieb.

Sie arbeitete kleine Falten ein und pinselte ein wenig Goldstaub darüber. Aus knallpink eingefärbtem Fondant bastelte sie ein breites Hutband, an das sie nur noch die Marzipantaschenuhr befestigen musste. Dabei war sie so konzentriert und mit ruhiger Hand zugange, als würde sie eine Operation am offenen Herzen durchführen.

Nahezu zeitgleich mit dem Klingeln der Triangel war Isabellas Kuchen fertig. Zufrieden und unglaublich stolz betrachtete sie das Ergebnis. Keine Frage, dem verrückten Hutmacher würde ihre Teepartytorte sicherlich gefallen.

KAPITEL 15

Der Tag neigte sich in Zapfbach dem Ende zu. Die Sonne streckte sich dem Horizont entgegen und kitzelte auf ihrem Rückzug die Schindeldächer der Fachwerkhäuser, die sie in kräftigem Rot erstrahlen ließ.

Isabella nippte an ihrem Sektglas und genoss die noch immer warme Luft des frühsommerlichen Abends. Gemeinsam mit ihrer Mutter saß sie auf dem Balkon, direkt über dem Eingang des Zuckerherzschlössles und war rundum zufrieden mit sich und diesem Tag.

Eigentlich hatte sie heute keinen Alkohol anrühren wollen, doch Renate hatte noch so viele Reste von der gestrigen Eröffnungsfeier übrig, dass sie ihre Tochter dazu genötigt hatte, wenigstens eine Flasche aus dem Bestand zu vernichten.

Was soll's, dachte Isabella. Außerdem hatte sie einen kleinen Grund zum Feiern. Nämlich den Einzug in die nächste Runde des Backwettbewerbs. Ihre Hutmachertorte anlässlich der Teeparty im Wunderland hatte bei den Backschwestern Begeisterungsstürme ausgelöst. Auch sie waren glühende Verehrerinnen des Walt-Disney-Klassikers.

Und so hatten sie sogar großzügig darüber hinweggesehen, dass die Sachertorte ein wenig zu saftig geworden war, weil es Isabella mit der Aprikosenmarmelade übertrieben hatte. Und auch die Buttercreme war ein wenig zu buttrig ausgefallen und hatte unangenehm am Gaumen geklebt.

Weniger Glück hatte Michael gehabt. Als Motto hatte er eine Oscar-Party gewählt und sich für einen Popcorn-Kuchen entschieden. Dieser hatte schlichtweg fantastisch ausgesehen. Gänzlich hüllenlos hatte er seinen Naked Cake präsentiert, in dem er zwölf Schichten übereinandergestapelt hatte und als Topping ein Berg mit Karamell getränktes Popcorn herhielt.

Michael hatte nicht nur kein Glück, sondern richtiggehendes Pech gehabt, als Maria bei ihrem Probierstück auf ein nicht aufgeplatztes Maiskorn gebissen und dabei die Plombe ihres Backenzahns verloren hatte. Inwiefern dieses Unglück zur abschließenden Wertung beitrug, blieb offen, doch auch geschmacklich traf Michaels Popcorn-Cake nur einen Grundton.

»Fifty Shades of Sweetness«, hatte Simone Sommerwind ihn tituliert. Und so war es Michael, der seinen Koffer packen musste. Damit waren sie nur noch zu viert.

Es hatte gedauert, bis Isabella sich richtig über das Erreichen der nächsten Runde freuen konnte. Schließlich war es denkbar knapp gewesen. Ohne Florians Hilfe wäre es ganz sicher sie gewesen, die den Koffer hätte packen müssen.

»Auf dein Weiterkommen!« Die neben ihr sitzende Renate hob das Glas und stieß mit Isabella an. »Und auf das Tanzstudio.«

Isabella schüttelte es kurz durch, als sie trotz ihrem noch immer leichten Kater den Alkohol erneut Einzug in ihre Blutbahn gewährte. »Ich schätze mal, dass du mit deiner Schule durchschlagenden Erfolg haben wirst.« Sie lächelte Renate wohlwollend an. »Florian findet, dass deine Tanzschule genau das ist, was dem Dorfleben von Zapfbach gefehlt hat.«

Renate schmunzelte in sich gekehrt. »Ich hoffe es.« Sie klang nachdenklich. »Aber das Wichtigste ist, dass es sich richtig anfühlt.« Sie hob noch einmal das Glas und prostete der Spitze des Kirchturms zu, die sich über den roten Dächern abzeichnete. »Auf dich, Zapfbach.«

Isabella tat es ihr gleich. Es war nahezu unglaublich, wie heimisch sie sich bereits in diesem kleinen Dorf im Schwarzwald fühlte. Als hätte sie schon immer hier hingehört. Wie hatte sie es all die Jahre bloß in einer hektischen Großstadt aushalten können?

»Du und Florian«, hörte sie Renate sagen. »Ihr wart ein wundervolles Paar gestern.«

»Findest du?«

Ihre Mutter nickte. »Unglaublich, wie sehr er sich mit den Jahren gemacht hat. Wenn ich an früher denke, als ihr noch Kinder gewesen seid.« Langsam drehte sich ihr Gesicht in Isabellas Richtung. »Warst du nicht immer einen halben Kopf größer als er?«

Isabella lachte. Das war wirklich unvorstellbar. Mit den Jahren war Florian derart in die Höhe geschossen, dass sie ihren Kopf in den Nacken legen musste, um ihm in die Augen zu schauen.

»Und er hat dich gestern noch nach Hause gebracht, ja?« Nicht nur die Stimme ihrer Mutter senkte sich, auch ihre Augen zogen sich zu schmalen Schlitzen zusammen.

»Ja, das hat er«, erwiderte Isabella vorsichtig.

»Und?«, hakte Renate nach.

»Und was?« Trotz der vergnügten Stimmung, die auf

dem Balkon Einzug gehalten hatte, wurde Isabella ein wenig wütend. »Ob etwas zwischen ihm und mir gelaufen ist?« Sie sah ihre Mutter streng an. »Ist es das, was du wissen willst?«

Ihre Mutter antwortete nicht, und das war Isabella Antwort genug.

»Ich will nur das Beste für meine Tochter«, gab sie nach einem Schluck von sich. »Und ich finde, dass Flo eine wirklich gute Partie darstellt.« Sie nickte. »Er ist ein anständiger Kerl.«

»Das weiß ich selbst«, rief Isabella wütend und wusste selbst nicht, warum sie ihrer Mutter gegenüber so aufbrausend reagierte. Es war doch bloß eine harmlose Frage, warum brachte sie das direkt aus der Fassung?

Zweifellos hegte sie tiefe Gefühle für Florian. Doch gingen diese wirklich in die richtige Richtung? Er war ein toller Mann, unglaublich attraktiv und ein Kerl, mit dem sie Pferde stehlen konnte. Es gab nur wenige Menschen, auf die sie sich so verlassen konnte wie auf Florian.

Obendrein waren sie ein fantastisches Team, wie sie jüngst unter Beweis gestellt hatten. Und doch war sie sich ihrer Gefühle ihm gegenüber nicht sicher. War es die Angst vor einer festen Bindung? Die Furcht davor, enttäuscht zu werden? Die Panik vor dem, was ihrer Freundschaft bevorstand, wenn die Beziehung in die Brüche ging?

Sie dachte an den Kuss, und ihr wurde warm am ganzen Körper. Sie nahm noch einen Schluck von ihrem Sekt und ließ die prickelnde Säure auf ihrer Zunge zergehen. Warm, das ja, aber hatte der Kuss sie in Flammen gesetzt? Sie dachte angestrengt darüber nach. Zu blöd, dass sie viel zu viel getrunken hatte, um sich an sämtliche Einzelheiten ihrer Gefühlswelt erinnern zu können.

Aber an etwas anderes konnte sie sich sehr gut erinnern. »Warum hast du André eingeladen?«, fragte sie ihre Mutter.

Renates Kopf ruckte in ihre Richtung. »Warum denn nicht?«, fragte sie zurück. »Ich mag ihn. Und ich glaube, dass er mich auch mag.«

Isabella seufzte.

»Bist du etwa böse auf mich, weil ich ihn eingeladen habe?«

»Nein, natürlich nicht. Auf deine Eröffnungsfeier kannst du einladen, wen immer du willst.«

»Der Meinung war ich eigentlich auch.«

Renate beugte sich nach vorn und griff nach der Sektflasche, die vor ihnen auf dem orientalischen Beistelltisch stand. Sie schenkte sich und Isabella noch einen Schluck ein. Dann warf sie ihr einen schiefen Seitenblick zu. »Hat es dich gestört, dass er in weiblicher Begleitung aufgekreuzt ist?«

»Nein!«, erwiderte Isabella sofort. Viel zu schnell und viel zu überspannt.

Renate unterdrückte ein Grinsen, das sah Isabella ganz genau. »Diese Amanda sah atemberaubend gut aus, nicht wahr?« Ihre Stimme ergoss sich in gespielter Arglosigkeit. »Und diese Figur«, sinnierte sie. »Ist dir aufgefallen, wie die Männer auf sie reagiert haben?«

Isabella schwieg und gab vor, sich voll und ganz auf den prickelnden Inhalt ihres Glases zu konzentrieren. Natürlich durchschaute sie das Spiel ihrer Mutter.

»Und wie die beiden den Paso Doble hingelegt haben.« Sie stieß einen schrillen Pfiff durch ihre Zahnlücke aus. »Ich wüsste gar nicht, was ich den beiden noch beibringen sollte.«

»Ja. Die beiden gaben wirklich ein hübsches Paar ab«, stimmte Isabella mit zusammengepressten Zähnen zu.

»Wie du und Florian«, bestätigte Renate. »Vielleicht solltet ihr mal was zu viert unternehmen.«

»Mhm, eine spitzenmäßige Idee.« Isabella blinzelte die untergehende Sonne an, die sich rot und halbrund hinter die Tannen der Berggipfel schob.

Sie spürte Renates beäugenden Seitenblick. »Du stehst auf ihn, nicht wahr?«

»Nein!«

Ihre Mutter bedachte sie mit dem alles verstehenden, einfühlsamen Augenaufschlag, wie ihn nur Mütter beherrschten. Wie sollte Isabella ihr da etwas vormachen? Renate hatte sie und ihre Gefühlswelt durchschaut. So, wie sie es immer schon getan hatte.

»André und Florian sind zwei tolle Männer, und ich bin mir sicher, dass sie sogar beste Freunde werden könnten«, sagte Renate. »Wenn *du* nicht wärst.«

Isabella warf ihrer Mutter einen überraschten Blick zu. »Wie meinst du das denn jetzt?«

»Ach, Liebes.« Sie ließ sich tief in ihren Stuhl sinken und drückte den Kopf in das Stuhlkissen. »Ist das nicht ein herrlicher Abend?«

»Ja«, gab Isabella gepresst von sich. »Herrlich.« Sie leerte ihr Glas und schenkte sich erneut ein. Nur sich. Nicht Renate.

Diese streckte die Arme über den Kopf und drehte sich zu ihr. »Hast du dir Gedanken gemacht, was du mit der Siegesprämie anstellen wirst, wenn du den Wettbewerb gewinnst?«

Isabella dachte nach. Sie hatte einen Punkt in ihrem Leben erreicht, an dem sie materielle Dinge nicht zufriedener machen würden, als sie es bereits war. Dennoch konnte sie das Geld gut gebrauchen, um ihr Leben zu erleichtern – zumindest bei der Arbeit.

»Ich würde die Backstube einer Modernisierung unterziehen«, sagte sie schließlich. »Die Geräte, die dort stehen, sind teilweise über ein halbes Jahrhundert alt.« Belustigt dachte sie an die Rührmaschine, die nicht nur alt, sondern antik war. Das Knetgerät war ein Monstrum und nahm einen Großteil des Platzes in der winzigen Backstube in Anspruch. Ihr graute schon jetzt davor, wenn die Stromrechnung ins Haus flattern würde.

Ihre Mutter nickte versonnen. »Also eine neue Backstube«, sagte sie nachdenklich. »Ja, ich denke, damit ist das Geld gut angelegt.« Sie wollte noch etwas sagen, doch das Geräusch eines vorbeifahrenden Autos legte sich über ihre Stimme.

Der Wagen hatte bereits die Scheinwerfer an, und als er auf das Grundstück einbog, blendeten sie Isabella.

»Erwartest du noch Besuch?«, fragte Renate in verwundertem Tonfall.

Isabella schüttelte den Kopf, während sie sich vom Stuhl erhob und über die Balkonbrüstung blickte. Sie kannte den Wagen. Es war ein deutscher Mittelklasse-SUV, und ohne es vom Balkon aus sehen zu können, wusste sie, dass sich auf der Rückbank des Wagens ein Kindersitz befand.

Renate erhob sich ebenfalls und schaute mit neugieriger Miene nach unten.

Der Wagen hielt direkt vor dem Café, und mit dem Ersterben des Motors erloschen auch die Scheinwerfer. Eine Sekunde später öffnete sich die Fahrertür, und Andrés Kopf schob sich aus dem Spalt.

»Hier oben«, rief Renate überdreht. »Komm hoch, und trinke einen Sekt mit uns.«

Ehe Isabella sich versah, war Renate auch schon ins Wohnzimmer verschwunden, um ihm die Tür zu öffnen. Isabella stand noch immer ratlos am Geländer und versuchte, den Grund für Andrés späten Besuch zu erahnen.

Als er nur wenige Augenblicke später mit Renate im Schlepptau auf dem Balkon stand, fiel die Begrüßung etwas unsicher aus. Er nahm sie unbeholfen in den Arm, und Isabella wusste nicht, wohin mit ihren Emotionen und dem Sektglas. Was hatte dieser Typ nur an sich, dass sie sich in seiner Gegenwart fühlte wie ein ungelenker Bauerntrampel?

Sie musterte ihn unauffällig und fand, dass er müde aussah. Ob er eine anstrengende Nacht hinter sich hatte? Er trug ein dunkles Hemd, das lässig aus der Jeans hing, doch die Falten verdeutlichten, dass es vorher in der Hose gesteckt haben musste. Alles an ihm sah nach einem harten Arbeitstag aus.

Er sah sich ausgiebig auf dem Balkon um. »Schön habt ihr es hier«, sagte er schließlich. »Und all die bunten Tücher und der Duft.«

»Das ist Patchouli. Es hilft, den Stress zu reduzieren«, erklärte Renate.

»O ja.« Isabella zuckte gespielt nervös auf, womit sie sich ein übellauniges Augenrollen ihrer Mutter einfing. Wenigstes André fand es lustig und schmunzelte vor sich hin.

Sollte sich ihre Mutter mal nicht so anstellen. Immerhin regte Isabella sich schon gar nicht mehr darüber auf, dass Renate auch den Balkon in ein Freilicht-Ayurveda-Therapiezentrum verwandelt hatte.

Sie setzte sich auf ihren Stuhl und stellte das Sektglas ab. Renate pflanzte sich neben sie und sah André erwartungsvoll an.

»Bitte«, sagte Isabella. »Setzt dich doch.« Sie deutete auf das bunte Meditationskissen.

»Trinkst du einen Sekt mit uns?«, fragte Renate.

»Die Flasche ist leer«, erwiderte Isabella, woraufhin ihre Mutter unbekümmert die Schultern hob. »Dann geh halt noch eine holen.«

André winkte ab. »Danke nein. Ich möchte nichts trinken.« Er nahm umständlich auf dem Sitzkissen Platz und schien nicht zu wissen, wohin mit seinen langen Beinen. Kurz überlegte Isabella, ihm ihren Platz anzubieten, aber sie hatte eine diebische Freude daran, ihm dabei zuzusehen, wie er sich auf der Suche nach einer bequemen Position abmühte.

»Und was verschafft uns die Ehre des spätabendlichen Besuchs eines Gesetzeshüters?«, wollte Renate wissen.

»Ich bin tatsächlich dienstlich hier«, gab André zögernd zu.

Isabella richtete sich in ihrem Sitz auf.

»Zumindest mehr oder weniger.«

»Mehr *oder* weniger?«, fragte Renate.

»Nun.« André nahm tief Luft und legte die Hände auf die Oberschenkel. Dann sah er Isabella ernst an. »Es geht um den toten Mann, den wir aus deinem Keller gemeißelt haben.«

»Ähm, okay?« Sie versuchte, seinem Blick standzuhalten, ohne zu ängstlich zu wirken. Warum sollte sie auch, sie war es schließlich nicht gewesen, die den Mann einzementiert hatte. Trotzdem ging von André etwas Alarmierendes aus, das sie unruhig werden ließ.

»Ihr habt etwas herausgefunden.« Renate tippte mit ihren langen Fingernägeln nervös auf der Stuhllehne herum.

Andrés Gesicht drehte sich in ihre Richtung, und er nickte langsam. »Das haben wir.«

Isabella warf ihrer Mutter einen vielsagenden Blick zu, und sogleich richteten sich ihre Augen auf André, der noch immer nicht wusste, wohin mit seinen Beinen. Schließlich hatte er es aufgegeben und streckte die Beine kurzerhand aus.

»Ist das Geländer stabil?«, fragte er, als er sich vorsichtig mit dem Rücken dagegenlehnte.

»Wir werden es wohl gleich erfahren«, erwiderte Renate und wedelte mit der Hand, um André endlich zum Weiterreden zu bewegen.

Isabella ging weniger subtil vor. »Was habt ihr herausgefunden?«

»Nun«, er nahm noch einmal tief Luft. »Dank der Obduktion wissen wir wohl jetzt, wie er ums Leben gekommen ist.«

»Und wie?«, hakte Isabella nach, als André nicht von allein mit der Sprache herausrücken wollte. Himmel, musste sie ihm denn jedes Wort aus der Nase ziehen?

»Er wurde erschlagen.«

Sie sah ihn verwirrt an, wartete, dass noch mehr kam, aber André blieb stumm.

»Gut.« Mit geneigtem Kopf sah sie ihn fragend an. »Aber so überraschend ist das jetzt nicht. Genau davon sind wir doch bereits ausgegangen.«

»Das stimmt«, räumte er ein. »Meine Kollegen von der Gerichtsmedizin sind sich nun aber ziemlich sicher, mit welchem Gegenstand die tödliche Verletzung hervorgerufen wurde.«

»Gegenstand?«

»Die Tatwaffe«, erklärte Isabella, ohne ihrer Mutter einen Blick zu schenken. Ihre Augen ruhten weiter auf André. Sie schrien ihn geradezu dazu an, weiterzureden.

»Ganz genau«, sagte er. »Die Tatwaffe. Nachdem der Leichnam von allen Zementspuren befreit worden war, fand man eine Verletzung in Höhe der rechten Schläfe.« Er fasste sich an die selbige. »Zunächst sind meine Kollegen davon ausgegangen, dass die Blessur mit einem Schürhaken zugefügt wurde. Ihr wisst schon, diese Eisenteile, mit denen man das Holz in den Kaminen hin und her schiebt. Doch mit weiteren Untersuchungen konnten sie die Art der Waffe näher bestimmen.«

»Also doch kein Schürhaken?«, fragte Isabella.

André schüttelte den Kopf. »Nein, wohl nicht. Anhand der Knochenverletzung und der Tatsache, dass die Leiche im Keller einer Backstube gefunden wurde, ist wohl davon auszugehen, dass es sich bei der Tatwaffe um einen Knethaken handelt.«

Isabella sah André ausdruckslos an. Dann suchte sie den Blick ihrer Mutter, die nur mit den Achseln zuckte. Isabella jagte ein eisiger Schauer über den Rücken, als sie an das altertümliche Rührgerät in der Backstube dachte. Dieses Teil hatte einen unterarmlangen Knethaken, mit dem sie selbst widerspenstige Teige spielend leicht durchgewalkt bekam. Es war ein altes Rührgerät. Dementsprechend alt war wohl auch der Knethaken.

Konnte das sein? War dieser Knethaken womöglich die Tatwaffe, mit der der Mann im Keller erschlagen worden war?

»Was denkst du?« André beugte sich vor und schaute sie eindringlich an.

»Ich … ich weiß nicht …« Sie schloss die Augen, und auf einmal sah sie Änni vor sich – mit dem Knethaken in der Hand. Ihre Mutter wirkte ebenfalls sehr erschrocken. Ob sie dasselbe dachte wie sie? Dass Änni die Mörderin war?

»Ich bin deshalb direkt vorbeigekommen, da ich dachte, es wäre einfacher für euch, wenn ihr den Stand der Ermittlungen von mir erfahrt und nicht von irgendeinem meiner Kollegen.« André seufzte und wirkte auf Isabella ein wenig betrübt. »Ich gehe davon aus, dass morgen jemand vorbeikommen wird, um sich nach der möglichen Tatwaffe umzuschauen.« Wieder blickte er Isabella an. »Wenn ich es recht in Erinnerung habe, haben die Geräte in deiner Backstube einige Jahrzehnte auf dem Buckel. Vielleicht …«

Isabella nickte zögerlich, doch André hob sogleich die Hände. »Ich glaube es ja nicht. Aber Gewissheit haben wir wohl erst, wenn wir den Knethaken untersuchen.«

Der Gedanke, dass womöglich seit Jahrzehnten Teige für Gebäckstückchen, Torten und Kuchen mit einer Mordwaffe zubereitet wurden, ließ ihr das Blut in den Adern gefrieren.

»Es gibt aber noch mehr, was wir herausgefunden haben«, sprach André weiter. »Mittlerweile können wir ziemlich genau den Zeitpunkt des Todes benennen.«

Isabella horchte auf.

»Wir gehen davon aus, dass sich der Mord Anfang der Fünfzigerjahre ereignet hat. Darauf deuten einige Indizien hin, wie die Überreste der Kleidung und der Zustand der Zähne.« Wieder hob er die Hände. »Fragt mich nicht nach Einzelheiten, ich habe das nicht studiert und gebe hier nur an mich herangetragenes Wissen weiter.«

»Anfang der Fünfzigerjahre«, wiederholte Renate nachdenklich. Sie schenkte Isabella einen wohlwollenden Augenaufschlag. »Zumindest in dieser Hinsicht kann ich dich beruhigen. Die Backgeräte hat deine Großmutter irgendwann in den Sechzigern von einer alten Bäckerei aus dem Nachbardorf gekauft. Es kann also nicht die Tatwaffe gewesen sein.«

Isabella atmete erleichtert auf, und auch André schien sich ein wenig zu entspannen. Allem Anschein nach behagte niemandem die Vorstellung, einen Kuchen gegessen zu haben, der mit einer Tatwaffe zubereitet worden war.

»Bist du sicher?«, fragte er Renate.

»Todsicher.« Er wirkte zufrieden, doch dann fuhr ein Ruck durch seinen Körper. »Wir haben noch etwas herausfinden können.« Er griff hinter sich und zog ein Smartphone aus der Gesäßtasche seiner Jeans. Er sah Isabella an. »Erinnerst du dich noch an den Ring, den ich dir gezeigt habe? Die Forensik hat ihn nun professionell gereinigt.« Er wischte auf dem Display herum und drehte das Smartphone schließlich so, dass Isabella und Renate einen Blick darauf werfen konnten.

Isabella erkannte den Ring sofort wieder. Golden und klobig. Nur war er komplett gesäubert, und auf der Oberfläche war ein eingeprägter Adler zu erkennen, der die Schwingen ausgebreitet hatte. Um ihn herum las sie Wörter, jedoch in einer Sprache, die sie nicht kannte.

»Gloria et honore coronasti eum«, erklärte André, als hätte er ihren Gedanken aufgefangen. »Was so viel bedeutet wie ›gekrönt mit Ruhm und Ehre‹.« Er grinste schief. »Aber nagelt mich darauf bitte nicht fest.«

Isabella warf ihrer Mutter einen durchdringenden Blick zu. Ihre Miene verriet keine Emotionen.

»Vielleicht stoßt ihr ja irgendwo auf einen solchen Ring. Denn wir haben keinen Schimmer, worum es sich bei diesem auffallenden Schmuckstück handeln könnte.« Er zog das Smartphone zurück und verstaute es wieder in seiner Tasche. »Aber so etwas Auffälliges wie die Inschrift und der Adler müssen etwas zu bedeuten haben.«

Isabella dachte an all die Fotos, die sie bereits durchforstet hatten. Ergebnislos.

André schlug sich auf die Oberschenkel. »So, jetzt muss ich mich aber mal zu Hause blicken lassen. Sonst gibt meine Vermieterin noch eine Vermisstenanzeige auf oder vermietet meine Wohnung neu.« Er stand ebenso umständlich auf, wie er sich hingesetzt hatte.

Gedankenversunken sah Isabella ihm dabei zu und erhob sich ebenfalls. »Ich bringe dich noch zur Tür.«

Auf dem Weg nach unten spukte ihr der Ring im Kopf herum. Die Gravur und der Spruch. Sie teilte Andrés Meinung. Das hatte womöglich etwas zu bedeuten. Vor der Tür hielt sie inne.

»Danke, André, dass du dir die Mühe gemacht hast, uns das mit dem Knethaken mitzuteilen.«

Er grinste verhalten. »Ist doch Ehrensache. Ich weiß schließlich, wie nahe dir die Sache geht.«

»Natürlich tut es das. Mehr denn je steht der Verdacht im Raum, dass meine geliebte Oma einen Mann getötet hat.«

»Das ist nicht gesagt, Isabella. Dafür wissen wir noch zu wenig.«

Sie seufzte, woraufhin André ihr sanft über den Oberarm strich, als wolle er ihr mit dieser Geste Mut zusprechen. »Ich bin mir sicher, dass der Ring uns Aufschluss geben wird über das, was damals passiert ist. Vor siebzig Jahren.«

Siebzig Jahre, dachte Isabella konsterniert. Was für eine unglaublich große Zeitspanne. Tiefe Ernüchterung machte sich in ihr breit. Wie sollten sie bloß herausfinden, was vor so vielen Jahrzehnten geschehen war. Sie beschlich das unbestimmte Gefühl, dass diese Geschichte ein für alle Mal ungelöst bleiben würde.

»Gute Nacht, Isabella.«

»Gute Nacht, André.«

Doch er ging nicht. Sie sahen sich in die Augen. Schweigend. Isabella war, als würde in diesem Moment die Zeit stehen bleiben. Ein Trugschluss.

Denn nun wandte er sich doch von ihr ab, blieb dann aber erneut stehen. Zögernd und … unsicher! In einer halben Drehung lächelte er sie auf seine unergründliche Weise an.

Dann machte er einen Schritt auf sie zu und kam ihrem Gesicht gefährlich nahe. Sie hielt den Atem an, und das Herz klopfte ihr bis zum Hals. Sie rechnete mit einem Kuss. Doch kurz bevor seine Lippen auf ihre treffen konnten, drehte er das Gesicht zur Seite und legte den Arm um sie. Sie erwiderte die Umarmung unbeholfen und fühlte sich einmal mehr wie ein linkscher Bauerntölpel.

KAPITEL 16

»Loredana!« Isabella schlug sich lachend die Hand auf die Stirn. »Darauf wäre ich nie gekommen.«

»Aber alle nennen mich Lori«, erwiderte die Rezeptionistin und hielt ihr ein Feuerzeug hin, das sie in einer geschickten Bewegung aufflammen ließ. Dabei wäre ihr beinahe das graue Strickjäckchen auf den Boden gefallen, das sie sich über den Arm gelegt hatte.

Normalerweise rauchte Isabella nicht. Aber sie konnte sich ja schlecht kurz vor der Mittagszeit ein Kirschwasser hinter die Binde kippen. Und irgendetwas brauchte sie, um ihre Nerven zu beruhigen. Also hatte sie bei der Rezeptionistin L. Kinshofer kurzerhand eine Zigarette erschnorrt, als sie sie im Hinterhof zwischen den großen Mülltonnen hatte stehen sehen. *Loredana also.*

Im Grunde griff Isabella nur dann zum Glimmstängel, wenn sie sturzbetrunken war. Selbst dann war es eher ein Paffen. Dabei machte sie sich weder etwas aus dem Geschmack noch aus dem Gefühl, das Zigaretten ihr bescherten. Doch nun war sie mit ihren Nerven so sehr am Ende, dass sie dringend etwas Betäubendes brauchte, um wieder runterzukommen.

Und so zog sie an Loredanas Lucky Strike und unterdrückte ein Husten, das ihr der Qualm in ihrem Hals bescherte. Es war ein alles andere als angenehmes Gefühl, und doch spürte sie, wie sich ihre Nerven sogleich entspannten. Vielleicht war es aber auch bloße Einbildung.

»Ich liebe diese Jahreszeit«, gab die Rezeptionistin begeistert nach einem tiefen Zug von sich. Sie hatte sich gegen die Hauswand gelehnt und reckte ihr Gesicht der Sonne entgegen. Ihre Augen waren geschlossen, und auf ihren Zügen lag ein sanftmütiges Lächeln. »Wenn alles grün wird und blüht und sich das Leben wieder im Freien abspielt.«

Isabella betrachtete sie aufmerksam. Loredana war eine hübsche junge Frau – mit perfekter Dirndlfigur. Mittlerweile wusste Isabella, dass sie ihre Ausbildung im Hotel Seeblick absolviert hatte und nun schon seit zwei Jahren als Hotelfachkraft hier angestellt war.

Loredana schlug die Augen auf und drehte den Kopf in Isabellas Richtung. »Seid ihr denn für heute fertig geworden?«

Isabella nickte und seufzte gleichzeitig. Dann zog sie an ihrer Lucky und hustete, was Loredana zum Lachen brachte. »Gewöhne es dir gar nicht erst an. Es ist eine schreckliche Sache.«

»Schon klar«, erwiderte Isabella mit belegter Stimme. Sie wedelte sich den Qualm aus dem Gesicht, weil er in ihren Augen brannte. Herrje, wahrscheinlich war sie die ungeschickteste Raucherin der Welt. »Alle Interviews sind im Kasten, und alle Fragen wurden gestellt.«

Sie ließ kraftlos die Schultern fallen. Allein der Gedanke an die vergangenen Stunden rief in ihr eine bleierne Müdigkeit hervor. Sie mochte es nicht, vor der Kamera zu stehen. Dann aber auch noch mit Fragen gelöchert zu werden, war die reinste Qual. Ebenso wenig gefiel es ihr, so viel von ihrer Persönlichkeit und ihrem Privatleben preisgeben zu müssen.

Aber Janis, der das Interview mit ihr geführt hatte, war ein absoluter Profi und hatte eine Art an sich, ihr Dinge zu entlocken, über die sie überhaupt nicht hatte reden wollen. So wusste er nun, dass das Zuckerherzschlössle auch Erwähnung in einem Grusel-Reiseführer gefunden hatte, und dass Zapfbach dank ihr ohne Bürgermeister dastand. Vorsätze verschwinden eben schnell, wenn zwei Kameras auf einen gerichtet sind.

»Also gab es heute nur Interviews?«, hakte Loredana nach. »Das ist gut, denn eure Backeinlagen bereiten den Küchenmädchen immer ordentlich Stress.«

»Warum das?« Isabella senkte die Zigarette und sah sie fragend an.

Die Rezeptionistin lachte tonlos auf. »Was glaubst du denn, wer das von euch angerichtete Chaos immer wieder beseitigt?«

Darüber hatte Isabella noch gar nicht nachgedacht. Sie stellte sich neben Loredana an die Wand und genoss die wärmenden Strahlen. Die Lust auf die Zigarette war ihr mit dem letzten Zug vergangen. Also entschied sie, sie zwischen ihren Fingern verglimmen zu lassen.

»Für Anja, Celina und Miriam bedeutet das Überstunden bis in den späten Abend hinein.« Loredana sog fest an ihrer Zigarette, woraufhin die Glut aufleuchtete. »Ganz besonders, da Valeska fehlt.«

»Valeska?« Isabella zuckte unwillkürlich zusammen. Es war befremdlich, so unmittelbar den Namen der Toten zu hören.

»Sie war auch dafür zuständig.« Loredana nickte entschieden. »Sie war sogar hauptverantwortlich dafür, dass alle Utensilien vor Ort und Stelle waren. Sie hat sich regelrecht darum gerissen, das Zepter in die Hand zu nehmen.«

In einer schwungvollen Bewegung wandte sie Isabella das Gesicht zu. »Sie liebte diese Kochsendung und konnte es kaum erwarten, Simone Sommerwind kennenzulernen.« Ein wenig neigte sich Loredanas Kopf, und sie spielte mit einer Haarsträhne. »Wobei ich diesen Janis viel … interessanter finde.« Sie zwinkerte Isabella zu. »Wie ist er denn so?«

»Anstrengend«, sagte Isabella unverblümt und meinte es genau so. Sie hatte die letzten beiden Stunden mit ihm und den Kameraleuten verbracht und sich in jeder erdenklichen Einstellung filmen lassen müssen, während Janis ihr Anweisungen gegeben hatte, wie sie zu stehen und was sie zu tun hatte, und sie dabei mit seinen Fragen genervt. Man hatte es ihr so erklärt, dass man diese Aufnahmen für Einspielungen zwischen den Backszenen brauchte. Isabella war das schnuppe, sie wollte es bloß hinter sich bringen.

»Ich finde ihn ja irgendwie … süß.«

So süß ein tablettenabhängiger Choleriker eben sein kann, dachte Isabella. Sie wollte nicht weiter über Janis reden. Viel mehr brannte es ihr unter den Nägeln, mehr über die tote Hotelfachfrau zu erfahren. »Wie gut kanntest du Valeska?«

Die Rezeptionistin zuckte mit den Schultern. »Gut. Sie war eine von uns Knastis.« Auf Isabellas fragenden Blick hin wurde sie deutlicher. »So nennen wir uns selbst. Viele von uns stammen nicht von hier. Und deshalb leben wir die meiste Zeit im Wohnbereich des Hotels. Der Fichtelberger hat den Angestellten im untersten Stockwerk kleine Apartments zur Verfügung gestellt, die wir günstig anmieten können. Valeska hatte eines davon bewohnt.«

Isabella wurde hellhörig. »Und du wohnst auch hier?«

Loredana nickte wieder. »Die gesamte Saison über.«

»Und die Zimmer teilt ihr euch miteinander?«

Die Rezeptionistin lachte. »Um Gottes willen, die Räume sind kaum größer als Puppenstuben, da bekommt man schon als einzelne Person Platzangst.«

Isabella dachte über die Worte nach. Bislang hatte sie sich überhaupt keine Gedanken darüber gemacht, wo die Angestellten wohnten.

Das Lachen wich allmählich aus Loredanas Gesicht. »Gruselig ist das aber schon«, sagte sie leise. »Loredana hatte das Zimmer direkt neben meinem Apartment. Und nun sehe ich jedes Mal das Polizeisiegel an der Tür, wenn ich daran vorbeigehe.« Sie erschauderte künstlich und zog noch einmal an der Zigarette.

»Polizeisiegel?«, fragte Isabella.

»Du weißt schon. Wie in den Kriminalfilmen. Wenn ein Tatort polizeilich abgeriegelt wird, damit kein Unbefugter eintritt.« Sie verzog das Gesicht. »Das war echt spooky zu sehen, wie das angebracht wurde.« Sie grinste wieder. »Dabei war der Bulle, der das gemacht hat, echt niedlich. So ein großer braun gebrannter Typ mit breiten Schultern und Lederjacke.«

Isabella war sich ziemlich sicher, dass Loredana von André sprach. Dennoch war sie verwirrt. »Aber … warum?«

»Na, damit niemand, der unbefugt ist, einfach so hineinspazieren kann. Vermutlich wegen Spuren. Oder so.«

Das fand Isabella logisch. Ebenso logisch, dass die Polizei das Zimmer von Valeska auf den Kopf gestellt hatte, um mögliche Spuren zu finden.

»Dabei würde ich ja schon zu gerne in das Zimmer«, sprach Loredana weiter. »Valeska hatte sich nämlich meine Jeansjacke ausgeliehen.« Sie hob den Arm an, über dem die Strickjacke hing. »Deshalb muss ich jetzt mit diesem alten Oma-Teil herumlaufen.«

»Kannst du denn niemanden fragen, der dir das Zimmer aufschließt?«

Sie lachte tonlos auf. »Der Raum ist polizeilich versiegelt. Da bekommt niemand Zutritt.« Doch kurz hielt sie inne. »Dabei wäre es ein Leichtes für mich, mir die Jacke zurückzuholen.«

Isabella sah sie fragend an.

»Ich bin schließlich die Rezeptionistin«, erklärte sie. »Und damit habe ich Zugang zu allen Zimmern des Hotels.« Sie griff in eine Tasche ihrer Strickjacke und zückte eine kleine Scheckkarte, mit der sie sich spielerisch frische Luft zufächelte. Sie zwinkerte Isabella zu. »Access all Areas, Schätzchen.« Grinsend steckte sie die Karte zurück in die Jacke.

»Ein Generalschlüssel?«

Dem selbstzufriedenen Gesichtsausdruck nach hatte Isabella richtig vermutet.

»Du glaubst gar nicht, wie oft es vorkommt, dass unsere Gäste sich aus ihren Zimmern aussperren. Deshalb hat jeder der Rezeptionisten eine solche Karte.«

Isabella nickte verständnisvoll. Ihr selbst war es auch bereits das eine oder andere Mal passiert, dass sie sich aus einem Hotelzimmer ausgesperrt hatte. »Was glaubst du, wer Valeska getötet hat?«, fragte sie Loredana unvermittelt.

Diese sah sie nachdenklich an. Dann legte sich ihr Blick auf die Zigarette, die sie zwischen ihren Fingern drehte. »Diese Frage haben wir uns alle natürlich schon gestellt«, erwiderte sie.

»Ja«, sagte Isabella. »Habe ich mitbekommen. Und

der Sander vermutet, dass der Gärtnerauszubildende dahintersteckt.«

Loredanas Augen wurden groß. »Ben? Auf keinen Fall!« Sie schüttelte energisch den Kopf. »Ben hat sie geliebt.«

»Viele Menschen machen die dümmsten Sachen aus Liebe«, gab Isabella zu bedenken.

»Das kann schon sein. Aber Ben und Valeska hatten eine ganz besondere Beziehung. Das ist schwer zu erklären.« Ihre schmalen Schultern zuckten auf. »Eigentlich waren die beiden von Grund auf verschieden. Doch Valeska hat es nicht leicht gehabt, und Ben hat ihr in einer schwierigen Zeit geholfen.«

Isabella neigte den Kopf. »Was genau meinst du damit?«

»Das musst du Ben schon selbst fragen.« Sie grinste Isabella gut gelaunt an. »Ich bin schließlich kein Klatschweib.«

Sie setzte sich in Bewegung und drückte ihre Kippe in dem Standaschenbecher aus. »Ich muss wieder rein. Meine Pause ist vorbei!«

Isabella sah ihr nach. Loredana eilte so schnell über den Hof, dass der wallende Stoff des Dirndls um ihre Beine mitschwang. Isabella blieb noch eine Weile an Ort und Stelle und dachte über die Worte der Rezeptionistin nach. Dann steckte auch sie die glühende Zigarette in den Sand und verließ den Hinterhof.

Mit umherschwirrenden Gedanken näherte sie sich dem Ausgang und sah gerade noch, wie Loredana in Richtung der Toiletten verschwand und die Rezeption damit unbeaufsichtigt war. Zu gern hätte sie noch weitere Fragen gestellt. Denn auf einmal fielen ihr so viele Dinge ein, die sie über Valeska wissen wollte.

Als an der Rezeption vorbeiging, sah sie Loredanas

Strickjacke an der Garderobe hängen. Isabella hielt inne und spürte, wie ihr vor Aufregung das Herz hart gegen die Brust schlug. Sie näherte sich der Garderobe und verbot sich selbst das, was sie gern getan hätte.

Doch da war ihre Hand bereits in die erste Tasche des Jäckchens geglitten und ertastete einen flachen harten Gegenstand. Eilig sah sie sich zu beiden Seiten um. Weder Loredana noch sonst jemand war zu sehen. Schnell zog sie die Hand aus der Tasche, machte auf dem Absatz kehrt und steuerte das Untergeschoss des Hotels an.

KAPITEL 17

Ihr Herz schlug nicht, es raste. Isabella war so aufgeregt, dass sie das Blut in ihren Ohren rauschen hörte. Wie eine Diebin stahl sie sich über den Flur und inspizierte jede Tür, an der sie vorbeistreifte.

Auf den Türen waren goldene Nummern angebracht, aber nirgends hing ein Namensschild. Doch die nächste Tür, an der sie vorbeiging, war mit einem Aufkleber versehen. Ein wenig dezentes Polizeisiegel verlief über Tür und Zarge.

Isabella hielt inne und betrachtete es. Es sah anders aus als die Siegel, die sie aus den Tatort-Streifen kannte. Dieses hier war ein unscheinbarer schwarzer Klebestreifen, auf dem sich die Worte *Polizei* und *Baden-Württemberg* wiederholten. Keine Belehrung bei Verstößen, kein Wappen oder amtliches Hoheitszeichen.

So kostete es Isabella nur wenig Überwindung, es mit ihrem Fingernagel aufzutrennen. Unvermittelt kam ihr das Gesicht von André in den Sinn. Ob es wirklich er war, der das Siegel angebracht hatte? Sie hielt die Scheckkarte gegen das Türschloss. Mit dem Blinken eines kleinen grünen LED-Lichts knackte das Schloss auf.

Schnell warf sie einen Blick zu allen Seiten und schlüpfte durch den Türspalt.

Sie ließ die Tür so leise wie möglich hinter sich ins Schloss fallen und rang gierig nach Atem. Ihr war gar nicht bewusst, dass sie die ganze Zeit die Luft angehalten hatte. Obwohl der Raum von den sommerlichen Temperaturen draußen aufgeheizt war, hatte sich eine dichte Gänsehaut auf ihre Unterarme gelegt. Immerhin betrat sie das Apartment des Mädchens, das sie erst kürzlich erstochen im Kühlhaus gefunden hatte.

Die Luft war stickig und irgendwie schwer. Isabella sah sich aufmerksam um, hatte jedoch Probleme, Einzelheiten zu erkennen, da die Vorhänge zugezogen waren und kaum Licht von außen eindringen ließen. Kurz spielte sie mit dem Gedanken, sie einfach aufzureißen und das Tageslicht hineinströmen zu lassen.

Doch sie traute sich nicht. Was, wenn es jemand von außen bemerken würde. Immerhin hatte sie sich unerlaubten Zugang zu Valeskas Apartment verschafft. Sie betätigte den Lichtschalter. Ergebnislos. Es blieb dunkel. Erst im nächsten Augenblick fiel ihr ein, dass sie zunächst die Checkkarte in den Slot neben der Tür einstecken musste.

Unmittelbar darauf wurde der schmale Flur in ein zartes Licht getaucht, und im wirklich kleinen Zimmer leuchtete ein Deckenfluter auf.

Isabella sah sich um. Erst zögernd, als liefe sie Gefahr, einen Gast im Bett zu überraschen, dann immer zielgerichteter, als auch ihr ängstlicher Verstand kapierte, dass sie völlig allein war.

Die rechte Seite des Flurs bestand aus einem großen Wandschrank und der Garderobe, auf der linken Seite ging eine Tür zum Badezimmer ab. Isabella öffnete sie und blickte in ein schlauchartiges fensterloses Bad mit Waschbecken, Toilette und kleiner Duschnische.

Dann betrat sie das Wohnzimmer, in dem das Bett den meisten Platz einnahm. An der von schweren Vorhängen verdeckten Fensterfront stand ein Schreibtisch, der vollgestellt war mit Büchern, einem Tablett, leeren Energy-Drink-Dosen sowie einem kleinen Schminkkoffer.

Neben einem zugeklappten Laptop stand ein gerahmtes Foto, das zwei hübsche junge Mädchen zeigte. Eine von ihnen erkannte Isabella sogleich als Valeska. Jedoch wirkte sie auf dem Foto ungleich jünger. Und lebendiger.

Isabella nahm tief Luft und verspürte einen scharfen Stich im Herzen. Wer hatte ihr dies bloß antun können? Sie hatte doch noch ihr ganzes Leben vor sich gehabt. Sie versuchte, ihre Emotionen zu beherrschen, und bemühte sich um eine nüchterne Betrachtungsweise. Sie durfte sich jetzt auf keinen Fall von ihren Gefühlen übermannen lassen, wenn sie etwas finden wollte. Also sah sie sich weiter um.

Ihr Blick fiel auf eine Jeansjacke, die an einem Haken an der Wand hing. Ob es die erwähnte Jacke von Loredana war? Überhaupt lagen überall Klamotten herum. Auf dem Bett, über dem Stuhl, vor dem Schreibtisch, auf dem Boden. Sie blieb erst einmal stehen und sah sich ratlos um. Wo sollte sie beginnen? Was suchte sie überhaupt?

Allmählich wurden ihr die geradezu elefantengroßen Logiklöcher ihres hastig gefassten Plans klar. Sie drehte sich um und widmete sich dem Wandschrank. Jede Schublade zog sie auf, wagte es aber nicht, darin herumzuwühlen. So viel Respekt war sie der Toten schuldig.

Nach den Schubladen öffnete sie die Schranktüren.

Hinter der einen fand sie eine Kleiderstange, auf der vier wunderschöne Dirndl nebeneinanderhingen. Isabella verspürte einen dicken Kloß im Hals, der sich nur mühsam hinunterschlucken ließ. Keines dieser Kleider würde Valeska mehr anziehen.

Arge Gewissensbisse überkamen sie. Was sie hier tat, grenzte an Wahnsinn. Augenblicklich hielt sie in der Bewegung inne und schüttelte über sich selbst den Kopf. Es gab nur eine richtige Sache, die sie tun konnte, und zwar schleunigst von hier verschwinden und auf schnellstem Weg den Generalschlüssel zurück in Loredanas Strickjäckchen legen.

Doch dann fiel ihr Blick auf den Nachttisch. Neben der kleinen Stehlampe stand ein Aktenordner. Irgendwie wirkte das Bild schief. Fehlerhaft.

Sie ließ vom Wandschrank ab und setzte sich auf das Bett, zögerte kurz, nahm dann aber doch den Ordner zur Hand. Es war einer dieser marmorierten Ordner, wie sie in jedem Büro zu finden waren. *Im Büro. Aber eben nicht als Abendlektüre auf dem Nachttisch.*

Der Ordner war nicht beschriftet, und er enthielt kaum Inhalt. Als sie ihn aufschlug, erfasste sie lediglich ein paar ausgeschnittene Zeitungsartikel, die sich in Klarsichthüllen befanden. Sie brauchte nur ein kurzes Durchblättern, um zu verstehen, dass sich die Zeitungsartikel um ein und dasselbe Thema drehten: einen schrecklichen Autounfall.

Bevor sie den ersten Text las, erschrak Isabella über den Zustand des abgebildeten Autos. Es war ein Kleinwagen, der so zertrümmert war, dass sie nicht einmal mehr das Fabrikat erkennen konnte. Der danebenstehende Text bestätigte ihre Befürchtungen.

Er handelte von einem Verkehrsunfall, der sich vor zwei Jahren in einer Novembernacht auf einer Landstraße bei Baden-Baden zugetragen hatte. Dem Artikel zufolge war dem Kleinwagen die Vorfahrt genommen worden, woraufhin sich dieser mehrmals überschlagen hatte, und die Beifahrerin des Wagens das Leben verlor. Die damals neunzehnjährige Fahrerin wurde dabei schwer verletzt.

Dem Artikel entnahm sie, dass der andere Fahrer Unfallflucht begangen hatte. Stirnrunzelnd blätterte Isabella weiter durch den Ordner und blieb an einem Zeitungsbericht des *Schwarzwälder Boten* hängen. Wieder war das Wrack auf einem Schwarz-Weiß-Foto zu sehen, und wieder war von Fahrerflucht die Rede.

Doch nirgends fand Isabella einen Hinweis auf die Personen des Unfalls. Aber sie hatte bereits eine schreckliche Vermutung. Sie schlug den Ordner wieder zu und stellte ihn zurück auf den Nachttisch. Dieser Unfall hatte Valeska in irgendeiner Weise beschäftigt. Vermutlich, weil sie darin involviert gewesen war.

War das der Grund für Bens und Loredanas Andeutungen? Hatte Valeska mit den traumatischen Erlebnissen dieses Unfalls zu kämpfen gehabt? Womöglich, weil sie die Fahrerin des Unfallwagens gewesen war?

Isabella hatte genug gesehen und beschloss den Rückzug. So leise wie nur möglich, drückte sie die Klinke herunter und schob die Tür einen Spaltbreit auf, exakt so weit, dass ihr Kopf durchpasste und sie nach draußen auf den Flur linsen konnte. Keine Menschenseele war zu sehen, die Luft war rein.

Eilig schob sie sich aus der Tür, schloss sie wieder und setzte sich in Bewegung. Doch sie atmete erst durch, als sie den Korridor verlassen hatte und wieder im Foyer stand. »Das wäre geschafft«, murmelte sie voller Erleichterung.

Bloß die Sache mit dem zerstörten Siegel war ein Problem. Und wohl auch, dass sie überhaupt nicht daran gedacht hatte, keine Fingerabdrücke zu hinterlassen. Wütend über sich selbst blies sie sich eine Strähne aus der Stirn. Was war sie doch für eine erbärmliche Schnüfflerin.

KAPITEL 18

Auf der Außenterrasse des Hotels empfing sie ein reger Mittagsbetrieb. Kellnerinnen trugen Tabletts mit Kaffeespezialitäten und kühlen Getränken zu den Holztischen. Sie erblickte hauptsächlich ältere Menschen, die an diesem zauberhaften Ort die Seele baumeln ließen.

Sie ließ den Blick über die waldige Landschaft schweifen, verfolgte mit den Augen den schmalen Pfad, der am gesamten See entlangführte. Hier und dort schlenderten Menschen umher, doch vom Touristenstrom des vergangenen Wochenendes war das alles noch weit entfernt. Mit einem tiefen Atemzug sog sie die würzige Luft der blühenden Blumen ein und ließ die Magie des Tannsees auf sich einwirken.

Wie aus einem Bilderbuch, dachte sie. Mit schwerem Herzen trat sie von der Terrasse und hielt auf ihr Beetle-Cabrio zu, das in einer der vielen Parkbuchten direkt vor dem See stand. Sie hatte gerade die Fahrertür aufgezogen, als jemand nach ihr rief. »Isabella? Bist du das?«

Stirnrunzelnd hob sie den Kopf und schirmte ihre Augen mit der Hand vor der strahlenden Sonne ab. Sie sah aber niemanden. Die Irritation wuchs. Die Stimme klang ungewöhnlich hell und …

»Hier unten, Isabella.«

Sie fuhr erschrocken zusammen, als etwas an ihrem Rock zog. Sie senkte den Blick und zwei große Rehaugen und eine Reihe nicht ganz vollständiger Zähne strahlen sie an. »Max? Was machst du denn hier?«

»Tretboot fahren«, erwiderte der Junge mit einer Selbstverständlichkeit, wie sie nur ein Fünfjähriger an den Tag legen kann.

»Ja, aber … doch nicht allein.«

»Natürlich nicht allein!«

Sie hörte ein ihr nur allzu bekanntes Lachen, und kurz darauf trat André zwischen zwei Autos hervor. Er hatte sich eine Tasche umgehängt und trug eine himmelblaue Kühlbox mit sich. »Er kann ja noch nicht mal richtig schwimmen.«

»Natürlich kann ich schwimmen!«, rief Max erbost und stampfte dabei mit dem Fuß auf. »Ich habe sogar schon das Seepferdchen.«

»Entschuldigung, Großer. Wie hatte ich das vergessen können?« André ging in die Hocke und wuschelte seinem Jungen durch die Haare. Dabei blickte er Isabella an und wedelte unsicher mit der Hand in der Luft. Sie sah seine Augen nicht, da er seine Sonnenbrille trug. Flüsternd wandte er sich an sie. »Die Schwimmlehrerin hat einen Narren an ihm gefressen und beim Abschlussexamen mehrere Augen zugedrückt.« Mit seinen Händen zeichnete er Gänsefüße in die Luft.

»Was ist ein Abschlussexamen?«, wollte Max sogleich wissen. »Und was heißt Augenzudrücken?«

»Erkläre ich dir später, Großer.«

Isabella musste grinsen. »Also verbringen die beiden Herren heute einen Tag am See?«

»So sieht es aus. Wie kann man seinen freien Tag schöner gestalten?« Während er sprach, drückte er seinen Sohn fest an sich, der mit aller Kraft aus der Umklammerung zu entkommen versuchte. Er war chancenlos. »Außerdem sollst du auf Parkplätzen nicht von mir davonlaufen.«

»Aber ich habe doch Isabella gesehen!«

»Trotzdem«, sagte André entschieden. Er lüftete seine Sonnenbrille und warf ihr einen fragenden Blick zu. Dabei schienen seine blauen Augen mit dem Himmel um die Wette zu strahlen. »Warum bist du überhaupt hier?«

»Wegen des Backwettbewerbs«, erklärte sie. »Es gab noch ein paar Interviewszenen zu drehen.«

»Was ist ein Interview?«, fragte Max.

»Das ist, wenn jemand jemandem ständig Löcher in den Bauch fragt«, erklärte André, ohne den Blick von Isabella zu nehmen. »Und jetzt bist du auf dem Rückweg?«

Sie nickte und sah unwillkürlich auf ihren ehemals babyblauen Beetle, der dringend eine Autowäsche hätte vertragen können. »Tretboot fahren also«, sagte sie.

»Jepp. Wir Männer stechen in hohe See und trotzen den Gezeiten.«

Max schloss sich voller Begeisterung an: »Und machen die bösen Piraten nieder. Kommst du mit uns, Isabella?« Wieder spürte sie eine Hand an ihrem Rock, die eifrig zog. Max sah sie von unten mit seinen großen braunen Augen an.

»Nein.« Isabella schüttelte den Kopf. »Ich möchte eure Kaperfahrt wirklich nicht stören.«

André lächelte sie an. »Ich würde mich auch freuen, wenn du dich uns anschließt.«

Isabella sah ihm in die Augen und wägte das Für und Wider ab. Ihr Café hatte heute Nachmittag geschlossen.

Aber sie hatte noch eine Menge an Vorbereitungen für den morgigen Tag zu erledigen. Sie nahm den Blick von André und betrachtete den See, der in glitzerndem Smaragdgrün vor ihr lag und ganz leise ihren Namen rief.

»Ich weiß nicht«, sagte sie unentschlossen.

»Bitte«, sagte Max. »Bitte, bitte, bitte.«

»Ja.« André schob seine Unterlippe nach vorn. »Bitte, Isabella.«

Keine zehn Minuten später saßen sie in einem algengrünen Tretboot und trampelten sich über den See.

Isabella ächzte. »Himmel, ich habe ganz vergessen, wie anstrengend das ist.«

André saß neben ihr und trat so gelassen in die Pedale, als hätte er nie etwas anderes getan. Max hingegen hatte die hintere Sitzreihe für sich allein und döste in der Mittagssonne.

André hatte ihm eine signalrote Kinderschwimmweste übergestreift, wogegen er sich zunächst mit Händen und Füßen gewehrt, dann aber doch eingewilligt hatte, als André ihm ein großes Eis am Kiosk in Aussicht gestellt hatte.

Isabella hinterfragte seine Erziehungsmethoden nicht. Und was war denn schon ein Tag am See ohne ein Eis? Sie beneidete den Jungen. Wie unbeschwert das Leben für einen Fünfjährigen doch ist.

»Ich will zu der Frau!« Ohne Vorwarnung sprang Max aufgeregt vom Sitz und deutete wild nach vorn. Zunächst verstand Isabella nicht, doch dann folgte ihr Blick seiner Hand, und sie erkannte die Felsennixe.

»Das ist eine gute Idee«, befand André und warf Isabella einen kurzen Blick zu. »Dort können wir auch gleich vor Anker gehen und picknicken. Diese geschwungenen Holzliegen sehen doch wirklich bequem aus.«

»Das ist eine spitzenmäßige Idee.« Isabella freute sich. »Von dort gehe ich dann den Rest zu Fuß, und du kannst das Galeerenschiff dann allein zurück zum Bootsverleiher bringen.« Sie blies sich eine Strähne aus der Stirn und massierte sich die brennenden Oberschenkel.

André lachte nur und steuerte den hölzernen Steg an, der sich in direkter Nähe der Statue befand.

»Die ist ja wunderschön«, rief Max begeistert, als sie ganz nah an der Nixe vorbeiglitten. »Näher!«, forderte er lautstark. »Ich will sie anfassen!«

André zögerte, doch Isabella übernahm das Steuer und hielt frontal auf die Nixe zu, um dem kleinen Racker seinen Wunsch zu erfüllen.

»Voll glatt und kalt«, raunte er ehrfürchtig, als das Boot so nah an der Statue dran war, dass er seinen Arm ausstrecken konnte, um sie zu berühren.

Isabella überlegte, ob sie ihm die Sage um die Nixe erzählen sollte, entschied sich dann aber dagegen. Es reichte vollkommen aus, dass sie sich als Kind wegen der Struwwelpeter-Geschichten, die ihr Änni stets vorgelesen hatte, mit schlaflosen Nächten hatte herumschlagen müssen.

»Sie ist voll hübsch.« Max drehte sich zu Isabella. »Wie du!« Er grinste sie schelmisch an.

»Da hat der Junge recht«, hörte sie André sagen.

Isabellas Blick huschte in seine Richtung. Auch er grinste sie an. Weniger schelmisch, mehr verschmitzt.

Sofort stieg ihr die Hitze ins Gesicht, und sie begann zu trampeln. Wortlos schloss André sich an und griff schließlich in die Geländerseile des Bootsstegs, um sie heranzuziehen und das Tretboot festzuzurren. Dann hievte er seinen Jungen an Land und stieg ebenfalls von Bord. Er beugte sich zu Isabella herunter und reichte ihr die Hand. »Darf ich bitten?«

Isabella war froh, wieder festen Boden unter den Füßen zu haben. Eine Tour mit dem Tretboot war doch wackeliger, als sie es in Erinnerung hatte.

André ließ ihre Hand auch nicht los, als er eine der freien Liegen ansteuerte, die auf der Uferwiese standen. Isabella nahm auf der breiten Liege Platz und genoss die Sonne, die hoch über ihnen stand. André brachte eine Sonnencreme zum Vorschein und schmierte Max damit die Arme und das Gesicht ein. Der Junge setzte sich mit all seinen Gliedmaßen zur Wehr.

»Ist das nicht ein wenig übertrieben?«, warf Isabella ein und blickte in den wolkenverhangenen Himmel.

André zuckte mit den Schultern. »Seine Mutter hat es mir aufgetragen, und ich werde den Teufel tun und einen Streit heraufbeschwören.«

Als er mit dem Geschmiere fertig war, zauberte er aus der Kühlbox Getränke, Obst und ein Milchhörnchen für Max. Der Junge riss es ihm aus der Hand und verschwand damit ans Ufer.

»Dass du mir nicht baden gehst!«, ermahnte André ihn.

Dieser zupfte zur Antwort an seiner Schwimmweste. »Und außerdem habe ich das Seepferdchen!«

Isabella lachte auf und ließ sich von André eine kleine Colaflasche reichen. Er selbst nahm sich ebenfalls eine und setzte sich neben sie. Obwohl die Liege wirklich breit war, kam er ihr so nahe, dass sie sich berührten. Isabella störte sich nicht daran. Im Gegenteil. Er stieß mit ihr an, und sie genoss das Gefühl der prickelnd-kalten Cola auf ihrer Zunge.

»Ist das nicht herrlich hier?« Sein Blick verfing sich in den Wolken, die über ihnen schwebten.

»Ja. Es ist ein fantastischer Ort.« Sie drehte sich zur

Seite und stützte ihren Kopf mit der Hand ab. »Du hast neulich gar nicht erzählt, dass du heute frei hast.«

Er zuckte mit den Schultern. »Du hast auch nicht gefragt.« Tastend griff er unter sich und brachte einen Apfel zum Vorschein. »Hast du Hunger?«

Sie schüttelte den Kopf, doch davon ließ er sich nicht beirren. »Ich habe auch Weintrauben im Angebot«, sagte er. »Kernlos. Und eine Banane.« Er wühlte in der Kühlbox herum. »Und irgendwo muss auch noch eine Kiwi sein.«

»Danke, nein.« Sie sah ihn unverwandt an. Ein unbestimmtes Gefühl sagte ihr, dass ihre Begegnung nicht rein zufälliger Natur war. »Warum seid ihr hier?« Sie ließ sein Gesicht nicht aus den Augen.

Er runzelte die Stirn. »Wie meinst du das?«

»Na, ich will wissen, warum du ausgerechnet heute hier bist?«

»Um mit meinem Sohn Tretboot zu fahren?« Er formulierte seine Antwort als Frage, was Isabella umso skeptischer machte.

»Wusstest du, dass ich hier bin?«

»Nein«, erwiderte er sofort. »Ich meine … ja.« Er räusperte sich umständlich. »Renate hat es mir erzählt. Ich habe sie heute Morgen beim Einkaufen getroffen, und da fiel die Rede auf dich. Und da kam dann die Idee mit dem Tretbootfahren.« Sein Kopf drehte sich in Richtung des Bootes, das fest vertäut vor ihnen im Wasser lag. »Außerdem kann ich so das Berufliche mit dem Angenehmen verbinden. Denn es gibt da noch ein paar Dinge, die ich den Fichtelberger über Valeska fragen muss.«

»Dinge?«, fragte Isabella. »Welche Dinge?«

»Polizeiliche Dinge, die eine Cafébetreiberin nichts angehen.«

Isabella zog verschnupft die Nase hoch. »Übrigens habe ich mich mit dem Gärtnerauszubildenden unterhalten«, sagte sie. »Mit Ben.«

Für einen kurzen Augenblick verdunkelten sich Andrés Züge. »Warum?«, fragte er in unpassend hartem Tonfall.

»Weil ich es wollte«, erwiderte Isabella ebenso energisch. »Hast du etwa Angst, dass ich mich zu sehr in polizeiliche Ermittlungen hineindränge?«

Er sah sie ernst an. »Es wäre nicht das erste Mal.«

Isabella ließ diesen, vielleicht ein kleines bisschen berechtigten, Einwand unkommentiert. »Er war mit Valeska befreundet«, sagte sie stattdessen.

»Ich weiß. Im Zuge der Ermittlungsarbeit haben wir uns auch mit ihm unterhalten.«

»Glaubst du, dass er etwas *damit* zu tun hat?« Sie wählte ihre Worte mit Bedacht. Immerhin war ein kleiner Junge anwesend.

André schien eingehend über ihre Frage nachzudenken, schüttelte dann aber den Kopf. »Er ist sicherlich kein Unschuldsengel, aber *das* traue ich ihm nicht zu.«

Dann sind wir einer Meinung, dachte Isabella. Sie musterte André neugierig. Ein gar nicht unangenehmes Schweigen breitete sich zwischen ihnen aus. Andrés Blicke gingen dabei immer wieder zum Ufer und zu Isabella, wobei er ihr direkt in die Augen sah.

Jedes Mal lag dabei ein Lächeln in seinen Zügen, aus dem sie nicht schlau wurde. Und jedes Mal überfielen sie arge Gewissensbisse, weil sie etwas getan hatte, was sie nicht hätte tun dürfen und damit bloß noch mehr Fragen aufgeworfen hatte, anstatt auch nur eine einzige Antwort präsentiert zu bekommen.

Sie rang mit sich, wog das Für und Wider ab und fragte sich, wie André reagieren würde, wenn sie es ihm direkt sagen würde. Innerlich seufzte sie auf. Es gab wohl nur eine Möglichkeit, das herauszufinden.

»Ich muss dir etwas gestehen«, sagte sie schließlich und zwang sich dazu, ihm in die Augen zu schauen. »Ich war eben in Valeskas Apartment«, sagte sie geradeheraus und erntete damit einen überraschten Blick ihres Gegenübers.

»So?«, sagte er nur.

Isabella schluckte angestrengt.

»Wie bist du denn da reingekommen?«

»Ich ... nun ja ... das war so. Ich habe mir einen Generalschlüssel verschafft.«

»Du weißt, dass Unbefugte dort keinen Zutritt haben.«

Natürlich wusste sie das, und erst wollte sie nichts dazu sagen, doch Andrés Blick war stechend – als säße sie auf einer Anklagebank. »Ich musste das Siegel aufbrechen«, gestand sie schließlich.

André Nasenlöcher blähten sich auf, was alles und nichts bedeuten konnte. »Warum hast du mich nicht einfach gefragt, ob ich dir das Zimmer aufschließe?«, fragte er nach einer Weile und sah ihr dabei tief in die Augen.

Isabella musste grinsen. »Wo wäre denn dann der Spaß gewesen?«, fragte sie unbekümmert zurück. »Außerdem hättest du Nein gesagt.«

André nickte. »Natürlich hätte ich das. Du hast da drinnen überhaupt nichts zu suchen gehabt!« Er sah sie finster an. Zumindest versuchte er es. Doch seine aufzuckenden Mundwinkel verrieten ihr, dass er nicht wirklich böse auf sie war.

»Und trotzdem habe ich etwas gefunden.« Sie berichtete ihm von dem Ordner, in dem Valeska die Zeitungsausschnitte des Unfalls aufbewahrt hatte.

»Den habe ich auch gesehen«, erwiderte André.

»Und?«

Er sah sie an. »Was und?«

»Na, was hat es damit auf sich? Was bedeutet das?«

Er zuckte mit den Schultern. »Der Unfall ist zwei Jahre her, es gab eine Fahrerflucht, die Beifahrerin starb, und Valeska wurde schwer verletzt.«

Isabella schnaufte. »Also war sie am Unfall beteiligt.«

»Sie war die Fahrerin.«

»Und die Beifahrerin ...«

»... war ihre Freundin«, beendete André den Satz für sie.

Isabella dachte an das gerahmte Foto, das auf dem Schreibtisch stand. Ob die Beifahrerin das Mädchen auf dem Foto war? Der große Kloß zwängte sich erneut nach oben, als ihr bewusst wurde, dass nun beide Frauen auf dem Foto aus dem Leben geschieden waren. Beide auf überaus dramatische Weise.

»Was weißt du noch? Über Valeska. Über den Unfall.«

André hob genervt die Hände. »Nichts, was dich auch nur ansatzweise irgendetwas angehen würde.«

»Genau das wollte ich nicht von dir hören!« Sie schnaufte noch einmal. Diesmal lauter. Und wütender.

André funkelte zumindest ein wenig zornig zurück. »Was willst du denn dann von mir hören?«

Eine Antwort darauf wusste sie nicht.

»Ob der Unfall etwas mit ihrem Tod zu tun hat«, sagte sie schließlich, wobei sie mehr zu sich selbst sprach.

»Möglicherweise ja. Möglicherweise nein.« Er sah sie müde an. »Wir wissen es noch nicht.«

Isabella lehnte sich zurück und versuchte, entspannt zu wirken. Sie fragte vorsichtig: »Bekomme ich jetzt Ärger wegen des Polizeisiegels?«

André antwortete mit einem unverständlichen Grummeln. Sie wollte es dabei belassen und fragte nicht nach. Ihr fiel etwas anderes ein. Langsam drehte sie ihren Kopf in seine Richtung. Mit gehobener Augenbraue sah sie ihn an: »Renate hat dich also auf die Idee zu einem Ausflug an den Tannsee gebracht.«

André nickte. »Ganz genau so war es.« Er nahm einen großen Schluck von seiner Cola und blickte angestrengt in die Landschaft. Überallhin, wie es Isabella vorkam, bloß nicht in ihre Richtung.

»Und da wolltest du den Tag am See nicht lieber mit deiner Freundin verbringen?«

Als hätte sie eine Angel ausgeworfen und den Haken in seine Backe gejagt, wandte er sich ihr wieder in einer ruckartigen Drehung zu.

»Welche Freundin?« Er sah tatsächlich überrascht aus. »Du meinst Amanda?«

»Hieß sie so?«, fragte Isabella unbekümmert. »Ja?« Dabei wusste sie den Namen noch ganz genau. Amanda Fiedler.

André schmunzelte, nippte noch einmal an seiner Cola und warf ihr einen unergründlichen Blick zu. »Was hältst du denn von ihr?«

Isabella hielt seinem Blick stand. Der Geruch von Sonnencreme drang ihr in die Nase und weckte sofort Assoziationen mit Sommerurlauben und Badeausflügen. Sie antwortete langsam. »Nun, sie ist hübsch, hat eine tolle Figur und augenscheinlich ist sie eine hervorragende Tänzerin. Kurz gesagt, ich traue ihr nicht.«

André lachte herzhaft auf. Als er sich wieder beruhigt hatte, zwinkerte er ihr zu. »Amanda ist in Ordnung.«

»Das ist wirklich schön für Amanda.« Sie wandte den Blick ab und sah zu Max, der einen flachen Stein übers Wasser flitschen ließ.

Plötzlich spürte sie eine Hand an ihrem Kinn. André

zog ihren Kopf in seine Richtung. »Wir sind Kollegen.« Die Hand löste sich von ihrem Kinn, doch er sah sie noch immer fest an.

Diese Augen.

»Kollegen«, wiederholte Isabella tonlos.

»Amanda und ich, wir verstehen uns gut. Darüber hinaus liebt sie das Tanzen. Als ich ihr von Renates Tanzstudio und der Eröffnungsfeier erzählt habe, ist sie beinahe ausgeflippt und wollte unbedingt mitkommen.« Er seufzte. »Den Gefallen konnte ich ihr doch nicht abschlagen.«

»Natürlich nicht, du Gentleman«, erwiderte Isabella verdrossen. Sie schlug kurz die Augen nieder, und wie von selbst erschien das Bild des Tango-tanzenden Pärchens vor ihrem inneren Auge. »Und wo hat jemand wie du so tanzen gelernt?«

André hob die Brauen. »Jemand wie ich?« Er lachte und zeigte ihr seine unglaublich gleichmäßigen Zähne. »In der Tanzschule. Wo sonst?«

Isabella nickte. »Du und Amanda«, sagte sie langsam. »Ihr seid nichts weiter als … Kollegen?« Sie hob das Kinn und musterte ihn forschend.

»Wir sind gute Kollegen. Nicht mehr.« Er machte eine kurze Pause, in der er Isabella tief in die Augen sah. »Aber auch nicht weniger.«

Damit gab Isabella sich zufrieden. Fürs Erste. Denn noch immer wäre es ihr lieber gewesen, Andrés Kollegin wäre nicht eine potenzielle Miss Universum.

»Und du und Florian?« Mit dieser Frage erwischte er sie eiskalt.

»Wir sind Freunde.« Sie blickte in die Ferne und legte sich Worte zurecht, die sie immer wieder verwarf. »Wir sind …«, begann sie wieder, doch weiter kam sie nicht. Denn plötzlich war da wieder die Hand an ihrem Kinn, die sie sanft heranzog. Mit einem Mal war sein Gesicht ganz nah an ihrem.

Dieser Blick dachte Isabella wieder, als sein Gesicht näher und näher kam und sie schließlich die Augen schloss und seine vollen Lippen auf ihrem Mund spürte. Sie waren kalt von der eisgekühlten Cola, und sie schmeckten süß. So süß, wie noch nie zuvor etwas geschmeckt hatte.

KAPITEL 19

»Wir wollten Torten der besonderen Art sehen, und ihr habt uns nicht enttäuscht.« Mit weit von sich gestreckten Armen stand Simone Sommerwind vor dem Präsentiertisch, klimperte mit den Wimpern und ließ ihren Blick über die verbliebenen Teilnehmer des Backwettbewerbs schweifen. Es waren noch vier an der Zahl: Anna, Heike, Lukas und Isabella.

»Nun ist die Jury gefragt. Wer wird den Einzug ins Finale schaffen, und wer muss seinen Koffer back-, ähm packen?« Sie trat einen Schritt zu Seite und holte zu einer präsentierenden Geste aus. »Die Backschwestern Maria und Theresa.«

Da stand Isabella wieder. Im provisorischen Aufnahmestudio des Hotels und musste das Urteil der Jury über sich ergehen lassen. Diesmal war sogar Hajo, der Produktionsleiter anwesend. Er saß etwas abseits hinter Janis und dessen Redaktionsassistentin und verfolgte aufmerksam das Geschehen vor der Kamera.

Maria ergriff das Wort: »Beginnen wir mit einem alten Bauwerk, das über die Jahrhunderte ein wenig in Schieflage geraten ist.« Die beiden Schwestern stellten sich neben Isabellas Kuchenkreation – bereit, sie auf Herz und Nieren zu prüfen.

Isabellas Haare fielen ihr in die Stirn. Sie war erschöpft, und ihr Gesicht brannte. Wangen und Stirn waren so sehr gerötet, dass die Maskenbildnerin einiges an Arbeit gehabt hatte, den leichten Sonnenbrand unter der Schminke verschwinden zu lassen. Sie hatte die gestrige Frühlingssonne komplett unterschätzt und sich auf der Tretboottour einen Sonnenbrand eingefangen.

Und nun strahlte sie verkrampft in die Kamera und hoffte, dass ihre Backkünste ein weiteres Mal vor der Jury bestehen konnten. Den ganzen Vormittag hatte sie an ihrer Kreation gebacken, gefeilt und modelliert, bis sie mit dem Ergebnis halbwegs zufrieden war. Nun stand ihr Modell eingereiht mit den Erzeugnissen ihrer Konkurrenten auf dem Präsentiertisch und wartete darauf, verköstigt zu werden.

In dieser Runde wollte Isabella nicht kleckern, sondern klotzen und hatte sich für das bekannteste Gebäude der Welt entscheiden – zumindest für das bekannteste schiefe. Ihre Kreation sollte das Wahrzeichen von Pisa darstellen. Einfach, weil sie die Toskana liebte und vom Schiefen Turm von Pisa schon immer beeindruckt gewesen war. Ein guter Plan, wie sie noch immer fand – wenngleich die Umsetzung herausfordernd gewesen war.

Sie hatte damit gerechnet, dass er jeden Augenblick umfiel. Doch er blieb stehen. Selbst dann, als Simone das Kuchenmesser ansetzte und zwei gleichmäßige Stücke herausschnitt. Isabella atmete erleichtert auf. Gleichzeitig durchfuhr sie ein scharfer Schmerz, dabei zusehen zu müssen, wie ihr Kunstwerk zerstört wurde. Unzählige Nerven hatte sie dieses absichtlich schief stehende Bauwerk gekostet.

Zunächst hatte sie es für einen raffinierten Schachzug gehalten, da sie fest davon ausgegangen war, bei einem schiefen Kuchen nicht allzu akkurat arbeiten zu müssen. Doch dieser Gedanke hatte sich schnell als Trugschluss herausgestellt, denn es gestaltete sich ungleich schwieriger, eine krumme Kuchenmasse in Form zu halten.

Einen winzigen Moment lang hatte sie mit der Idee eines Karottenkuchenteigs gespielt. Doch aus ihrer Backerfahrung wusste sie, dass solche Teige sehr saftig wurden und damit die Stabilität ihres Bauwerks gefährdet gewesen wäre. Also musste es ein etwas trockenerer Teig sein.

Nach einigen Fehlversuchen hatte sie irgendwann den Dreh herausbekommen und es geschafft, ihre Kuchenelemente so zu schichten, dass ein schiefer Turm entstand. Der Rest war im Vergleich dazu beinahe ein Kinderspiel. Mit ganz viel Marzipan, Zuckermasse und Unmengen von Sahnecreme war sie in der letzten Stunde mit der Modellage des Äußeren beschäftigt gewesen.

Die vielen Säulen und Bögen hatte sie aus Zuckermasse geformt. Es war eine Fleißarbeit, die kein Ende hatte nehmen wollen. Ihr Plan war es gewesen, sich so weit wie möglich an das Original zu halten. Und so hatte sie sieben Stockwerke mit eigenen Säulengalerien modelliert, die mit gleichmäßigen Bögen miteinander verbunden waren. Dann hatte sie ihrem Turm eine kleinere Kuppel aufgesetzt, die Glockenstube, die ebenfalls von einem Säulengang umrundet war.

Zum Schluss hatte sie ein schneeweißes Sahnecreme-Bauwerk von einem halben Meter Höhe vor sich gehabt, dessen einziger Farbtupfer die italienische Flagge auf der Kuppelspitze war. Wenngleich die Säulen nicht ganz so gleichmäßig ausgefallen waren, wie sie es sich erhofft hatte, war sie in optischer Hinsicht mehr als zufrieden mit ihrem Bauwerk.

»Ich bin jetzt sehr gespannt auf den Geschmack.«

Und ich erst! Isabellas Nervosität steigerte sich ins Unermessliche.

Die Backzwillinge hielten sich die Kuchenteller dicht vors Gesicht und betrachteten mit Kennerblick die Füllung. Auch Isabella sah die herausgeschnittenen Ecken an, die das Innenleben ihres Bauwerks preisgaben. Für ihr Empfinden waren ihr gleichmäßige Schichten gelungen.

»Es ist eine Himbeer-Kokos-Buttercreme«, erklärte sie unaufgefordert. »Mit einem kleinen Schuss Grappa, um der italienischen Note des Bauwerks gerecht zu werden.« Sie lächelte verschmitzt und war erleichtert zu sehen, wie sich die Mundwinkel der Schwestern zu einem freudigen Lächeln auseinanderzogen.

»Ich liebe Himbeeren«, sagte Theresa.

»Und ich liebe Grappa!« Maria grinste in die Kamera. Sie steckte die Gabel in ihr Kuchenstück und schob es sich in den Mund.

Isabella betrachtete jede Regung in ihrem Gesicht. Und dann … zeichnete sich ein wohlwollendes Lächeln in ihren Zügen ab. »Für mich ist der Teig sehr gelungen.« Sie nickte ihrer Schwester zu, die sich ebenfalls den ersten Bissen auf der Zunge zergehen ließ.

»Stimmt, geschmacklich gibt es absolut nichts daran auszusetzen. Und auch von der Konsistenz her schön weich.« Sie jauchzte. »Sowohl für außen als auch für innen gibt es von mir die volle Punktzahl.« Sie zwinkerte Isabella gutmütig zu, die überhaupt nicht wusste, wie ihr geschah.

Die Moderatorin mischte sich ein: »Kommen wir nun zum nächsten Kunstwerk. Nämlich dem von Anna.« Sie strahlte die junge Frau an, die unbeholfen mit ihren Händen herumfuchtelte. Das Lampenfieber stand ihr deutlich ins Gesicht geschrieben. »Möchtest du uns etwas über deinen Weltwunderkuchen erzählen?«

Anna räusperte sich. »Natürlich. Gern. Er soll eine Pyramide darstellen, wie man hoffentlich unschwer erkennen kann.«

Isabella beugte sich nach vorn, um den Kuchen in Augenschein zu nehmen. Für ihre Kuchenpyramide hatte Anna mehrere quadratisch geschnittene Tortenböden aufeinandergeschichtet, bis sich daraus eine halbwegs erkennbare Pyramidenform ergeben hatte.

»Ich habe mich für einen Schoko-Biskuit-Boden entschieden, den ich mit Vanillezucker und Orangenschalenaroma verfeinert habe.« Anna sprach schnell und ein wenig abgehackt. Als würde sie unter Atemnot leiden, was zweifelsfrei ihrer Anspannung geschuldet war. »Diese habe ich dann mit einer Vanillecreme bestrichen und mit Kakaopulver garniert.«

»Und die Gummibärchen auf der Pyramide?«, hakte Maria nach.

»Die sollen die Arbeiter symbolisieren, die die Pyramide erbaut haben.« Anna seufzte leise auf. »Denn leider bin ich nicht ganz fertig geworden.«

Wie auf ein unsichtbares Kommando hin drehte Theresa die Kuchenplatte, um der Kamera eine fehlende Ecke zu präsentieren.

»Das hast du wirklich raffiniert gelöst«, äußerte Simone begeistert.

Das Entzücken schien sich jedoch nicht auf die Jury zu übertragen, als diese die Pyramide aufschnitt und sich zwei Stücke auf die Teller schaufelte. Isabella beobachtete, wie Maria die Gummibärchen mit spitzen Fingern von ihrem Stück entfernte und an den Rand des

Tellers legte, bevor sie sich an den Geschmackstest begab. »Leider zerbröselt der Teig sehr schnell.«

Theresa verzog das Gesicht. »Und das wiederum lässt darauf schließen, dass der Teig sehr, sehr trocken ist.« Sie nahm einen Bissen von ihrer Gabel, kaute kurz darauf herum und nickte Anna leidvoll zu.

Simone klatschte in die Hände. »Dann, bitte zum nächsten Kuchen.« Sie führte die Jury zu einem Gebilde, das auf Isabella wie etwas von einem anderen Planeten wirkte. Ebenso entgeistert standen Maria und Theresa davor.

»Das ist ein … nun«, Simone räusperte sich künstlich, »eine äußerst faszinierende … Torte.« Auf dem Präsentiertisch stand ein etwas aus der Form geratenes Gebilde, das mit einem silbernen Bezug versehen war und irgendwie industriell wirkte. Die Moderatorin wandte sich Lukas zu. »Bevor die Jury ihr Urteil fällt, lieber Lukas. Möchtest du uns etwas dazu sagen?«

Aus dem Augenwinkel sah Isabella den einzigen noch verbliebenen Mann der Teilnehmerrunde hervortreten. Er trug ein verwaschenes schwarzes *Ramones*-Shirt, das an den Ärmeln eng genug war, um seine ausgeprägten Muskeln zu betonen.

»Das ist das Bauwerk aller Bauwerke«, gab er im brummenden Bass von sich und strich sich seinen langen Ziegenbart glatt. »Der V8«, führte er weiter aus, als wäre damit alles gesagt.

Doch von den Backschwestern und Simone erntete er damit nur ratlose Blicke.

Also konkretisierte er: »Ein Acht-Zylinder-Kolbenmotor, der in Klassikern wie dem Ford Mustang und der Corvette verbaut wurde.«

»Also ein Automotor«, fasste Simone zusammen.

»Nein!« Lukas schüttelte so heftig den Kopf, dass der lange Bart nach links und rechts flog. »*Der* Automotor.«

Isabella betrachtete das Konstrukt, das neben der angeschnittenen Pyramide stand. Mit der Erklärung erkannte sie tatsächlich Teile, die sie in einem Motor vermutete. Mit gutem Willen ließen sich zwei Schläuche erkennen, die irgendwo reinliefen, und eine Art Propeller sowie Rohre und eben das, was wohl der Kolben war. Sie hatte zu wenig Ahnung von dem, was sich unter einer Motorhaube befand, um beurteilen zu können, wie nah er mit seiner Kuchenkreation an der Realität war.

So sahen das wohl auch die Backschwestern, die sich gar nicht lange über die Optik ausließen, sondern sich sogleich an den Anschnitt machten.

»Harte Schale, weicher Kern.« Lukas lachte. »Ich habe mich für eine Käsekuchencreme-Füllung entschieden. Einfach, weil es keinen Kuchen gibt, den ich mehr liebe.« Sein Grinsen wurde breiter. »Mein Traumkuchen mit meinem Traummotor. Das kann doch nur gut werden.« Um Zustimmung heischend, grinste er abwechselnd die beiden Schwestern an. »Oder nicht?«

Zum Schluss wurde Heikes Kunstwerk präsentiert, und bereits auf den ersten Blick war Isabella klar, wer diese Runde für sich entscheiden würde. Heike hatte nicht nur das perfekte Motto gefunden, sondern auch noch ihre Arbeit perfekt abgeliefert.

»Die Schwarzwälder-Kuckucksuhr-Torte«, erklärte sie der Jury, »meine Hommage an unsere Heimat und diesen Wettbewerb, der so tief mit dem Schwarzwald verwurzelt ist.«

Raffiniertes Biest, dachte Isabella und sah ihre Chancen auf den Gesamtsieg mit einem Mal dahinschwinden. *Warum bin ich da nicht draufgekommen?!*

»Zur Verzierung habe ich eine Ganache aus Zartbitterschokolade und Sahne so angerührt, bis ich den für mich perfekten Holzton getroffen habe.« Sie grinste süffisant in die Kamera. »Ich hoffe, es ist mir gelungen.«

Tiefstaplerin, schimpfte Isabella innerlich.

Maria schnitt den Kuchen behutsam an, und das erste Mal hatte Isabella das Gefühl, dass ihr der Schnitt geradezu wehtat.

»Ich habe sie auch für die Füllung im Wechsel mit Schokoladenmousse verwendet«, erklärte Heike. »Der Rest ist ein fluffiger Biskuitboden und Schokofondant für die Garnitur wie Dach, Eichenblätter und die Tannenzapfen.«

»Maria, schau dir nur das Schindeldach an!« Theresa schlug vor Begeisterung die Hände zusammen.«

»Und der Kuckuck erst.« Sie wandte sich Heike zu. »Wie hast du den bloß so gut hinbekommen?«

Heike grinste ausgelassen. »Mit allem, was klebt und pappt.«

Maria und Theresa probierten und waren begeistert. »Leicht und saftig«, befand Maria.

»Diese zarte Kakaonote«, raunte Theresa. »Und das Schokomousse erst!«

»Sehr schön.« Simone stellte sich vor die Kamera und richtete das Wort an die Zuschauer: »Nachdem nun alle Kuchen ausgiebig betrachtet und verkostet wurden, wird sich die Jury nun zurückziehen und die Gesamtwertung vornehmen. »Es wird spannend. Wer kommt eine Runde weiter? Wer muss seinen Koffer packen?«

»Uuuuund Cut!«, rief Janis. »Alles fertig machen für die letzten Takes.« Er wandte sich seiner Redaktionsassistentin zu. »Sag dem Küchenpersonal Bescheid, dass hier aufgeräumt werden kann.«

Diese stand auf und verließ den Raum.

»Leute, das habt ihr wunderbar gemacht!« Simone

trat auf Isabella und die anderen zu und bedachte sie allesamt mit einem warmherzigen Lächeln. Als ihr Blick sich auf Anna richtete, verdüsterte sich das Lächeln jedoch. »So gerne ich dich habe, aber ich befürchte, dass es mit deiner Leistung heute nicht mehr für die nächste Runde reichen wird.«

»Ich weiß.« Anna seufzte. »Ich habe es vermasselt.«

»Aber du darfst dich glücklich schätzen, überhaupt so weit gekommen zu sein, Kleines.« Die neben ihr stehende Heike strich ihr über den Rücken und bedachte sie mit geschürzten Lippen.

Bevor Isabella etwas Unschönes erwiderte, beschloss sie, sich die Beine zu vertreten. Sie schloss sich den beiden Küchenmädchen an, die mit vollen Händen das Aufnahmestudio verließen und den Weg in Richtung Großküche antraten.

Isabella wollte zu den Toiletten abbiegen, doch das vor ihr laufende Mädchen blieb derart abrupt stehen, dass Isabella beinahe in sie hineingelaufen wäre. Das Mädchen fuhr ruckartig herum und sah sie mit weit offen stehenden Augen an. Sie hielt drei Sahnespender in den Händen.

»Sie sind die Frau, die Valeska gefunden hat, richtig?«

Isabella musterte die Küchenhilfe. Sie war zierlich, hatte dunkle Haare und wache Augen.

»Ich habe Sie gesehen«, ohne Isabellas Antwort abzuwarten, sprach sie weiter, »an dem Tag als Valeska …« Sie senkte den Kopf und brachte den Satz nicht zu Ende.

Isabella nickte nur, wusste aber nicht so recht, was sie erwidern sollte.

»Es muss schlimm gewesen sein, sie so vorzufinden.«

»Ja, das war es.« Isabella schluckte angestrengt. Unwillkürlich schossen ihr die Bilder in den Kopf. Der heraushängende Arm, verborgen hinter dem Kistenstapel. Die toten eisblauen Augen, die sie ansahen …

Das Küchenmädchen blickte sich nach allen Seiten um. Dann klemmte es sich umständlich die Sahnespender unter die Arme, streckte die Hand aus und zog Isabella am Ärmel. »Kommen Sie mit. Ich muss Ihnen etwas sagen.«

Ehe Isabella wusste, wie ihr geschah, stand sie mit der jungen Frau in einer Nische des Flurs und bekam einen Finger auf die Lippen gepresst.

»Ich habe Valeska gesehen«, stürzte es im Flüsterton aus ihr heraus. Gleichzeitig nahm sie den Finger von Isabellas Mund, die hörbar nach Luft schnappte. »Kurz bevor Sie sie im Kühlraum gefunden haben.«

Isabellas Augen wurden groß, was die Küchenfrau eindringlich aufnicken ließ. »Und sie war nicht alleine.«

»Was soll das heißen?«

»Ich habe … etwas mitbekommen. Ich …« Das Mädchen fixierte die Decke, als würden dort die richtigen Worte geschrieben stehen. »Eine Unterhaltung … irgendwie.«

Bei Isabell schrillten sämtliche Alarmglocken auf. »Mit wem hat sich Valeska unterhalten?«

»Ich …« Das Küchenmädchen schüttelte den Kopf. Hastig öffnete sich ihr Mund, schloss sich aber wieder. Sie gab ein zwanghaft klingendes Räuspern von sich. »Ich … ich habe schon zu viel gesagt.«

Jäh wollte sich die Frau abwenden, doch Isabella hielt sie an den Schultern fest und musterte sie eindringlich. »Wie ist dein Name?«

Das Mädchen hielt dem Blick stand, schwieg aber. Als Isabella schon die Hoffnung begraben wollte, erwiderte sie schließlich: »Celina.«

Isabella lächelte sie an, ohne den Blick von ihr zu

nehmen. »Schön. Celina. Was auch immer du gesehen hast, es könnte unfassbar wichtig sein, um den Mörder von Valeska zu finden.«

»Ich weiß«, erwiderte sie leise. »Alle glauben, dass es Ben war. Aber das stimmt nicht.«

»Warum glauben das alle?« Isabella senkte die Arme.

»Das ist doch offensichtlich. Er war ihr Freund. Mehr oder weniger. Und außerdem … bei seiner Vergangenheit.«

Isabella runzelte die Stirn. »Was meinst du damit? Was für eine Vergangenheit?«

Das Mädchen trat näher an sie heran und senkte seine Stimme erneut zu einem Flüstern. »Er saß eine Weile im Gefängnis.«

»Was? Warum?«, platzte es voller Überraschung aus ihr raus.

»Das weiß niemand so genau.«

Das war es also. Isabella dachte an die Andeutung der Rezeptionistin und daran, wie André ihr ausgewichen war, als sie die Rede auf Ben gelenkt hatte. »Aber du glaubst nicht, dass er mit Valeskas Tod etwas zu tun hat?«

Celina schüttelte so heftig den Kopf, dass ihr die Haare zur Seite wehten. »Nein. Aber ich glaube, ich weiß, wer es war.«

Isabella sah sie lange an, doch das Mädchen sprach nicht weiter. Sie hob wieder die Arme und fasste Celina an den Schultern. »Wer? Was weißt du, Celina?«

»Das Gespräch, das ich in der Küche mitbekommen habe, kurz bevor …« Sie räusperte sich nervös. »Der Mann … ich habe ihn gehört.«

Isabella kniff die Augen zusammen. »Was meinst du damit?«

Doch Celina schien ihre Frage nicht zu hören. Sie

starrte geradewegs durch Isabella hindurch und sprach weiter: »Es war ein Flüstern«, sagte sie. »Er hat ihr gedroht. Worum es ging, konnte ich nicht verstehen, weil die Spülmaschine lief, aber …«

»Was aber?« Isabella wurde ungeduldig. Sie rüttelte an Celina, die sie für einen kurzen Augenblick vollkommen verdutzt ansah. »Hast du ihn gesehen?«, fragte sie in scharfem Ton. »Den Mann? Hast du seine Stimme erkannt?«

Celina schüttelte zaghaft den Kopf. »Nein.« Sie hob das Kinn und sah Isabella fest in die Augen. »Aber ich habe gehört, wie er mehrmals hintereinander geniest und ständig geschnieft hat.«

»Weißt du, wer es war?«, fragte sie noch einmal. »Mit wem hat Valeska kurz vor ihrem Tod gesprochen? Celina.«

»Ich … ich weiß es nicht.«

Isabella sah sie eingehend an. Irgendetwas lag im Blick des Küchenmädchens, dass sie beim besten Willen nicht einordnen konnte.

Doch ehe sie Celina weiter aushorchen konnte, straffte sie die Schultern. »Ich habe schon zu viel gesagt.« In einer ruckartigen Bewegung schob sie sich an Isabella vorbei und ging von ihr fort. Nein, sie flüchtete vor ihr.

KAPITEL 20

»Wer hätte gedacht, dass du dich als solch ein Backtalent herausstellst?« Renate nippte an ihrem Masala-Chai und sah Isabella über den Tassenrand hinweg an. »Finale«, raunte sie ehrfürchtig und nickte Isabella anerkennend zu. »Anscheinend trägst du doch mehr von Änni in dir, als ich dachte.«

Isabella konnte es selbst nicht fassen. Natürlich hatte sie genau das erhofft, aber nun tatsächlich in der Endrunde der Backshow zu stehen, fühlte sich absolut unwirklich an. Und schon gar nicht kam sie mit Renates Lob klar.

Aus Verlegenheit probierte sie ebenfalls den Tee, verzog aber angewidert das Gesicht. »Nein, ich glaube, die Leute in Zapfbach sind noch nicht bereit für diese Kreation.« Sie stellte die Tasse auf den Rundtisch und schob sie demonstrativ von sich weg.

»Mag schon sein.« Renate zuckte mit den Achseln. »Wenn ich mich daran erinnere, wie die sich hier angestellt haben, als die erste Pizzeria eröffnet wurde.« Sie grinste vor sich hin und lehnte sich zurück. »Meine

Tochter ist im Finale«, sagte sie wieder. »Du bist unter den besten Dreien. Respekt.«

»Pures Glück«, erwiderte Isabella. »Wäre mein schiefer Turm umgekippt, wäre ich es gewesen, die den Koffer hätte packen müssen.« Doch war es an Anna, dieses Schicksal zu erleiden, was Isabella über allen Maßen bedauerte. Sie hatte die junge Frau ins Herz geschlossen und fand, dass sie das Finale ebenso verdient hätte.

So recht konnte sie sich über ihren Erfolg nicht freuen. Wie ein Stein lag ihr das Gespräch mit dem Küchenmädchen Celina im Magen. Lange hatte sie darüber gegrübelt und war aus allen Wolken gefallen, als ihr viel später klar geworden war, was Celina ihr eigentlich hatte mitteilen wollen.

Isabella hatte sogleich gemerkt, dass die Frau ihr nicht alles erzählte. Mittlerweile glaubte sie sogar, dass Celina sehr wohl wusste, wen sie da im Zwiegespräch mit Valeska kurz vor ihrem Tod gehört hatte. Und dieser jemand war niemand Geringeres als Josef Fichtelberger, der Hotelbesitzer. Dessen war sich Isabella fast sicher.

Wie Schuppen war es ihr von den Augen gefallen, als sie wieder und wieder auf Celinas Worten herumgekaut hatte. Das Niesen und Schniefen. Fichtelbergers Pollenallergie.

Und dennoch fühlte es sich falsch und absolut unlogisch an. Sie hatte mit dem Mann gesprochen. Er war nett und hatte über Valeskas Tod sichtlich schockiert gewirkt.

War Fichtelberger wirklich ein kaltblütiger Mörder? Das passte so gar nicht zu ihrem Bild von ihm. Ebenso lag ihr die Sache mit dem Gärtnerauszubildenden auf der Seele. Dass er im Gefängnis gesessen hatte, warf in der Tat ein anderes Licht auf ihn. Was war der Grund für seine Inhaftierung?

Sie verstand nicht, warum André ihr das nicht erzählt hatte. Immerhin hatte sie die tote Valeska gefunden, da stand es ihr wohl auch zu, bei der Ermittlungsarbeit auf dem Laufenden gehalten zu werden. Obendrein hatte sie gestern versucht, ihn zu kontaktieren.

Gründe dafür gab es viele, denn seit ihrem Seeausflug hatte sie nichts mehr von ihm gehört und war somit völlig allein in ihrer Seelenwelt, in der sie in einen hoffnungslos chaotischen Sturm gesegelt war. Düstere Erinnerungen an ihren ersten Kuss, damals in der Nacht auf der Bachbrücke, hatten sie heimgesucht. Nicht der Kuss war das Problem gewesen, sondern Andrés Verhalten danach. Gut, sie selbst hatte sich im Anschluss ebenso abweisend ihm gegenüber verhalten.

Aber das tat momentan nichts zur Sache. Sie wollte ihm nicht wie ein verliebtes Schulmädchen hinterhertelefonieren, sondern ihn lediglich darüber informieren, was das Küchenmädchen ihr anvertraut hatte. Aber André hatte sie nicht zurückgerufen und auch nicht auf ihre Kurznachrichten reagiert. Dieser Mann trieb sie schlichtweg in den Wahnsinn – und das nicht auf die positive Art und Weise.

Isabella war mit ihren Gedanken überall, bloß nicht bei der Sache. Sie hatte tatsächlich das Finale erreicht. Nun gab es nur noch Heike, Lukas und sie. Der Gedanke an die Gewinnsumme ließ ihren Puls in die Höhe schnellen. Allein die Vorstellung, vielleicht irgendwann in einem Supermarkt ihre eigene Tortenkreation zu sehen, verursachte ihr schwitzende Hände.

Sie dachte über das Gefühl nach, das sie ergriffen hatte, als feststand, dass sie im Finale war. Sie erinnerte sich an den ersten Anruf, den sie getätigt hatte. Florian. Immerhin war er es, der sie zu diesem Wettbewerb angemeldet hatte.

Wieder hatte sie seine Stimme im Kopf: »Hab ich dir doch gesagt.« Der Gedanke an das Gespräch brachte sie zum Schmunzeln. Schon immer hatte er dieses unerschütterliche Vertrauen in sie gehabt. *Florian.* Das Gefühlsgewirr trieb sie in den Wahnsinn.

Um irgendetwas Sinnvolles zu tun, stand sie auf und brachte ihre Teetasse zur Spüle, wo sie den Inhalt ihn den Abfluss kippte. Ihr Blick fiel auf das Vitrinenregal über der Siebträgermaschine. Das Café würde in einer Stunde öffnen. Bis dahin konnte sie ebenso gut ein paar Gläser polieren, statt schweigend ihrer Mutter gegenüberzusitzen, die noch nicht so recht zu wissen schien, was sie mit diesem Tag anfangen sollte.

Doch Renate hielt sie zurück. »Übrigens«, sagte sie über den Rand der Teetasse hinweg. »Während du gestern die große Bäckerin gespielt hast, habe ich etwas herausgefunden.« Sie bedachte sie mit einem dramatischen Augenaufschlag. »Über unseren ehemaligen Untermieter.«

Isabella horchte auf. Sie setzte sich wieder hin, legte die Ellbogen auf den Tisch und ließ das Kinn auf den Händen ruhen. Neugierig sah sie ihre Mutter an.

»Der Ring«, sagte Renate zögernd. »Den André uns neulich auf seinem Smartphone auf dem Balkon gezeigt hat.«

»Ja?«

»Ich habe an dem Abend nicht die Wahrheit gesagt.«

Isabella runzelte die Stirn. »Inwiefern?«

»Nun.« Renate strich sich nachdenklich über die Lippen. »Die Wahrheit ist, dass ich diesen Ring kenne.« Ihre Hände hoben sich. »Also, nicht direkt diesen Ring. Aber ich habe solch eine Prägung schon einmal gesehen. Den Adler.« Sie seufzte gedankenschwer. »Es hat mir einfach keine Ruhe gelassen, weil ich mich nicht daran erinnern konnte, wo das gewesen war.« Ihr Mund verschwand hinter der Teetasse. »Die ganze vorletzte Nacht habe ich mir mit dieser Frage um die Ohren gehauen.«

Das war eine Lüge. Isabella hatte sie durch die verschlossene Tür schnarchen gehört.

»Und dann …« Hinter der Tasse sah sie ein Grinsen, doch Renate sagte nichts weiter. Ganz bestimmt, um die Spannung zu steigern. Isabella hasste ihre Spielchen.

Doch dann senkte sich ihre Stimme zu einem geheimnisvollen Flüstern. »Ganz kurz, bevor ich schließlich doch noch in das Reich der Träume gedriftet bin, in mein ganz persönliches Nirwana …«

»Renate!«

»Ist ja schon gut«, gab sie leicht verschnupft von sich und sprach mit normaler Stimme weiter. »Auf jeden Fall hat irgendein Gedanke etwas in mir ausgelöst und mich auf die Spur gebracht.«

»Spur?«

Sie nippte an ihrem Masala-Chai und verzog nun auch leicht das Gesicht. »Vielleicht ist er wirklich ein wenig bitter. Wir hätten den schwarzen Tee nicht so lange ziehen lassen dürfen.«

»Renaaate!« Isabella war drauf und dran, die Fassung zu verlieren.

»Ich habe solch einen Ring tatsächlich schon einmal gesehen. Es ist ein Siegelring einer studentischen Verbindung.« Sie fuhr sich gedankenverloren durch das Haar. »Als Mädchen hatte ich mal eine Beziehung zu einem jungen Mann.«

Isabella verspürte den Drang, sich die Hände auf die Ohren zu halten. Es gab nichts, was sie weniger hören wollte als die Männergeschichten ihrer Mutter.

»Und der hat einen solchen Ring getragen.« Ihre Hand wanderte unter den Tisch, und sie brachte ein

Smartphone zum Vorschein. Mit fahrigen Fingern wischte sie auf dem Display herum und hielt es Isabella hin.

Sie hob eine Braue. »Ist es etwas Schlüpfriges, was du mir zeigen möchtest?«

»Also, bitte!«

Isabellas Blick fokussierte sich auf den Bildschirm. Das Display zeigte ein abfotografiertes Schwarz-Weiß-Bild in schlechter Qualität. Darauf war eine große Gruppe von Männern zu erkennen, die vor einem Treppenaufgang eines großen Gebäudes standen. Sie trugen allesamt dunkle Anzüge und blickten mit ernsten Mienen in die Kameras.

Sie hob den Kopf und sah ihre Mutter an. »Wer ist das?«

»Das sind Mitglieder der Burschenschaft Germania-Astoria.«

Isabellas Blick senkte sich wieder auf das Bild. Den Frisuren und den Hornbrillen nach zu urteilen, die manche der Männer trugen, ordnete sie das Foto grob in die Fünfzigerjahre ein.

Renate zog das Smartphone wieder zurück und legte es vor sich auf den Tisch. »Der Junge, mit dem ich diese kurze Beziehung hatte, trug ebenfalls einen solchen Ring, wie ihn André uns auf dem Balkon gezeigt hat.«

Isabella riss gleichzeitig Mund und Augen auf.

»Er war sehr stolz auf diesen Ring. Denn er hatte seinem Vater gehört, und Paul, so hieß er, hat ihn nach seinem Tod geerbt.«

Sie hatte keine Ahnung, wer Paul war, und es war ihr auch egal. In ihrem Kopf drehte sich gerade alles um diesen Ring. Eine Spur. Sie hatten eine Spur!

»Renate, bist du dir wirklich sicher, dass es die gleichen Ringe sind?«, fragte sie atemlos. »Der Adler? Die Aufschrift?«

Ihre Mutter nickte entschieden.

»Und was sagt uns dieser Ring nun genau?«, wollte Isabella wissen.

»Das habe ich dir doch gerade mit diesem Foto erklärt. Ich war damals fasziniert von diesem Ring, weil er so grob und schwer wirkte. Damals kannte ich nicht viele Jungs, die so große und kräftige Hände hatten, dass ein solcher Klunker an ihren Händen passend aussah. Aber Paul …« Sie hielt inne und hatte mit einem Mal ein entrücktes Lächeln auf den Lippen.

»Renate, bitte.« Isabella wollte sie ins Hier und Jetzt zurückholen.

Ein jäher Ruck fuhr in ihre Mutter, und sie schüttelte sich ein wenig – allem Anschein nach in dem Versuch, heftige Erinnerungen von sich abzustreifen. »Der Ring hat mich damals fasziniert, und ich wollte mehr über ihn wissen. Paul hat mir erklärt, dass es der Ring einer studentischen Verbindung sei. Eine Verbindung, die in Baden-Baden ansässig war. Und sein Vater hatte ihr angehört. Natürlich wusste ich den Namen nicht mehr.«

Isabella durchforstete ihr Gedächtnis. Was wusste sie über studentische Verbindungen? Erschreckend wenig, wie sie nach einer kurzen Analyse feststellen musste.

»Aber dank meiner Recherchen von gestern Nachmittag weiß ich nun, dass es sich um die Burschenschaft Germania-Astoria handelte.«

Bevor Isabella dazu etwas erwidern konnte, hob Renate die Hand. »Das muss dir nichts sagen. Ich habe Stunden im Stadtarchiv verbracht, um Nachforschungen anzustellen. Diese Verbindung wurde Anfang der Siebzigerjahre aufgelöst, weil einige ihrer Mitglieder ins rechte Gefilde abgerückt waren und sie sogar eine ganze Weile unter Beobachtung des Verfassungsschutzes standen. Auf jeden Fall hatten alle hochrangigen Mitglieder dieser Verbindung solch einen Ring.«

Isabellas Augen zogen sich zu schmalen Schlitzen zusammen. »Das bedeutet, dass der Mann aus meinem Keller …«

»… dieser Verbindung angehört haben muss«, schloss Renate den Satz für sie. Ihre Lippen zogen sich zu einem zufriedenen Lächeln auseinander. »Wir haben eine erste Spur, Isabella.«

Isabella spürte Unruhe in sich aufsteigen. »Wie gehen wir nun weiter vor?«

»Ich werde heute Nachmittag noch einmal das städtische Archiv aufsuchen und die Namensverzeichnisse der Verbindung einsehen – sofern es die überhaupt gibt. Vielleicht stoße ich auf Bilder und einen Namen, den ich mit Änni in Verbindung bringen kann.« Das zuversichtliche Lächeln ließ ein wenig nach. »Ich weiß, es ist nicht gerade viel, aber immerhin etwas, das uns weiterhelfen könnte.«

Isabella nickte zuversichtlich. »Wir sollten André erzählen, was wir herausgefunden haben.« Sie seufzte erbittert. »Sofern ich ihn in diesem Leben noch einmal erreiche.«

Renate sah Isabella an. »Hat er es dir denn nicht erzählt?«

»Was soll er mir erzählt haben?«

»Er ist für zwei Tage auf einer polizeilichen Fortbildung in Wertheim.«

»Und sein Junge?«

»Der ist bei seiner Mutter in Bühlertal.«

Isabella schüttelte ungläubig den Kopf. »Woher weißt du das denn alles?«

»Ich gehe einkaufen«, sagte Renate schlicht. »Da trifft man eben Menschen und unterhält sich. Gestern im Edeka habe ich ihn getroffen.« Etwas veränderte sich in ihrem Blick. »Übrigens hatte er auch einen leichten Sonnenbrand im Gesicht. Wie du.«

»Ach?« Isabella senkte den Kopf und griff automatisch nach Renates Teetasse und nahm einen großen Schluck. »So schlecht ist der eigentlich gar nicht«, log sie und verbot sich, das Gesicht zu verziehen. Ohne den Kopf zu heben, spürte sie, dass Renate sie eingehend musterte.

Schließlich eroberte ihre Mutter sich die Teetasse zurück. »Seine Kollegin nimmt übrigens auch an dem Seminar teil. Wie heißt sie noch gleich, Amanda? Du weißt schon, diese fantastische Tangotänzerin mit dem sexy Hüftschwung.«

Zur Antwort knurrte Isabella übellaunig, was ihre Mutter aus irgendeinem Grund erheiterte.

Sie lenkte das Gespräch in für sie sicherere Gefilde: »Wir wissen also nicht, wer der Mann im Keller ist, aber was es mit dem Ring auf sich hat.«

»Vielleicht wissen wir sogar noch ein wenig mehr.« Wieder verschwand Renates Hand unter dem Tisch, und was sie nun zum Vorschein brachte, war ein Papierfetzen, den sie vor Isabellas Augen entfaltete.

»Was ist das?«, fragte sie neugierig.

»Ein Zettel.« Renate machte sich nicht einmal die Mühe, zu ihr aufzusehen.

Isabella presste die Zähne so fest aufeinander, dass ein scharfer Schmerz in sie fuhr. Sie umarmte den Schmerz, lenkte er sie doch von den jäh aufkommenden Mordfantasien ab.

Ihre Mutter schien nichts davon zu bemerken. »Du erinnerst dich noch an das alte Foto neulich?«, fragte sie. »Das, auf dem Änni mit ihrer Küchenhilfe abgebildet war, Martha?«

Isabella nickte langsam.

»Tja, sie lebt noch und wohnt gar nicht so weit weg von Zapfbach. Es war zwar etwas umständlich, sie aufzuspüren, weil sie geheiratet hat und einen anderen Nachnamen angenommen hatte, aber wofür gibt es eine Nachbarschaft?« Ihr Kinn zuckte kurz in Richtung des angrenzenden Bauernhofs. Dann reichte sie Isabella den Zettel, die ihn zögernd entgegennahm. »Vielleicht kann sie uns Aufschluss über den mysteriösen Unbekannten geben.«

»Baiersbronn«, las Isabella laut vor. »Das ist wirklich nicht weit weg.«

»Nein.« Renate grinste. »Wie geschaffen für einen Mutter-Tochter-Kurztrip.«

Das Geräusch des Windspiels ließ Isabella aufhorchen. »Wir haben noch geschloss-« Sie hielt mitten im Satz inne, als sie Florian im Türspalt erkannte.

»Guten Morgen, Isabella.« Beinahe schüchtern trat er ein. »Und guten Morgen, Renate.« Er trug eine seiner typischen karierten Bäckerhosen und ein weißes Shirt mit V-Ausschnitt. In den Härchen seiner Unterarme hatte sich Mehlstaub angesammelt.

»Florian«, sagte Renate erfreut. »Setz dich zu uns, und trink einen Masala-Chai mit uns.«

Isabella hielt sich theatralisch die Hand an den Hals und rollte übertrieben mit den Augen. Mehr konnte sie für Florian nicht tun.

»Danke, gern.« Er lächelte unsicher. »Aber ich bin eigentlich auch bloß hier, um deine Tochter zu entführen. Isabella?« Er räusperte sich umständlich, und irgendwie bekam seine Stimme einen feierlichen Unterton. »Hättest du einen Moment Zeit für mich? Da gibt es etwas, das ich dir gerne zeigen würde.«

KAPITEL 21

Wieder saß Isabella in Florians Caddy und schwieg. Sie fühlte sich absolut unwohl, und das war eine mehr als ungewohnte Empfindung in Florians Gegenwart.

Er schwieg ebenfalls und wirkte sichtlich angespannt. Immer wieder fuhr er sich über seine Bartstoppel, legte die rechte Hand auf den Schaltknüppel, zog sie wieder zurück, nur, um sie im nächsten Moment wieder daraufzulegen.

»Wo bringst du mich hin?«, fragte Isabella nicht zum ersten Mal, seit sie in den Wagen gestiegen waren.

»Wart's nur ab«, erwiderte Florian – ebenfalls nicht zum ersten Mal.

Sie saßen noch nicht lange im Wagen, Florian hatte nicht einmal den Ort verlassen. In gemäßigtem Tempo schlug er die Richtung zu seiner Bäckerei ein, fuhr jedoch daran vorbei und bog auf einen schmalen Landweg ein, der direkt hinter das Anwesen von Tannhöfers Bäckerei führte.

Isabella wandte ihm den Kopf zu. »So beginnen arg schlimme Horrorfilme.«

Florian lachte so befreit auf, dass sie spontan mitlachen muss. »Keine Sorge.« Er zwinkerte ihr verschmitzt zu. »Dein Leben ist nicht in Gefahr. Außerdem sind wir auch schon da.«

Florian hielt auf die große Holzscheune zu, die sich unmittelbar hinter der Bäckerei befand. Isabella kannte dieses Gebäude nur zu gut. Stunde um Stunde hatten sie auf dem Heuspeicher verbracht und sich wilde Strohschlachten geliefert.

»Dass die immer noch steht«, raunte Isabella. Sie konnte den Blick von dem alten Gebäude gar nicht abwenden. Von der Straße aus war es nicht sichtbar, sodass sie überhaupt keinen Gedanken mehr daran verschwendet hatte. Sie nun aber so unverhofft wiederzusehen, löste eine wahre Flut an Kindheitserinnerungen aus.

»Warum auch nicht«, sagte Florian. »Früher hat man eben für die Ewigkeit gebaut. Auch aus Holz.« Er stoppte den Caddy direkt vor dem großen Scheunentor und schaltete den Motor aus. »Da wären wir.«

Isabella sah ihn fragend an.

»*In* der Scheune«, sagte Florian nur und stieg aus dem Wagen.

Die Titelmelodie vom *Weißen Hai* vor sich hin summend tat Isabella es ihm gleich und stellte sich unsicher neben ihn. Ihr Blick fiel auf das von der Sonne ausgeblichene Holz der Außenfassade, und sie fragte sich, wie viele Tannhöfer-Generationen diese Scheune wohl überdauert hatte.

»Ich wollte es dir schon die ganze Zeit zeigen«, erklärte er. »Doch dann hatte ich eine bessere Idee und mir gedacht, dass es auf ein paar Monate früher oder später nicht mehr ankommt.«

»Monate? Was meinst du?«

»Hilf mir mal mit dem Tor, das klemmt ein wenig.«

Sie stellte sich dicht neben ihn und zerrte mit Leibeskräften an dem großen Tor, das nur widerwillig nachgab und sich langsam zur Seite schob.

»Ging das früher schon so schwer?« Isabella keuchte vor Anstrengung, was Florian zum Lachen brachte.

»Früher stand es immer offen. Waren halt andere Zeiten damals.«

Als sie das Tor halb zur Seite geschoben hatten, wehte ihr ein staubiger Heugeruch in die Nase, der sie sogleich Jahrzehnte zurückkatapultierte. Ihre Augen brauchten einen kurzen Moment, bis sie sich an das dämmrige Licht im Inneren der Scheune gewöhnten. Als Erstes fiel ihr Blick auf die Holzleiter, die zum Heuboden führte. In ihrer Erinnerung war sie viel steiler gewesen. Die Scheune war vollgestellt mit alten Möbeln und Gerätschaften aus der Landwirtschaft und dem Backbetrieb.

Und dann gab es diesen kleinen Traktor und den Anhänger, mit dem Florians Großvater das Heu der angrenzenden Weide eingefahren hatte. Florian zog das Tor noch ein Stück weiter auf, und mit den einfallenden Lichtstrahlen drangen weitere Details zu ihr durch. Seitlich von ihr standen Schränke und ein alter Herd, der Isabella an die alte Küche der Tannhöfers erinnerte. Ein kleines bisschen fühlte sie sich in ihre Kellerräume zurückversetzt.

»Du willst mir aber keine Leiche präsentieren, auf die du beim Entrümpeln gestoßen bist?«

Florian hob abwehrend die Hände. »Gott bewahre!«

Sie musterte ihn neugierig. »Und was willst du mir nun zeigen? Wenn du glaubst, ich steige wieder mit dir auf den Heuboden«, sie sah ihn mit gespielter Entrüstung an, »so ein Mädchen bin ich nicht mehr.«

Wurde Florian gerade rot, oder lag es an dem einfallenden Licht? Isabella verkniff sich ein Grinsen, um ihn nicht bloßzustellen.

Zögernd deutete er nach vorn. »Es steht hinter dem Schlepper.«

Mit vorsichtigen Schritten ging Isabella an dem kleinen blassgrünen Traktor entlang, der mit den beiden runden Scheinwerfern und dem ausladenden Kühler wie ein Insekt im Winterschlaf wirkte.

Als sie um den Trecker herum war, verstand sie zunächst nicht, was sie da vor sich sah. Doch dann jagte ein Schauer nach dem anderen über ihren Rücken. Sie schnappte nach Luft. Vielleicht stieß sie einen schrillen Schrei aus. Isabella wusste es nicht. Auf jeden Fall lag ihre Hand auf dem Mund. Vor Schreck, vor Erstaunen. Vor Ergriffenheit.

»Florian!« Nun schrie sie.

»Du erinnerst dich?« Auf einmal stand er ganz dicht neben ihr. So dicht, dass sich sein zitroniger Parfümduft mit dem alten Schmierfettgeruch des Traktors vermischte. Es gab weiß Gott unangenehmere Geruchsverbindungen.

»Ob ich mich erinnere?« Ihr Blick wirbelte zwischen Florian und diesem Gegenstand hin und her. »Das ist mein Fahrrad! Mein Popal Daily Dutch!« Der Name war ihr sogleich wieder in den Sinn geschossen.

Sie betrachtete die Lenkstange, auf der der Name auf einer chromfarbenen Plakette in schwarzer Schrift stand. Es war ein Hollandrad. Nicht irgendeines, sondern das schönste Fahrrad, das je ein Mädchen besessen hatte. Zumindest in Isabellas Augen. Da stand es, in einem matten Türkis, mit geschlossenem Kettenschutz, Ringschloss und vorderem Gepäckträger, als hätte sie es gerade erst unter dem Christbaum entdeckt. Es wirkte auch genauso neu – wie frisch aus dem Laden.

»Ich habe es durch Zufall hier in der Scheune gefunden. Gleich hinter dem Heuanhänger. Das war kurz nachdem du hierhergezogen bist.« Florian kratzte sich am Kopf. »Ich wusste überhaupt nicht, dass du es hier untergestellt hattest. Andererseits bist du bei uns damals ein und aus gegangen.«

In seine Stimme stahl sich ein leichtes Grinsen. »Witzig. Auf einmal tauchst du auf, und wenig später entdecke ich dein Fahrrad – beinahe so, als hätte es all die Jahre auf dich gewartet. Verrückt, nicht wahr?«

Isabella sagte nichts. Mit kleinen, langsamen Schritten näherte sie sich dem Fahrrad, das auf dem mit Heu bedeckten Lehmboden der Scheune auf seinem Ständer lehnte und so wirkte, als wäre sie eben erst davon abgestiegen.

»Es sieht aus wie neu!« Sie drehte den Kopf in Florians Richtung, dessen Schultern sich leicht hoben.

»Ich habe es ein wenig restauriert und wollte dich damit überraschen.«

Etwas Nasses benetzte ihr Gesicht. Gedankenverloren wischte sie mit dem Handrücken über ihre Wangen und erkannte, dass es Tränen waren.

»Und anscheinend ist mir die Überraschung gelungen.«

Isabella stand nun genau vor dem Fahrrad, streckte die Hand aus und griff nach dem Lenker. Sie fühlte das kühle Metall, umfasste die Handbremse, den Griff, der sich so vertraut unter ihren Kuppen anfühlte.

Sie hatte dieses Fahrrad geliebt. Änni hatte es ihr irgendwann zu Weihnachten geschenkt, und seitdem war es ihr treuer Begleiter gewesen, immer dann, wenn sie zu Besuch in Zapfbach war. Unzählige Kilometer hatte sie auf dem Sattel gesessen und die Gegend unsicher gemacht.

Meist gemeinsam mit Florian, der ein tolles rotes Rennrad besessen hatte – mit achtzehn Gängen, wenn sie sich recht erinnerte. Ihres hatte nur drei Gänge, und doch hatte sie Florian so oft im Rennen geschlagen. Sie erinnerte sich daran, dass sie die erste Zeit ganz schöne Mühe gehabt hatte, vom Fleck zu kommen, weil das Fahrrad eigentlich zu groß für sie war. Es war kein Kinderfahrrad, sondern ein richtiges Damenfahrrad.

Das war der Grund, warum Renate und Änni einen handfesten Streit unter dem Weihnachtsbaum hatten. Aber ihre Großmutter war stets von pragmatischer Natur gewesen. Sie hatte auf einmal die Stimme ihrer Großmutter im Ohr: »Warum viel Geld für ein Kinderfahrrad ausgeben, wenn das Kind nächstes Jahr ohnehin einen Schub macht und ausgewachsen ist?«

Sie fuhr mit der Hand über den hellbraunen Sattel, berührte den türkisfarbenen Rahmen, begutachtete die makellosen weißen Reifen. Sogar der Lenkradkorb sah noch so aus, wie sie ihn in Erinnerung hatte.

Sie hörte Florian hinter ihre Schulter: »Es ist wieder voll funktionstüchtig. Ich habe komplett neue Reifen aufgezogen, eine neue Kette eingebaut und die Bremsklötze erneuert.«

Sie drehte sich zu ihm, schnappte hastig nach Luft. »Florian, das ist … ich bin sprachlos.«

»Schön, wenn ich dir damit eine Freude bereiten konnte. Ich hatte schon die Befürchtung, dass du es -«

Sie ließ ihn nicht weiterreden, sondern schlang ihre Arme um seinen Hals und drückte ihm einen dicken Kuss auf. »Ich liebe es, Florian.«

Er grinste und wirkte sichtlich erleichtert. »Dann hat sich die Mühe gelohnt.«

Abwechselnd sah Isabella ihn und das Fahrrad an, und plötzlich wurde ihr flau im Magen. Sie wusste, was

Florian für sie empfand. Doch wie sah es mit ihren Gefühlen aus? Schuldete sie ihrem besten Freund nicht eine Erklärung? Eine Antwort?

Sie senkte den Kopf und betrachtete das Fahrrad. Ihr wunderschönes Popal Daily Dutch. Sie hatte es geliebt, obwohl es viel zu groß und viel zu schwer für sie gewesen war. »Florian«, begann sie zaghaft. »Wegen neulich.«

Florian machte einen beherzten Schritt auf sie zu und schüttelte langsam den Kopf. »Nicht, Isabella.« Er lächelte sie an. »Sag bitte nichts, was diesen Augenblick zerstören könnte.«

Sie schnaufte. Dankbar und noch unsicherer als zuvor. Doch mit einem Mal wusste sie, was sie für ihn empfand. Es war eine tiefe Zuneigung, die so intensiv war, wie sie es nur selten mit einem anderen Menschen erlebt hatte.

Florian kannte sie so gut wie kaum ein anderer. Er stand ihr in schwierigen Zeiten zur Seite. Mit ihm hatte sie den größten Spaß ihres Lebens gehabt. Sie schloss die Augen, und sogleich schossen die Erinnerungen auf sie ein. Ja, mit Florian verbanden sie Tausende und noch mehr wundervolle Momente. Und sie hoffte, dass es mindestens noch einmal so viele wurden.

KAPITEL 22

»Willkommen im großen Finale von Schwarzwalds beliebter Backsendung *Süß & Lecker!*« Als wäre sie der Papst bei der Erteilung des apostolischen Segens hatte Simone Sommerwind die Arme ausgebreitet und grinste an den Teilnehmern vorbei direkt in die Kamera. Mit jeder dramatischen Bewegung flatterten die Trompetenärmel ihrer bunten Paisley-Bluse.

»Jetzt ist es so weit. Der wohl wichtigste Titel, den ein Schwarzwälder Bäcker erlangen kann, wird jetzt in unserer finalen Tortenschlacht vergeben.« Sie ließ ihren Blick über die letzten verbliebenen Teilnehmer schweifen. »Lukas, Heike und Isabella«, sagte sie in feierlichem Tonfall und klatschte bei jedem Namen einmal in die Hände. »Die Jury hat entschieden und euch drei für das Finale ausgewählt.«

In ihrer mit Applaus gefüllten Atempause warf Isabella einen unsicheren Blick auf das anwesende Publikum und schließlich auf Heike und Lukas. Anlässlich des Finales waren drei Backstationen nebeneinander aufgebaut worden, sodass sie nun in einer Reihe gegeneinander antraten. Ihr war das überhaupt nicht recht, da dies das Konkurrenzdenken bloß noch mehr schürte. Und damit nicht genug: Auf der Fensterseite des Aufnahmestudios saßen ungefähr fünfzig ausgesuchte Gäste, die ihr beim Backen zusehen würden. *Backen vor Publikum!*

Einer von ihnen war Florian, doch das beruhigte Isabella nicht im Geringsten. Ebenso wenig sorgte die Anwesenheit des Chefkochs Felix Sander für innere Ruhe, der direkt neben dem Fichtelberger saß.

Natürlich hatte es sich der Hotelbesitzer nicht nehmen lassen, bei der Finalshow dabei zu sein. Isabella wusste nicht, was sie davon halten sollten. Wenn sie doch bloß Gelegenheit gehabt hätte, mit André über alles zu reden. Immerhin bestand die Möglichkeit, dass sich mit dem Fichtelberger Valeskas Mörder im Publikum befand.

Sie ertappte sich dabei, dass sie dem Hotelbesitzer immer wieder unschlüssig einen Blick zuwarf. Celinas Beobachtungen ließen ihr keine Ruhe. Was, wenn dieser Mann wirklich der Mörder der Hotelfachfrau war?

Während sie vor Aufregung zitterte und keinen klaren Gedanken gefasst bekam, wirkten Lukas und Heike heiter und entspannt. Und das, obwohl das große Finale live übertragen wurde. Isabella wischte sich ihre schwitzenden Hände an der Backschürze ab. Sie konnte sich nicht daran erinnern, jemals so nervös gewesen zu sein.

Obendrein war es ausgesprochen heiß im provisorischen Aufnahmeraum des Hotels. Sonnenstrahlen drückten sich durch die Fensterfront und unzählige Lampen waren auf sie und die anderen beiden Teilnehmer gerichtet.

Und überall wuselten außerhalb des Blickfeldes der nunmehr sechs Kameras Menschen umher. Kabel wurden gerollt, Kamerakräne bewegt und Lichter umverteilt. Isabella war überrascht und zugleich schockiert über den Aufwand, den das Regionalfernsehen für die Übertragung des Finales betrieb. Doch all der hektische Trubel, der um sie herum herrschte, schien an Simone Sommerwind abzuprallen, wie Wasserperlen auf einer mit Margarine beschmierten Springform.

»Ihr drei steht zu Recht im Finale«, flötete Simone weiter. »Runde um Runde habt ihr uns mit euren Kreationen und Backfertigkeiten begeistert. Und nun heißen wir euch willkommen bei eurer letzten und alles entscheidenden Aufgabe.« Ein aufgesetztes Grinsen schob sich in ihre Züge. »Und die könnte wahrhaft passender nicht sein. Denn es geht um die Königin der Sahnetorten, um die Kreation eines absoluten Klassikers in neuem Gewand.«

Isabellas Atemreflex setzte aus. Sie hatte die Hände hinter dem Rücken verhakt, weil sie vor lauter Aufgeregtheit einfach nicht wusste, wohin mit ihnen.

»Eure finale Aufgabe lautet …« Jedes Wort zog Simone unendlich in die Länge. In Isabellas Kopf ertönte ein imaginärer Trommelwirbel, endlich gestoppt von Simones Verkündung: »Interpretiert die Schwarzwälder Kirschtorte neu. Ihr habt für diese Aufgabe zwei Stunden Zeit. Ich wünsche euch gutes Gelingen. Möge der oder die Beste gewinnen.«

Die Glocke zum Finalstart schrillte auf, und das Publikum verfiel in frenetischen Beifall.

Leere. Isabellas Kopf war mit einer absoluten Leere gefüllt. Das war sie also, die Finalaufgabe. So scheinbar leicht und doch das Gemeinste, was man sich für die Teilnehmer hatte aussuchen können.

Sie beherrschte die Schwarzwälder Kirschtorte im Schlaf. Schließlich war dieser Kuchen das Aushängeschild des Zuckerherzschlössles. Doch nie, wirklich nie,

nie, nie war sie in all der Zeit auch nur einen winzigen Schritt vom Originalrezept ihrer Großmutter abgewichen. Wie könnte sie? Es war ein Heiligtum, das in seiner Perfektion unübertrefflich war.

Sie warf einen vorsichtigen Blick zur Seite und erkannte, dass Lukas ebenso ratlos dastand und vermutlich fieberhaft über die Lösung dieser scheinbar einfachen Aufgabe nachdachte. Seine Handflächen ruhten auf der Arbeitsplatte, und sein Kopf hatte sich so sehr gesenkt, dass sein breites Kinn die Brust berührte. Doch es beruhigte Isabella nicht, dass auch für ihn die Aufgabe eine große Herausforderung darzustellen schien. Und auch die Leere in Isabellas Kopf wollte nicht verschwinden.

Eine Neuinterpretation der Schwarzwälder Kirschtorte. *Ha!* Genauso gut hätte man ihr sagen können, sie solle das iPhone neu erfinden. Heike schien bereits einen Schritt weiter zu sein. Wie eine Wahnsinnige zog sie Schränke und Schubladen auf und beförderte Springformen, Teigschaber und ein Sieb zum Vorschein.

Um irgendetwas zu tun, öffnete Isabella den hinter ihr stehenden Kühlschrank. Das Küchenpersonal hatte wieder ganze Arbeit geleistet und die Fächer mit allem gefüllt, was das Bäckerherz begehrte: Sahne, Milch, frische und eingelegte Kirchen, Kirschsaft, Kirschwasser. Eben alles, was es brauchte, um eine Kreation zu zaubern, die die typischen Zutaten des Schwarzwälder Kirschkuchens auf neue Art miteinander verband.

Ein Seitenblick zeigte ihr, dass auch Lukas endlich seine Idee gefunden hatte und zufrieden vor sich hin grinsend mit der Zubereitung startete.

Mit dem offenen Kühlschrank im Rücken beobachtete sie ihn eine Weile fassungslos. Sie fühlte sich wie ein Reh, gefangen in den Scheinwerferkegeln eines heranbrausenden Lastwagens. Sie schaffte es nicht, sich von Lukas' flinken Händen loszureißen. Dabei rann ihr die Zeit förmlich durch die Finger.

Sie brauchte eine Idee, und zwar schnell!

Mühsam wandte sie ihren Blick ab und sah in Richtung der Zuschauer. Florian. Er feuerte sie mit großen Augen und gedrückten Daumen an.

»Ach, Florian«, murmelte sie schwermütig vor sich hin. Bei der letzten Runde hatte er ihr zur Seite gestanden. Nun saß er wenige Meter von ihr entfernt und wirkte doch so weit weg, als würde er einen anderen Planeten bewohnen.

Sie schlug die Augen nieder und ging in Gedanken Ännis Rezept durch. Wie, um Himmels willen, sollte sie etwas Perfektes noch besser machen? Der Schwarzwälder Kirschkuchen ihrer Großmutter hatte Preise gewonnen und es in Kochzeitschriften geschafft. Ihr Rezept war das ultimative Kuchenvermächtnis, das eine Oma seinem Enkelkind hinterlassen konnte. Wie sollte sie Ännis Backkünste übertreffen?

Gar nicht … So einfach war die Antwort. Und dann war sie da, die Idee, auf die sie so sehnlich gewartet hatte. Im dunkelsten Augenblick, als sie drauf und dran war, sich ihrer Verzweiflung hinzugeben, sah sie es vor ihrem geistigen Auge. *Meine ganz persönliche Weiterentwicklung von Omas Schwarzwälder Kirschtorte.*

Pure Erleichterung breitete sich in ihr aus, weil auf einmal alles so klar und deutlich auf der Hand lag. Auch wenn sie vielleicht das Talent ihrer Großmutter geerbt hatte, sie war nicht Änni, und es gab überhaupt keinen Grund, in übergroße Fußstapfen zu treten.

Sie besaß nur einen Bruchteil des Backwissens ihrer Oma, aber sie hatte noch viel Zeit, um alles zu lernen. Sie war jung und musste die Backwelt nicht von heute auf morgen erobern. Noch war sie ein Törtchen unter den Torten.

Isabella grinste bei dem Gedanken, ebenso, als ihr der naheliegende Einfall gekommen war, das Traditionelle mit dem Modernen zu verbinden. Und so war ihre Idee geboren. Sie würde die kleine Schwester der Schwarzwälder Kirschtorte backen: das Schwarzwälder Kirschtörtchen. Eine Schönheit wie sie hatte der Schwarzwald noch nicht gesehen.

Voller Tatendrang riss sie die Schränke auf und beförderte alles zutage, was sie zum Backen brauchte: Springformen, Messbecher, Schneebesen, Mehl, Zucker, Kakao, Backpulver, Speisestärke. Schokolade – und zwar ganz viel davon. Sie hatte das Rezept ihrer Großmutter vor Augen und überlegte, wo sie es verändern konnte, um daraus eine eigene Interpretation zu schaffen.

Neulich hatte sie einen Berry-Schicht-Kuchen gebacken, der bei ihren Cafégästen für Begeisterungsstürme gesorgt hatte. Hierfür hatte sie eine Frischkäsecreme verwendet, die sie mit einer Himbeer-Birnen-Marmelade verfeinert hatte.

Dieses Rezept wollte sie als Basis nehmen und mit den klassischen Zutaten der Schwarzwälder Kirschtorte versehen. Ihre Gedanken überschlugen sich. *Anstelle der Sahne nehme ich eine weitere Schicht mit Frischkäsecreme – mit Schwarzkirschmarmelade verfeinert.*

Sie war voll und ganz in ihrem Element, wog Butter und Mehl ab, schlug Sahne steif und häufte Berge von Schokoraspeln auf. Sie war so sehr in ihre Arbeit vertieft, dass sie alles um sich herum ausblendete. Alles ging ihr wunderbar leicht von der Hand, als stünde sie nicht im live übertragenen Finale einer Backshow, sondern in ihrer kleinen Backstube in Zapfbach. Es hätte nicht perfekter laufen können.

Bis sich ihre Blase zu Wort meldete.

Zunächst versuchte sie, den hartnäckigen Druck auszublenden, und sich auf die Arbeit zu konzentrieren. Wäre es nicht so dramatisch gewesen, hätte sie lauthals auflachen müssen. Janis hatte ihnen Tag für Tag eingebläut, vor den Aufnahmen auf Toilette zu gehen. Ausgerechnet im Finale hatte sie diesen gut gemeinten Ratschlag nicht beherzigt. »Zwei Stunden«, flüsterte sie sich leise zu. »Das wirst du wohl aushalten.«

Ihre Blase war anderer Meinung. Mit jeder verstrichenen Minute wurde das Bedürfnis, sich zu erleichtern, dringlicher.

Warum? Sie fluchte innerlich auf. *Warum ausgerechnet bei einer Live-Sendung?!*

Der Drang wurde immer größer – schließlich so sehr, dass sie sich kaum auf etwas anderes mehr konzentrieren konnte. Und da war es passiert. Sie hatte vergessen, das Mehlgemisch mit einem Sieb erst nach und nach der Eiermasse zuzugeben, und es stattdessen komplett reingekippt. Sie stieß einen stummen Fluch aus und kippte die Masse in den bereitstehenden Mülleimer.

Ganz in ihrer Nähe hörte sie Heikes schadenfrohes Kichern, die sogleich offenbar ertappt die Blickrichtung änderte. Doch das höhnische Grinsen stand noch immer in ihrem Gesicht. Es half nichts, sie musste dringend eine Toilette aufsuchen.

Wie auf Kommando kam Simone auf sie zu, gab dem Kameramann ein dezentes Zeichen, ihr nicht zu folgen. »Was ist los, Schätzchen?«, fragte sie im Flüsterton. »Was trippelst du so nervös herum?«

»Ich muss mal«, erwiderte Isabella und bemerkte im selben Augenblick, dass sie dabei wie ein kleines Kind klang.

»Jetzt?« Simone riss die Augen so weit auf, dass die Iris komplett von Weiß umrandet waren.

»Ja.«

Die Moderatorin nahm tief Luft und warf einen Blick auf Janis' Stuhl, der jedoch leer war. »Wo ist Janis?« Sie fluchte leise. »Macht hier denn heute jeder, was er will?«

Auf Isabella wirkte die Moderatorin auf einmal reichlich genervt, was ihr ein schlechtes Gewissen bescherte. Schließlich schoben sich in gespielter Gleichgültigkeit die schmalen Schultern nach oben. »Also schön«, gab Simone schnippisch von sich. »Bitte. Dann geh doch.«

»Danke.«

Doch so leicht ließ sie Isabella nicht davonkommen. »Dir ist schon klar, dass es eine Live-Übertragung ist, Isabella«, gab sie ihr hinter hervorgehaltener Hand zu verstehen. »Wir können hier nicht einfach auf dich warten und die Uhr anhalten. Das geht alles von deiner Zeit ab.«

»Ich weiß.« Isabella streifte sich die Schürze ab. »Ich beeile mich.«

Simone zog die Brauen zusammen und deutete auf die Wanduhr, deren Sekundenzeiger sich mit schonungsloser Brutalität über das Ziffernblatt bewegte. »Das solltest du auch, die Zeit läuft.«

Isabella warf die Schürze ins Regal und trat unter den neugierigen Blicken der Zuschauer aus dem Backstudio. Sie vermied den Blick zu Florian, der sie bestimmt furchtbar vorwurfsvoll anstarrte. Sie atmete konzentriert ein und aus. Mit jedem Schritt zog sich ihre Blase schmerzvoll zusammen.

Außer Sichtweite des Publikums begann sie zu rennen. Sie hastete durch die Gänge, bis sie endlich den Korridor mit den Toiletten erreichte. Ohne noch an irgendetwas anderes denken zu können, streckte sie die

Hand nach der Türklinke aus, wollte sie herunterdrücken.

Doch genau da öffnete sich die Tür der Herrentoilette, und ein lautes Geräusch ließ sie vor Schreck zusammenzucken. Keinen Augenaufschlag später stieß etwas wuchtvoll gegen sie und riss sie mit sich. Isabella knallte mit der Hüfte gegen einen Mülleimer, der an der Wand stand.

»Isabella! Ach, du meine Güte!«

Sie wusste überhaupt nicht, wie ihr geschah. Erst war da der Standmülleimer gewesen, dann eine Hand, die sie ergriff, und plötzlich sah sie das Gesicht von Janis vor sich.

»Sorry, ich musste niesen und hatte die Augen geschlossen, und da …« Er schien ebenso verwirrt. »Was machst du überhaupt hier? Du solltest doch im Studio sein! Hast du dir arg doll wehgetan?« Er fuhr sich über seine Bartstoppeln und blinzelte sie aus kleinen Augen an.

Isabella schüttelte verwirrt den Kopf, während sie sich die Hüfte rieb. »Nein, alles gut. Hab mich bloß erschreckt.« Sie sah ihm dabei zu, wie er sich eine seiner Tabletten aus der Packung drückte, sie einwarf und ohne einen Tropfen Wasser hinunterschluckte.

»Solltest du nicht auch im Studio sein?«, fragte sie.

Er betrachtete kurz die Packung und warf sie schulterzuckend in den stählernen Mülleimer, eher er sich wieder Isabella zuwandte. »Bin schon auf dem Weg. Hab aber meine Medizin im Spind vergessen.« Er klopfte sich auf die Hosentasche, zeigte ihr aber nicht den Inhalt.

Medizin, na klar! Isabella lachte innerlich auf.

Sein Kinn reckte sich in Richtung Damentoilette.

»Was auch immer du da drinnen vorhast, beeil dich. Wir sind live.«

»Danke für den aufschlussreichen Hinweis.«

Nickend schritt er an ihr vorbei und machte sich auf den Weg zurück ins Backstudio. Isabella sah ihm noch immer irritiert nach und rieb sich die schmerzende Hüfte. Im Gehen schob er die Hand in die Hosentasche, kramte darin herum, zog sie wieder raus und drückte sich etwas ins Gesicht. Er schniefte zweimal herzhaft auf und ging dann weiter.

Sie wollte gar nicht so genau wissen, was der Mann sich da durch die Nase zog. Über Fernsehmenschen hörte man ja die wildesten Geschichten.

Was geht mich das an, dachte sie. Sie hatte Besseres zu tun. Zum Beispiel sich selbst auf die Schulter zu klopfen, dass sie trotz des Zusammenpralls nicht die Kontrolle über ihre Blase verloren hatte. Sie betrat die Damentoilette und stürzte sich in die nächstbeste Kabine.

KAPITEL 23

Isabellas Kreation nahm Formen an. Vor ihr standen fünf perfekt gebackene kleine Biskuitböden in kräftigem Braunton. Sie hatte sie bereits eine Weile auskühlen lassen und machte sich nun daran, sie vorsichtig aufzuschneiden, um sie anschließend mit Kirschwasser zu tränken. Getreu dem Motto »Mehr ist mehr« ging sie mit dem Alkohol nicht sparsam um.

Nun goss sie die Kirschen ab und fing den Saft auf, den sie mit Speisestärke zu einem Pudding verkochen würde. Und auch dabei wollte sie einen großzügigen Schluck Kirschwasser hinzufügen.

Während sie rührte, warf sie immer wieder nervöse Blicke auf die Arbeitsplatten der Konkurrenz und auf die Uhr. Ihr blieb keine halbe Stunde mehr, aber sie war zuversichtlich, dass sie es rechtzeitig schaffen würde.

Lukas wirkte nicht mehr ganz so entspannt. Aus dem, was sich da auf der Arbeitsplatte zusammenhäufte, konnte Isabella nicht schließen, was er als Endergebnis präsentieren wollte. Seinem fahrigen Gesichtsausdruck nach zu urteilen, ging es ihm nicht anders.

Nur Heike summte weiter gut gelaunt vor sich hin

und vollführte resolute Handgriffe, die klarmachten, dass sie ganz genau wusste, was sie da tat. Diese Frau war eine harte Konkurrenz. Isabella blieb bloß zu hoffen, dass sie mit ihrer Idee die Jury mehr überzeugen würde. Sie gab sich redlich Mühe, um genau das zu erreichen.

Um ihren Törtchen noch mehr Finesse zu verleihen, hatte sie sich dazu entschieden, sie als Drip Naked Cake zu präsentieren. Keine Ganache, keine Fondanthülle und nichts in Sahne Ertränktes. Anstelle der klassischen Schokoraspeln stellte sie sich als Clou zerlaufene Schokolade vor, die an den Seiten in Tropfen nach unten lief. Jedoch war sie noch unschlüssig, ob sie mit weißer oder dunkler Schokolade arbeiten sollte. Den Abschluss würde das unerlässliche Sahnehäubchen bilden.

Doch anstelle der eingelegten Kirschen würde jede Haube mit ihren selbst gemachten Kirschpralinen gekrönt, die bereits im Kühlschrank standen und hoffentlich rechtzeitig fest genug sein würden. Für sie hatte Isabella ein einfaches Rezept verwendet, das sie im Sammelordner ihrer Großmutter entdeckt hatte.

Die Pralinen bestanden aus klein gehackter Schokolade, die in kochender Sahne eingeschmolzen wurde. Der Rest der Zutatenliste bestand aus Kirschlikör, den eines der Küchenmädchen ihr aus der Hotelbar organisiert hatte, einer Vanilleschote und gemahlenen Haselnüssen. Dank des Likörs und mithilfe von eingefärbtem Dekorzucker erreichte sie eine zartrote Farbe, die ganz bestimmt perfekt auf den Törtchen zur Geltung käme. Das Auge isst schließlich mit.

Ihr Blick saugte sich zunehmend an der Uhr fest. Sie hing oberhalb der Regietische, und Isabella kam es vor, als würde jemand an den Zeigern drehen und sie in doppelter Geschwindigkeit nach vorn schieben.

Warum kochte der Kirschsaft nicht auf? Zum vierten

Mal in der letzten Minute überprüfte sie die Funktion des Herdes. Ob er kaputt war? Jemand musste ihr helfen. Sie brauchte einen Techniker – und zwar schnell. Sie stellte sich auf die Zehenspitzen, um Janis und seine Assistentin hinter den Bildschirmen ausfindig zu machen, öffnete den Mund, und … da blubberte es in ihrem Topf.

Erst kam eine einzelne kleine Blase zum Vorschein, dann die nächste und viele weitere. Rührend fügte sie die Stärke hinzu und rieb sich gedankenverloren die Hüfte. Sie würde ganz bestimmt einen fetten Bluterguss von dem überstürzten Zusammenprall davontragen.

Ihr Blick wanderte zu Janis, sie bekam jedoch nur seine Haare und sein Gesicht bis zur Nasenspitze zu sehen. Der Rest war hinter dem Bildschirm verborgen. Er wirkte müde auf sie. Er hatte dunkle Ränder unter den Augen, die obendrein ein wenig gerötet waren.

Ob er sich eine Erkältung eingefangen hat?, fragte sie sich in Gedanken und schämte sich beinahe dafür, dass sie ihn des Drogenkonsums bezichtigt hatte. Vielleicht war es bloß Nasenspray, das er im Flur zu sich genommen hatte.

Im Topf verfestigte sich der Inhalt zur gewünschten Puddingkonsistenz. Sie nahm ihn vom Herd und drehte sich zum Kühlschrank, um die Festigkeit der Kirschpralinen zu überprüfen.

Tick-tack, ging es ihr durch den Kopf. *Das wird knapp.*

Sie nahm eine der Pralinen in die Hand und drückte vorsichtig darauf herum. *Vielleicht noch eine Spur zu weich,* dachte sie.

Hinter ihr nieste jemand lautstark.

»Sorry«, hörte sie Janis mit verschnupft klingender Stimme rufen. Isabella fuhr herum und bekam gerade noch mit, wie Simone ihn mit einem vorwurfsvollen Blick ansah.

Isabella starrte die kleinen roten Kugeln in ihrer Hand an. Mit einem Mal schoss ihr das Gespräch mit dem Küchenmädchen in den Sinn – über die unausgesprochene Vermutung, dass es der Fichtelberger war, der sich mit Valeska kurz vor ihrem Tod unterhalten hatte. Eben weil diese Person ständig geschnieft und sich geschnäuzt hatte. *Fichtelbergers Pollenallergie …*

Sie hörte Simones dahingehauchte Stimme in ihrem Rücken: »Alles in Ordnung mit dir?«

Isabella fuhr erschrocken herum und erblickte neben der strahlend lächelnden Moderatorin auch die große Kameralinse, die frontal auf sie gerichtet war. »Ich, ähm …«

»Hat das mit deinen Pralinen nicht hingehauen?«, fragte Simone besorgt.

Isabella stand wie angewurzelt da und stierte in die Kamera, ohne überhaupt noch wahrzunehmen, dass sie sich in einer Livesendung befand.

»Isabella?« Simones perfekt gezupften Brauen schoben sich so dicht zusammen, dass sie sich beinahe berührten.

Endlich fand sie zurück in das Geschehen. »I-ich -«, begann sie und setzte noch einmal an: »Ich muss kurz wohin!«

Die Moderatorin riss ungläubig die Augen auf. »Schon wieder?« Ihre Stimme bebte. »Das ist eine Live-Show, Isabella! Verstehst du? Wir. Sind. Live!«

Wortlos schob Isabella sich an ihr vorbei und trat hinter der Backstation hervor. Kurz fiel ihr Blick auf Janis, der ihr mit gerunzelter Stirn nachsah. Zweifel und Panik überkamen sie. Doch sie brauchte sofort Gewissheit, dass dieser Geistesblitz nicht doch nur ein Hirngespinst war.

Mit umgebundener Schürze hetzte sie aus dem Studio und eilte den Korridor entlang, bis sie die Toiletten erreicht hatte. Doch diesmal verspürte sie nicht den Drang, sich zu erleichtern. Sie hielt geradewegs auf den Standmülleimer zu, zog mit einem festen Ruck den verchromten Deckel ab und steckte ihre Hand tief hinein, bis sie den gesuchten Gegenstand ertastete.

Sie brachte die Tablettenpackung zum Vorschein, die Janis eben erst achtlos weggeworfen hatte. Es war eine weiß-grüne Packung, auf der eine hübsche Blume abgebildet war, ein rosafarbenes Gänseblümchen. Isabella betrachtete die Aufschrift. Sie sagte ihr nichts. Ebenso wenig der Wirkstoff.

Doch der Satz darunter ließ ihr einen heißkalten Schauer über den Rücken fahren: *bei starkem Pollenflug.* Damit war glasklar, dass sie ein Antiallergikum vor sich hatte. Und das wiederum bedeutete, dass Josef Fichtelberger nicht der Einzige in diesem Hotel war, der unter seiner Pollenallergie litt.

Nein! Isabella schüttelte so heftig den Kopf, dass ihr die Haare vors Gesicht flogen. *Dieses Schicksal teilst du mit Janis.*

Die sprichwörtlichen Schuppen rieselten ihr schneefallartig von den Augen. Celina hatte ihr erklärt, dass Valeska die Hauptverantwortung übernommen hatte, alles für den Backwettbewerb herzurichten. Demnach musste sie in engem Austausch mit dem Redaktionsleiter gestanden haben. Hatte Celina womöglich gar nicht Valeska und den Hotelbesitzer unmittelbar vor ihrem Tod gehört? Sondern war es ein Streit zwischen Valeska und Janis gewesen? Alles in ihrem Inneren schrie, dass es so war.

Sie musste André anrufen. Automatisch grub sich ihre Hand in die Hosentasche, doch sie war leer. Dort, wo sie sonst ihr Smartphone aufbewahrte, ertasteten ihre

Hände nun nichts mehr. Siedend heiß fiel ihr ein, dass sie ihre Telefone vor Beginn der Sendung an die Redaktionsassistentin hatten abgeben müssen.

»Egal«, sagte sie laut zu sich selbst. »Dann eben die Rezeption.« Sie wollte sich gerade umdrehen, als sie eine Gestalt am anderen Ende des Flurs erblickte. *Janis!*

Er stand einige Meter entfernt einfach nur da und sah sie an. Langsam senkte sich sein Kinn. Er nahm ihre Hände in Augenschein, in denen sie die leere Tablettenschachtel hielt.

„Du warst es!" Die Worte waren einfach so aus ihrem Mund gepurzelt.

Ihre Blicke trafen sich, und mit einem Mal las Isabella mit absoluter Klarheit den eiskalten Ausdruck in den Zügen des Mannes. Er hatte begriffen, dass sie es wusste.

Sie schnappte nach Luft und spürte gleichzeitig, wie sich ihre Glieder verkrampften. Janis kam auf sie zu. Erst langsam, dann immer schneller.

»Lauf!«, schrie sie sich selbst an. »Lauf schon!«

Endlich gehorchten Muskeln und Nerven. Sie fuhr herum und begann zu rennen. Panisch warf sie im Laufen einen Blick zurück. Janis war nur noch wenige Meter von ihr entfernt. Bis zur Rezeption würde sie es auf keinen Fall schaffen.

In ihrer Verzweiflung schlug sie einen Haken und bog in den linken Flur. Hinter sich hörte sie Janis' schwere Atemzüge und seine lauten Schritte. Ihr Vorsprung schrumpfte mit jeder Sekunde.

Der Korridor endete in einem Treppenabgang, den sie mehrere Stufen auf einmal nehmend hinunterstürzte. Sie hoffte, dass die Treppe sie hinaus in Richtung des Hinterhofs führen würde, doch plötzlich stand sie in einem spärlich beleuchteten Flur. Hinter ihr dröhnten die näher kommenden Schritte.

In ihrer Hilflosigkeit zog sie die nächstbeste Tür auf und schlug sie hinter sich zu. Eine überraschende Hitze schlug ihr entgegen, gefolgt vom Geräusch lärmender Maschinen. Sie fand sich einer Waschküche wieder.

Die Seitenwände waren mit Waschmaschinen und Trocknern vollgestellt. In der Mitte des großen Raums standen Tische und Bügeleisen und überall herum Wäschekörbe und Wäscheberge. Isabella suchte hastig nach einem anderen Ausgang, sah aber nur eine Reihe schmaler Kellerfenster. Immerhin schienen diese groß genug, dass sie es da durchschaffen würde.

Mit aller Kraft schob sie einen Trockner vor die Tür. Keine Sekunde zu spät, da sich im nächsten Augenblick die Türklinke herabsenkte und jemand versuchte, sie aufzuziehen. Als dies nicht gelang, erbebte die Tür durch ein wildes Rütteln.

»Mach die Tür auf, ich weiß, dass du da drinnen bist!«

Isabella hatte keine Zeit mehr zu verlieren. Lange würde dieses notdürftige Hindernis ihren Verfolger nicht aufhalten.

Sie eilte auf die Fensterreihe zu, kletterte auf eine der großen Industriewaschmaschinen und riss den Fensterhebel herum. Hinter ihr polterte es auf – so, als würde jemand mit Anlauf gegen die Tür rennen. Voller Entsetzen erkannte sie, wie der Trockner Stück um Stück zurückgeschoben wurde und die Tür sich einen Spalt öffnete. Eine Hand zwängte sich hindurch.

Grenzenlose Panik überfiel sie. Ihr schoss das Bild des toten Mädchens ins Gedächtnis. Erstochen mit einem Fleischermesser. Und nun befand sie selbst sich in großer Gefahr. Augenscheinlich verfolgt von Valeskas Mörder.

Isabella schrie die Angst und Wut von sich und presste sich mit den Armen voran durch das kleine Kellerfenster, hinter dem der Lichtschacht ins Freie führte. In Sicherheit. Sie steckte den Kopf hindurch, hörte Vögel über sich zwitschern und vernahm den Geruch frischer Blumenerde.

Sie drückte sich weiter nach oben, stützte sich mit den Ellbogen auf der Erde ab, versuchte, sich am Gestrüpp nach vorn zu ziehen. Es gelang ihr – doch dann spürte sie einen Widerstand, der sie vom Weiterkommen abhielt. Erst mit der nächsten Sekunde wurde ihr klar, dass sie jemand an den Beinen festhielt. Ein harter Griff umfasste ihre Waden und zerrte sie zurück.

»Nein!« Sie verlor den Halt und konnte nicht verhindern, zurück in den Keller gezogen zu werden.

»Hilfe!« Sie krallte sich mit den Fingernägeln in den lockeren Boden, strampelte wild. Doch sie hatte keine Chance. Der Griff hatte sich schraubstockartig um sie gelegt.

Ein letzter harter Ruck, und sie knallte unsanft mit dem Kinn auf die Waschmaschine. Für einen kurzen Moment verlor sie das Bewusstsein – als hätte jemand das Licht ausgeknipst.

Langsam öffnete sie die Augen und blinzelte. Gegen die laufende Waschmaschine gelehnt, fand sie sich auf dem kalten Fliesenboden der Waschküche wieder. Janis stand vor ihr und hatte sich bedrohlich vor ihr aufgebaut.

»Was weißt du?«, fuhr er sie wütend an. In seinen Augen stand rasende Wut.

Von Angst ergriffen sah sie sich um, suchte irgendetwas, womit sie sich verteidigen konnte.

Unvermittelt streckte Janis seine Hände aus und legte sie auf Isabellas Hals. Aber er drückte noch nicht zu. Etwas schien ihn zurückzuhalten. Sie umfasste seine Handgelenke und versuchte, sich aus der Umklammerung zu befreien. Aber sie hatte keine Chance.

»Willst du mich jetzt auch umbringen?« Tapfer reckte sie ihm das schmerzende Kinn entgegen. Sie blinzelte die Tränen weg, die sich in ihren Augen sammelten.

Janis betrachtete sie mit einem emotionslosen Blick. »Du lässt mir keine andere Wahl.«

Sie presste sich mit dem Rücken fest gegen die Waschmaschine, versuchte, die Hände vom Hals zu bekommen, sich aus seiner Umklammerung zu befreien. Doch es gab kein Entkommen. »Warum?«, fragte sie leise. »Warum, Janis? Was hat das Mädchen dir getan?«

»Sie wollte mich erpressen«, sagte er. In seiner Stimme war etwas Kaltes, das Isabella mehr Angst einjagte als alles andere.

»Womit?« Isabella versuchte, das Unvermeidliche hinauszuzögern, indem sie ihn zum Reden bekam. »Womit, Janis? Was wollte Valeska von dir?«

Der Druck um ihren Hals wurde stärker. In ihrem Hals loderte ein qualvoller Schmerz. Sie rang nach Luft, wurde kurz von Panik ergriffen, als sie keine bekam. Doch dann lockerte Janis den Griff. Sie sah seinen Zügen an, dass er mit sich rang.

»Der Ordner«, schoss es Isabella in den Sinn. »Der Unfall mit der Fahrerflucht. Das warst du.«

Janis zuckte zurück, als hätte sie ihm einen Schlag ins Gesicht verpasst.

»Valeska hat dich erkannt, als du ins Hotel gekommen bist. Sie wusste, dass du es warst, der den tödlichen Unfall verursacht hat. Sie wusste, dass du für den Tod ihrer besten Freundin verantwortlich bist.«

Der Druck um ihren Hals ließ weiter nach.

»Sie war ihre beste Freundin. Wusstest du das?«

Janis nickte kaum merklich. »Ich … ich wollte das nicht.« Seine Stimme war ein heiseres Krächzen. »Es war ein Unfall.«

»Warum bist du geflüchtet?«, fragte Isabella. »Weil du betrunken warst?« Sie blinzelte ihn wütend an. »Oder hast du unter Drogen gestanden?«

Janis schwieg. Jeden Augenblick rechnete sie damit, dass er zudrückte. Aber er tat es nicht.

Rede weiter, befahl sie sich selbst.

»Wie ist es gewesen?«, fragte sie. »Hat Valeska dich erkannt, als du ihr im Hotel für den Wettbewerb begegnet bist? Hast du sie womöglich erkannt?«

Janis Züge waren wie versteinert. Ein dumpfes Gefühl sagte ihr, dass sie mit ihrer Vermutung ins Schwarze getroffen hatte.

»Sie hat mich erpresst«, kam es hauchdünn über seine Lippen. »Sie wollte Geld von mir, damit sie schwieg. Viel Geld!«

Isabella reckte ihm das Kinn entgegen. »Und dafür musste sie sterben?«

»Ich habe ihr gesagt, dass ich mich nicht von ihr erpressen lasse! Und da ist sie losgestürmt und wollte die Polizei anrufen. Ich musste sie doch aufhalten …«

»Und da hast du das Küchenmesser gesehen«, vermutete Isabella, woraufhin Janis so stark schluckte, dass sein Kehlkopf auf und ab hüpfte.«

»Es geschah im Affekt.« Isabella glaubte ihm. »Ich wusste nicht, was ich tun sollte. Wäre sie mir entkommen, hätte sie tatsächlich die Polizei anrufen können. Damit hätte sie mich hinter Gitter gebracht.«

»Dort wirst du so oder so landen«, sagte Isabella. »Du hast ein Mädchen umgebracht.«

»Was hätte ich tun sollen?« Janis schloss die Augen und schüttelte schwerfällig den Kopf. Sie sah ihm die Trauer an. »Ich kann mich doch nicht erpressen lassen. Sie hätte alles zerstört. Meine Karriere, mein Leben ...« Er schlug die Augen auf und starrte Isabella eindringlich an. »Niemand darf erfahren, dass ich schuld an diesem Unfall gewesen bin. Hörst du, niemand!«

Isabellas Hinterkopf wurde hart gegen die Waschmaschine gepresst, als Janis fest zudrückte. Augenblicklich umspülte sie die Todesangst. In purer Verzweiflung zerrte sie an seinen Händen, schlug um sich und zappelte, zerkratzte ihm das Gesicht, doch Janis ließ nicht ab. Erbarmungslos drückte er ihr die Kehle zu.

Sie spannte all ihre Muskeln an, riss den Mund auf, wollte nach Luft schnappen, doch kein Atemzug erreichte ihre Lungen. Sie röchelte, war umnachtet von diesem brennenden Schmerz, der ihr in die Luftröhre fuhr.

Ihr Sichtfeld verengte sich, wie bei einem alten Foto mit Vignette. Die schwarzen Bereiche wurden größer. Gleichzeitig verließ sie die Kraft, bis es beinahe nur noch Schmerz und Kälte gab. Mit verschwommenem Blick sah sie den Mann an, der ihr das Leben abschnürte. Er starrte unbarmherzig auf sie herab. Sie würde nun sterben. Strudelartig wurde sie in ein schwarzes Meer gezogen. Janis Gesicht verschwand.

Doch dann lockerte sich der Druck, und die Schwärze wich Stück um Stück zurück.

Wie in Zeitlupe legte sich Janis Körper schief, und er rutschte auf eigentümliche Weise zur Seite. Die Hände lösten sich von ihrem Hals. Sofort japste Isabella nach Luft. Ein unbändiger Schmerz durchjagte ihre Kehle, und sie wurde in einem krampfartigen Hustenanfall geschüttelt.

»Himmel! Alles in Ordnung?«

Hinter dem Tränenschleier erkannte sie eine Gestalt, die sich zu ihr runterbeugte. »Flo … Florian?«

»Der Kerl wollte dich umbringen.« Florians Stimme überschlug sich. Mit seiner Hand wischte er ihr die Tränen aus den Augen, sodass Isabella klarer sehen konnte. In Florians anderer Hand erkannte sie ein Bügeleisen. Er hob das Eisen an und lächelte matt. »Das war das Erstbeste, was ich zu greifen bekam. Schätze, das dürfte ihn für eine Weile ausgeknockt haben.«

Ihr Blick fiel auf Janis, der neben ihr auf dem Boden lag und sich nicht rührte. Der Mann, der drauf und dran gewesen war, sie umzubringen. Schluchzend schlang sie die Arme um Florian und drückte sich ganz fest an ihn. »Du … du hast mir das Leben gerettet.«

Sie hörte sein gepresstes Lachen an ihrer Schulter. »Na, das war ja auch mal an der Zeit!«

KAPITEL 24

»Die Show muss weitergehen.« Das war alles, was Hajo an tröstenden Worten zu diesem Vorfall übrig hatte.

Isabella verstand nicht viel vom Showbusiness. Und es war ihr im Grunde auch völlig egal. Auch, dass der Wettbewerb ohne sie fortgesetzt worden war, spielte keine Rolle. Während Lukas zum Sieger gekürt wurde, hatte sie in der Waschküche um ihr Leben gekämpft. Und wenn schon. Es. War. Egal. Was waren zehntausend Euro Preisgeld und eine eigene Tiefkühltorte im Vergleich zum Leben?

So ganz konnte sie all das noch immer nicht verstehen, doch der Notarzt, der sich ihren Hals ansah, war so real wie das Polizeiaufgebot, das sich im Hotel tummelte. Sie saß auf einem Stuhl, hatte den Kopf gehoben und ließ es über sich ergehen, dass zwei eiskalte Gummihandschuhe ihren Hals entlangfuhren und jemand immer wieder ein »Tut es hier weh?« oder ein »Und wie ist es dort?« von sich gab.

Hinter dem Notarzt stand Florian. Er hatte die Arme verschränkt und ließ sie nicht aus den Augen.

»Was ist mit Janis?« Sie hob den Kopf und sah ihn fragend an.

»Keine ruckartigen Bewegungen!«, wies der Notarzt sie zurecht. Er war ein älterer Mann mit grau melierten Schläfen und einem freundlichen Gesicht. Isabella hielt still und ließ die Abtastungsprozedur weiter über sich ergehen.

»Wird noch verhört«, sagte Florian.

»Alles so weit in Ordnung, Frau Lentner.« Der Notarzt stellte sich aufrecht vor sie hin und sah sie eindringlich an. »Ihr Hals ist geprellt, aber nicht ernsthaft verletzt. Ich werde Ihnen etwas gegen die Schmerzen geben.«

»Gut«, sagte Isabella. »Wenigstens das.« Wie in Zeitlupe reckte sie ihren Kopf zur Seite und betrachtete den Präsentiertisch, auf dessen Arbeitsplatte noch immer ihr unfertiges Schwarzwälder Kirschtörtchen stand und einen mitleiderregenden Anblick bot.

Daneben standen Heikes und Lukas' Kreationen. Fand sie es unfair, dass der Wettbewerb ohne sie zu Ende gebracht worden war? Mitnichten. Sie gönnte Lukas den Sieg. Was er geschaffen hatte, war ein Meisterwerk.

Er hatte seine Schwarzwälder Kirschtorte kurzerhand zu einer luftballongroßen Kugel geformt, die er raffiniert zu einer übergroßen Kirsche mitsamt Stiel gestaltet hatte. Der Tortenanschnitt offenbarte perfekte Schichten von Kakao-Biskuit, Sahnecreme und saftig-dunklen Kirschen.

Ganz bestimmt hätten ihre Törtchen auch nicht gewonnen, wenn sie sie fertiggestellt bekommen hätte. Heike hatte mit den klassischen Farben der Torte gespielt und sie in ihrer Kreation kurzerhand umgedreht.

Sie hatte ihrer Schwarzwälder Kirschtorte einen hellen Biskuitboden verpasst und die Sahnecreme dunkelbraun eingefärbt, sodass ihre Torte wie ein Negativ wirkte und zumindest optisch ein – wenn auch verstörendes – Highlight darstellte. Damit hatte sie sich den zweiten Platz ergattert.

Isabella musste sich dem dritten Platz zufriedengeben. Ihr Blick senkte sich auf die goldgerahmte Urkunde, die vor dem Tisch und vor ihren unfertigen Törtchen stand.

Immerhin. Sie seufzte und betastete ihren Hals, der sich anfühlte wie auf dem Höhepunkt einer Angina. Es hatte nicht viel gefehlt, und sie hätte in der Waschküche des Hotelkellers ihr unrühmliches Ende gefunden. Nur Florian war es zu verdanken, dass sie überhaupt noch lebte und einen Blick auf die Urkunde werfen durfte.

Sie war zu diesem Wettbewerb angetreten, um in die Fußstapfen ihrer Oma zu treten und dem ganzen Schwarzwald zu zeigen, dass sie eine würdige Nachfolgerin für das Zuckerherzschlössle war. Sie hatte auf den Sieg gehofft, der nun an Lukas gegangen war. Selbst Heike war vor ihr.

Sie horchte erneut tief in sich hinein und fragte sich, was dies für sie bedeutete. Nach all dem, was vorgefallen war, kam sie zu einem einzigen Ergebnis: Es war egal.

KAPITEL 25

»Können wir das Verdeck nicht zumachen, es zieht ja doch arg.« Renate zog den Kragen ihrer Bluse hoch, aber Isabella schüttelte entnervt den Kopf.

»Wir haben weit über zwanzig Grad und strahlenden Sonnenschein.« Sie warf ihrer Mutter einen strengen Blick zu. »Wozu habe ich mir ein Cabrio gekauft, wenn nicht für dieses Wetter.«

»Und musst du so Gas geben? Das ist immer noch eine Landstraße und keine Autobahn.«

»Hier ist hundert, und ich fahre achtzig.« Isabella tippte den Tacho an.

»Du könntest aber auch siebzig fahren.«

»Und du könntest zu Fuß gehen.«

Ihre Mutter schnappte theatralisch nach Luft. »Dass du aber auch immer so schnippisch sein musst.«

Isabella sagte nichts mehr. Stattdessen übte sie sich in Gelassenheit und brummte in Gedanken ein tiefes *Ommmm* vor sich hin.

So weit hatte Renate sie schon, dass sie sich bei Streitereien mit ihr in die Lehren des Yoga flüchtete. *Und wenn schon,* sagte der innere Yogi in ihr. *Gleich sind wir da.*

Sie bremste auf exakt fünfzig Stundenkilometer ab, als sie das Ortsschild Baiersbronn passierten. »Da wären wir schon mal.« Sie drehte das Radio lauter, um den Anweisungen des Navigationssystems zu folgen.

Renate blickte aus dem Seitenfenster. Sie schien die Umgebung in sich aufzusaugen. »Hier hat sich über die Jahre ja überhaupt nichts verändert«, stellte sie mit ungläubiger Stimme fest.

Isabella hatte dazu keine Meinung. Sie konnte sich nicht daran erinnern, jemals hier gewesen zu sein. Das Navi lotste sie von der Hauptstraße, und sie folgten einer geschlängelten Straße, die beinahe wieder aus dem Dorf hinausführte. Die Häuser wurden schließlich immer spärlicher.

Gerade als Isabella dachte, sie hätte sich verfahren, teilt ihnen das Navi mit, dass sie das Ziel erreicht hatten. Und tatsächlich stand sie vor der eingegebenen Hausnummer. Sie parkte den Wagen vor der Einfahrt eines kleinen Fachwerkhäuschens mit dunkelbraunen Fensterläden.

»Hier also?« Renate bedachte sie mit einem ernsten Blick und stieg dann aus. Isabella tat es ihr gleich, und gemeinsam gingen sie durch einen gepflegten Vorgarten, in dem büschelweise die buntesten Sommerblumen blühten. Vor der farngrünen Haustür las Isabella den Namen auf dem Klingelschild: M. Huber.

Auf ein Nicken ihrer Mutter hin betätigte sie die Klingel.

Hinter der Tür hörte sie es Rumpeln und Poltern und schließlich eine weibliche Stimme, die um einen Moment bat. Es war ein langer Moment, in dem Isabella Zeit genug hatte, den blühenden Efeu zu bewundern, der sich an der Hauswand hochrankte.

Endlich schob sich die Tür auf und eine zierliche alte Dame kam zum Vorschein. Sie trug ein fußlanges Kleid und eine grob gestrickte Weste darüber.

»Sind Sie Frau Huber?« Renate lächelte sie freundlich an. »Martha Huber?«

»Ja?« Die alte Frau nickte reserviert, und ihre Antwort klang weniger nach einer Bestätigung als nach einem »Wer will das wissen?«.

»Ich bin Renate. Wir haben miteinander telefoniert.«

Die Augen der alten Frau zogen sich zu schmalen Schlitzen zusammen. Es war ihr an jeder Pore anzusehen, dass sie krampfhaft versuchte, diesen Besuch einzuordnen. Ihr Blick wandte sich Isabella zu. Die alte Frau musterte sie auf eine Art, die Isabella zunehmend unangenehmer wurde. Im nächsten Moment erhellten sich die Züge, und sie lächelte.

»Aber ja«, sagte sie mit brüchiger Stimme. »Die Augen und der Mund.« Ihr faltiges Gesicht zog sich zu einem breiter werdenden Grinsen auseinander. »Ich erkenne *sie* in deinen Zügen.«

»Das ist Isabella«, erklärte Renate freudig. »Ännis Enkelin. Und ich bin …«

»Renate. Du bist es wirklich!« Die Frau trat aus dem Türspalt und nahm das Gesicht ihrer Mutter in die Hände. »Du erinnerst dich nicht mehr an mich, aber ich hatte dich bereits in den Armen, als du noch ein Baby warst.«

Renate lächelte verkrampft. Doch dann fielen sich die beiden ohne ein weiteres Wort in die Arme, und Isabella musste an sich halten, als sie sah, wie ihre Mutter mit den Tränen kämpfte.

Als die beiden sich voneinander gelöst hatten und

auch Isabella kräftig geherzt worden war, trat die Frau zur Seite und bedeutete ihnen, einzutreten. »Ich habe Kaffee aufgesetzt, und heute Morgen einen Kuchen gebacken. Ihr mögt doch Käsekuchen?«

Ohne eine Antwort abzuwarten, führte sie Isabella und Renate durch die Küche auf die Gartenterrasse und bot ihnen an, Platz zu nehmen, während sie wieder in der Küche verschwand.

Isabella und Renate setzten sich an einen runden Holztisch und schauten schweigend auf den vor ihnen liegenden Garten. Er war eine wundervolle Oase der Ruhe. Alles um sie herum blühte in bunten Farben. Allem Anschein nach hatte Martha ein geschicktes Händchen bei der Gartenarbeit. Nur kurz darauf kam sie mit einem großen Tablett zurück, auf dem sich Kuchen, Besteck, Tassen und Teller befanden.

Obwohl sie keinen Hunger hatte, spießte Isabella sich ein Stück Käsekuchen auf die Gabel und schob es sich in den Mund. Mit dem ersten Bissen purzelten die Erinnerungen auf sie ein. Sie sah Martha ungläubig an. Der Geschmack, der sich auf ihrem Gaumen entfaltete, war so unglaublich vertraut. »Der Kuchen«, raunte sie. »Der schmeckt genauso wie meiner!«

Martha lachte beherzt und ließ sich in den Stuhl sinken. »Es ist das alte Rezept deiner Oma.« Sie zwinkerte ihr zu. »Vielleicht deshalb?«

Hätte es einen Beweis bedurft, dass Martha wirklich die alte Küchenhilfe ihrer Oma war, wäre dieser nun geliefert worden. Niemals hätte Änni ihre wie Schätze gehüteten Rezepte einfach so an Unbekannte weitergegeben.

»Sie war eine ausgezeichnete Bäckerin«, meinte Martha in Erinnerungen schwelgend. »Nie wieder habe ich so gute Kuchen gegessen wie bei ihr.«

Unvermittelt legte sich Renates Hand auf die von Isabella. »Und ihre Enkelin steht ihr in nichts nach. Sie ist ebenfalls eine ausgezeichnete Bäckerin und hat zweifellos Ännis Talent geerbt.« Sie bedachte sie mit einem liebevollen Augenaufschlag, der Isabella mitten ins Herz traf. »Erst neulich hat sie bei einem großen Backwettbewerb im Fernsehen den dritten Platz belegt.«

Aus Verlegenheit schaufelte Isabella sich das nächste Kuchenstück in den Mund.

»Ist das so?« Die alte Frau nickte neugierig und schien den Blick gar nicht mehr von Isabella nehmen zu wollen. Doch dann straffte sie ihre Strickjacke und sah Isabella und Renate herausfordernd an. »Es gibt bestimmt einen triftigen Grund, dass ihr Ännis ehemaliger Küchenhilfe einen Besuch abstattet.«

Isabella und Renate tauschten einen unschlüssigen Blick, doch dann ergriff Renate das Wort: »Du hast recht, Martha, den gibt es.« Sie setzte sich aufrecht hin und fuhr sich unwirsch durch das Haar. »Zunächst einmal weiß ich, dass du weitaus mehr als nur eine Küchenhilfe für Änni warst«, begann sie. »Ihr beide wart dicke Freunde. Du weißt ja nicht, wie viel Änni mir von dir erzählt hat.«

Die Frau lächelte versonnen. »Vielleicht waren wir sogar die besten Freunde.«

»Was ist passiert?«, wollte Isabella wissen. »Warum haben sich eure Wege getrennt?«

Martha ließ sich mit ihrer Antwort Zeit, und ihr Blick verfing sich in der Vogeltränke, in der gerade ein Rotkehlchen gelandet war und ein ausgiebiges Bad nahm. »Weißt du«, sagte sie schließlich. »Freundschaften kommen und gehen. Alles hat seine Zeit. So auch die Beziehung zwischen mir und deiner Oma.«

Isabella wollte etwas sagen, aber die Frau hob abwehrend die Hand. »Wir sind nicht im Bösen auseinandergegangen. O nein! Aber im Lauf der Zeit haben wir uns eben aus den Augen verloren.«

»Das tut mir leid«, sagte Isabella, und sie meinte es genau so.

Doch die Frau schüttelte den Kopf. »Das muss es nicht, Kind. Wir haben in den letzten Jahren vor ihrem Tod wieder zueinandergefunden und regelmäßig miteinander telefoniert.« Sie lächelte Isabella wohlwollend an. »Änni hat immer viel von dir erzählt. Dass du Karriere in einer großen Stadt gemacht hast.« Ihr Kopf legte sich schief. »War es Köln?«

Isabella schüttelte den Kopf.

Renate mischte sich ins Gespräch: »Es war Frankfurt.«

Isabella wurde schwer ums Herz. Denn das, was Martha ihr gerade sagte, zeigte, dass Änni trotz der Funkstille, die über all die Jahre zwischen ihnen geherrscht hatte, stets wusste, was Isabella tat. Das schlechte Gewissen nagte mit einem Mal so sehr an ihr, dass ihr der Appetit verging. Sie legte die Gabel auf den Teller und senkte den Blick.

»Änni war so unendlich stolz auf dich, Kind.«

Nun war es Isabella, die mit den Tränen zu kämpfen hatte.

Die alte Frau klatschte in die Hände, und der laute Klang ließ sowohl das Rotkehlchen als auch Isabella zusammenzucken. »Los jetzt«, forderte sie. »Ich will wissen, warum ihr wirklich hier seid.«

Renate nickte entschieden auf, als müsste sie sich selbst Mut machen. »Also schön, Martha.« Sie hob ihre Handtasche vom Boden auf, stellte sie auf den Schoß und wühlte kurz darin herum, bis sie fand, wonach sie gesucht hatte.

»Es geht da um eine Sache, die wir in Ännis Keller … aufgetan haben«, erklärte sie langsam, während sie sich nach vorn beugte und Martha die Schwarz-Weiß-Fotografie überreichte, die sie sich aus dem städtischen Archiv geborgt hatte und auf der eine Gruppe Männer in feinen Anzügen abgebildet war. »Wir erhoffen uns von dir Antworten auf einige Fragen.« Sie räusperte sich umständlich. »Womöglich erkennst du jemanden auf diesem Bild?«

Martha nahm das Foto in die eine Hand und setzte sich mit der anderen eine Brille auf die Nase, die sie aus der Seitentasche ihrer Strickjacke gezogen hatte.

Auch Isabella betrachtete das Bild. Es war das Gruppenfoto der anzugtragenden Männer der badischen Studentenverbindung. Martha blinzelte das Foto so angestrengt an, dass bei Isabella sofort jeglicher Keim der Hoffnung erstickt wurde, dass sie auch nur ein Gesicht darauf erkennen konnte. Hätten sie doch bloß eine Lupe mitgebracht.

Ohne eine Regung zu zeigen, legte die alte Frau das Foto schließlich auf den Tisch und streifte sich die Brille von der Nase. Sie sah erst Renate, dann Isabella an, schließlich sagte sie: »Ihr habt also Karl gefunden?«

Weder Isabella noch ihre Mutter sagte einen Ton, aber sie ließen die alte Frau nicht aus den Augen, folgten jeder ihrer Bewegungen. Diese beugte sich vor, legte ihre Ellbogen auf den Tisch und betrachtete noch einmal das Foto.

»So lange ist es her«, murmelte sie leise. Sie hob den Kopf und lächelte. »Eure Gesichter sagen mir, dass ich ins Schwarze getroffen habe. Insgeheim wusste ich, dass irgendwann der Tag kommen würde, an dem ich Rechenschaft würde ablegen müssen.« Sie blinzelte in die

Sonne und schloss für einen Moment die Augen. »Dieser Tag ist wohl heute gekommen.«

Renate hob abwehrend die Hände. »Wir möchten nur wissen, was geschehen ist.«

»Wer war dieser Mann?« Isabella konnte ihre Neugierde nicht länger im Zaum halten.

»Karl war mein Verlobter«, begann Martha zu erzählen. »Ich habe damals bei Änni als Küchenhilfe angefangen und wurde dann mit Karl bekannt gemacht. Sein Vater und mein Vater waren miteinander befreundet und hielten es für eine wundervolle Idee, wenn wir beide uns näherkommen würden.« Sie seufzte. »So war das eben damals. Und am Anfang war auch alles in Ordnung. Karl war ein charmanter Mann mit hervorragenden Zukunftsperspektiven.«

Sie nickte Isabella zu. »Das war wichtig damals. Immerhin war es in einer Zeit, kurz nach dem Krieg, in der die Menschen von allem zu wenig hatten. Ich hatte mich also glücklich schätzen können, einen Verlobten wie ihn zu haben. Doch leider hat sich schon bald herausgestellt, dass Karl ein Trinker war, der mich immer schlechter behandelt hat. Irgendwann wurde er dann mir gegenüber handgreiflich.« Sie holte tief Luft und blickte gedankenverloren in den Garten. »Und er hat auch nicht vor mir haltgemacht, als ich schwanger wurde.«

»Das ist ja schrecklich«, stieß Isabella erschrocken aus.

»Ja, Kind, das war es. Tagsüber erhielten wir den Schein einer intakten Beziehung aufrecht. Sogar die Hochzeit war geplant. Nur Änni wusste es besser. Sie bekam immer häufiger mit, in welchen Tyrannen sich Karl verwandelt hatte.« Martha faltete ihre Hände auf dem Schoß. Ein versonnenes Lächeln zeichnete sich auf ihren Lippen ab.

»Irgendwann kam dieser junge Mann aus dem Nachbarsdorf. Roland. Er war jahrelang in Kriegsgefangenschaft und saß auf einmal in unserem Café. Wir jungen Dinger waren sofort hin und weg.« Die Frau hatte ein derart schlitzohriges Grinsen aufgelegt, dass Isabella spontan mitgrinsen musste.

»Er kam jeden Tag ins Café, immer zur selben Uhrzeit, und er bestellte stets dasselbe. Alle waren davon ausgegangen, dass er es auf Änni abgesehen hatte. Doch dann gestand er mir eines Tages seine Liebe.«

Martha hob die Hände und sah Isabella und Renate ernst an. »Ich habe ihn natürlich abgewiesen, ihm klargemacht, dass ich einem anderen Mann versprochen war. Doch Roland konnte ziemlich hartnäckig sein.« Sie lächelte noch immer. »Und überzeugend. Natürlich ist es dann so gekommen, wie es kommen musste. Auch ich habe mich Hals über Kopf in ihn verliebt.«

»Ihr hattet eine Affäre?«, äußerte Renate, woraufhin Martha nickte. »Deine Mutter hat uns gedeckt. Sie war glücklich, mich so glücklich zu sehen – auch wenn das für sie bedeutet hat, dass sie meine Arbeit in der Backstube miterledigen musste.« Ein leises Seufzen entfuhr ihr. »Sie war ein guter Mensch.«

»Und dann?«, hakte Isabella voller Ungeduld nach.

Marthas Züge verhärteten sich. »Und dann kam es so, wie es kommen musste. Wir flogen auf, Karl kam uns auf die Schliche. Irgendwann war er in Ännis Café gestürmt, wo Roland und ich uns heimlich getroffen hatten, und schlug auf ihn ein. Ich bin sofort dazwischen, doch Karl war nicht zu bändigen. Nachdem er mit Roland fertig war, ging er auf mich los, und … es war schlimm.« Sie brachte den Satz nicht zu Ende. Ihre Augen hatten sich mit Tränen gefüllt.

Isabella reichte ihr ein Taschentuch, das sie dankend ergriff.

Renate sprach ihre Vermutung aus: »Aber dann wurde dieser Karl aufgehalten.«

Martha sah sie intensiv an, schwieg aber.

»Änni kam dir zu Hilfe«, redete Renate weiter. »Habe ich recht?«

Die alte Frau holte tief Luft und nickte schließlich. »Sie hatte keine andere Wahl, es war Notwehr.« Marthas Hände begannen auf einmal zu zittern. Es war ihr anzusehen, wie sehr sie diese Erinnerungen mitnahmen. »Wäre sie nicht dazwischengegangen, hätte Karl mich ganz sicher totgeschlagen.«

»Und da hat Änni ihn totgeschlagen«, sagte Renate ohne eine Emotion in ihrer Stimme.

Martha schwieg einen Augenblick und legte ihre Hände erneut auf den Schoß. »Es war Notwehr«, wiederholte sie und sah Isabella dabei fest in die Augen. »Deine Großmutter war keine Mörderin, sie wollte mir nur helfen.« Ihr Blick vernebelte sich. »Sie kam aus der Backstube gestürmt – und das Erstbeste, was sie wohl zu greifen bekommen hatte, war der Knethaken. Sie hat ihm damit eins über den Kopf gezogen, und Karl ist in sich zusammengesunken wie ein Mehlsack. Er war sofort tot.«

»Und dann habt ihr den Boden mit Zement ausgegossen und ihn darin versteckt?«

Martha nickte. »Mit Rolands Hilfe.« Plötzlich sah die alte Frau besorgt aus. »Werde ich nun ins Gefängnis kommen?«

»Du hast Karl nicht getötet«, gab Renate zu bedenken.

Nein, dachte Isabella. *Das war meine Großmutter.* »Dennoch müssen wir der Polizei die Geschichte erzählen.« Sie warf ihrer Mutter einen unsicheren Blick zu. »Oder?«

Martha senkte den Kopf. »Wie ihr es für richtig haltet«, sagte sie. »Das Zusammenleben mit diesem Mann war die Hölle. Ich bin Änni dankbar, dass sie mich aus dieser befreit hat.«

»Das Baby«, warf Isabella ein. »Du warst schwanger. Was war mit dem Kind?«

Martha sah sie intensiv an. Doch dann wandte sie den Blick von ihr ab und schüttelte den Kopf.

Isabella schluckte angestrengt.

»Alles gut, Kind.« Sie lehnte sich nach vorn und fasste über den Tisch, um Isabellas Hand zu halten. »Nachdem sich die Wogen geglättet hatten, und wir alle davon überzeugen konnten, dass Karl sich aus dem Staub gemacht hatte, kamen Roland und ich zusammen.«

Ein warmes Lächeln breitete sich in ihrem Gesicht aus. »Wir haben viele glückliche Jahre miteinander verbracht und zwei wundervolle Töchter gemeinsam großgezogen.« Sie zog ihre Hand zurück und sprach nicht weiter. Es war ihr anzusehen, dass sie ihren Erinnerungen nachhing.

Schließlich schaute sie Isabella tief in die Augen. »Ohne Änni hätte ich niemals das Glück gefunden. Verurteile sie nicht, für das, was sie getan hat. Sie hatte keine andere Wahl. Ich bin ihr unendlich dankbar.«

Sie beugte sich noch ein Stück weiter vor. »Merke dir das, mein Kind. Niemals ist ein Tag verloren, wenn du ihn mit der Liebe deines Lebens verbringen darfst. So einfach ist das Rezept zum Glücklich-Sein.«

Renate lachte leise auf. »Na, Martha. Ganz so einfach ist das nun auch wieder nicht.«

Doch, dachte Isabella. Unvermittelt traf es sie wie ein

kraftvoller Schlag direkt in die Magengrube. Auf einmal lag alles kristallklar vor ihr. *Es ist genau so einfach.*

KAPITEL 26

Mit quietschenden Reifen war sie in die Einfahrt gebogen und hatte den Beetle abgewürgt, ehe er gänzlich zum Stehen gekommen war. Für ihr Fahrverhalten erntete sie Kopfschütteln und missmutige Blicke der umhergehenden Passanten.

Und wenn schon, dachte sie. Nichts konnte ihr in diesem Augenblick egaler sein. Mit schnellen Schritten und wild pochendem Herzen eilte sie auf die Haustür zu, schnappte mit dem Aufsetzen ihres Zeigefingers auf der Türklingel hektisch nach Luft und wartete.

Dabei dachte sie wieder und wieder über Marthas Worte nach. Ein breites Grinsen nistete sich in ihrem Gesicht ein. Da brauchte es die Lebenserfahrung einer über neunzigjährigen Frau, damit sie endlich eine Antwort auf ihre dringlichste Frage bekam. Eine Antwort, die schon all die Zeit über da gewesen war, die sie aber bloß nicht hatte hören können – oder wollen. Wer wusste das schon so genau, wenn es um etwas derart Schlichtes und doch so unendlich Kompliziertes wie die Liebe ging.

Nun stand sie vor der Tür und wartete. Wartete darauf, dass der Mann ihrer Träume und Sehnsüchte, der

Mann, mit dem sie alt werden wollte, die Tür aufzog und sie hineinließ. In ein gemeinsames Leben.

Allerdings schien ihr Traummann es nicht ganz so eilig zu haben. Isabella drückte den Finger noch einmal auf den Klingelknopf.

»Ich komme ja schon«, drang es dumpf von der anderen Seite der Tür zu ihr durch.

Sie hielt den Atem an, versuchte, ihren Pulsschlag zu beruhigen, der dem Flügelschlag eines Kolibris glich. Noch nie war sie angespannter gewesen.

Und dann … endlich! Die Tür schob sich einen Spaltbreit auf.

»Du?«

Sie nickte. »Wer denn sonst?« Bebend vor Emotionen, warf sie sich in seine Arme. »Ich liebe dich«, presste sie keuchend hervor. Und dann küsste sie ihn – der erste Kuss, der ein gemeinsames Leben besiegelte. Für immer.

ENDE

Oans, zwoa, tot!

Jessica Müller
EDELWEISS UND HECKENSCHERE
Ein Bayern-Krimi

320 Seiten
ISBN 978-3-404-18327-2

Bei der Eröffnung des Krindelsdorfer Brauhauses streitet sich der Gärtner Felix Feuchthuber heftig mit seinem Freund Franz, dem er die Freundin ausgespannt hat. Am nächsten Morgen ist Felix tot – mit seiner eigenen Heckenschere ermordet! Doch der Tote hatte noch mit anderen Krindelsdorfern Zoff, und auch seine Familie scheint etwas zu verbergen. Hauptkommissar Hirschberg ermittelt und macht eine Entdeckung, die alles verändert …
Urkomisch, spannend, bayrisch: Hirschbergs dritter Fall in Krindelsdorf.

Lübbe

Die dunklen Tiefen des Bodensees

Thomas J. Fraunhoffer
DIE TOTEN VON LINDAU
Bodensee-Krimi

368 Seiten
ISBN 978-3-404-18326-5

Still liegt der Bodensee vor der idyllischen Kulisse der majestätischen Berge. Doch der Schein trügt: An seinem Ufer wird die Leiche einer jungen Frau gefunden. Ihr auffälliges Tattoo führt die ermittelnden Kommissare Emma Bosse und Niklas Grimm zu einer kleinen, aber militanten Gruppe Tierschützer. Das Opfer wird als Nele Gruber, Anführerin der *freedog*, identifiziert. Verdächtige finden sich schnell zuhauf. In der Landbevölkerung gibt es so einige, die kein Verständnis für die teilweise radikalen Aktionen der *freedog* aufbringen. Und auch die Aktivisten selbst waren sich bei Weitem nicht in allen Belangen grün ...

Lübbe

Türkisblaues Meer. Zartduftende Aprikosenhaine. Sanfte Strände. Doch die Idylle trügt …

Margherita Giovanni
ADRIA MORTALE -
BITTERSÜSSER TOD
Kriminalroman

384 Seiten
ISBN 978-3-7857-2738-6

Sommer 1958. Für die deutschen Touristinnen Sonja und Elke ist es das große Abenteuer: Mit ihrem Roller fahren die jungen Frauen nach Italien in den Urlaub. In einem kleinen Dorf an der Adriaküste steigen sie in der Pension von Federica Pellegrini ab. Ein paar Tage später wird der Lehrer des Ortes tot aufgefunden, mit dem Elke zuvor geflirtet hat. Die beiden fürchten, unter Mordverdacht zu geraten. Zum Glück nimmt Federica sich des Falles an und ermittelt auf eigene Faust. Sehr zum Missfallen von Commissario Garibaldi, der anreist, um herauszufinden, wer den Mann aus dem Weg räumen wollte. Und Garibaldi ist nicht der Einzige, dem Federica auf die Füße tritt …

Lübbe

»Wer die Wahrheit sucht, darf nicht erschrecken, wenn er sie findet«

Eva Almstädt
OSTSEEFALLE
Pia Korittkis
sechzehnter Fall

416 Seiten
ISBN 978-3-404-18398-2

Bei der Sanierung eines Bauernhauses entdecken die Bewohner im Keller einen skelettierten Schädel. Kommissarin Pia Korittki leitet die Ermittlungen. Sie stößt auf den Fall einer vor neun Jahren verschwundenen jungen Frau. Der damals Hauptverdächtige lebt noch immer in dem kleinen Ort. Doch all das wird nebensächlich, als Pia die Nachricht erhält, dass ihr Sohn Felix einen schweren Unfall hatte. Zu spät erkennt sie, dass es eine Falle war – und dass der Cold Case, in dem sie ermittelt, alles andere als »kalt« ist ...
Ein Fall, der Pia Korittki in tödliche Gefahr bringt!

Lübbe

Wer Wind sät, wird Sturm ernten

Sabine Weiß
TÖDLICHE SEE
Sylt-Krimi

384 Seiten
ISBN 978-3-404-18409-5

Die Nordsee, fast achtzig Kilometer vor Sylt. Im Gerüst unter der Versorgungsplattform eines Windparks wird die Leiche eines Tauchers gefunden. Unfall oder Selbstmord sind ausgeschlossen. Das erkennen Liv Lammers und ihre Kollegen der Mordkommission sofort. Die Arbeiter auf der Plattform wirken auf sie zunächst wie eine eingeschworene Gemeinschaft. Bald aber zeigt sich, dass es hinter den Kulissen brodelt. Und auch auf Sylt ist die Lage angespannt: Die Firmeninhaberin wird bedroht, und viele Einheimische kämpfen seit Jahren gegen die Offshore-Anlage vor der Insel. Verdächtige gibt es daher mehr als genug …

Lübbe